뜨거운
홍차

vol. 2

김빵 로맨스 장편소설

뜨거운 홍차

vol. 2

뜨거운 홍차 2

초판 1쇄 인쇄 2020년 11월 20일
초판 4쇄 발행 2025년 11월 11일
ISBN 979-11-94131-28-1(04810)

지은이 김빵

기획 이하늘
교정·교열 김경희
디자인팀장 공가을
편집 디자인 임은영
표지·타이틀 임은영

펴낸이 문상철
펴낸곳 주식회사 바이프로스트
주소 서울시 강남구 선릉로 549, 에본빌딩 3층(역삼동 694-35)
출판등록 제2020-000007호, 2020년 1월 9일
대표전화 070-8833-7312
전자우편 bifrostkr@gmail.com

※ 이 책은 저작권법의 보호를 받는 저작물로서 무단 복제 및 재배포를 금지합니다.
※ 잘못된 책은 구입처에서 교환하여 드립니다.

CONTENTS

chapter 7
선의 경계
7

chapter 8
선을 넘는다는 건
59

chapter 9
산을 넘어서는 일
140

chapter 10
뜨거운 날에 홍차 한 스푼
212

side story 1
그 이후
265

side story 2
임석영 (2)
331

chapter 7
선의 경계

"거기 친구, 쓰레기를 막 그렇게 버리면 안 되지 않을까아?!"

'학교 폭력 근절'이라는 표어가 박힌 띠를 어깨에 두른 임석영이 한 손에는 쓰레기봉투를, 한 손에는 집게를 들고 소리쳤다. 바닥에 요구르트 병을 버린 애가 민망한 듯 잽싸게 도로 주운 뒤 달려갔다.

체육 대회 날 강은호를 때린 일로 임석영은 교내 봉사 활동을 하는 중이었다.

"저기, 차연아."

반장이 주변을 두리번거리며 다가오더니 작게 속삭였다.

"석영이, 학폭위 열릴 수도 있대."

체육 대회 날 운동장에서 동급생에게 폭력을 행사했다는 이유로 징계 조치에 대한 이야기가 수면 위로 떠올랐다고 했다. 그 이야기를 반장에게 전해 듣고 기함했다. 아무리 임석영이 먼저 선빵을 날렸다지만 강은호에게는 안 열리는 학폭위가 임석영에게 열리는 건 도무지 납득이 가지 않았다.

"미친 거 아니야? 선생님들은 걔가 왜 처맞은 줄은 알고 그러는 거래?"

열을 올리자 반장이 나를 진정시켰다. 담임이 아닌 다른 반 선생이 체육 대회 날 아이들이 다 보는 데에서 일어났으니 학교폭력위원회를 열어야 하지 않을까요? 하고 언급했을 뿐이지 확정된 건 아니라고 했다.

"그날 네가 너무 안 와서 석영이랑 찾으러 나갔거든. 그런데 그렇게 갔던 애가 돌아오자마자 걔를 때렸으니까, 무슨 일이 있었던 것 같은데."

반장이 은근슬쩍 나를 떠봤다. 아무래도 같은 반 친구에게 억울한 일이 생기는 것을 방지하고 싶은 모양이었다.

당황스럽고 동시에 절망적이었다. 고개를 푹 숙이고 망설이다가 그날 있었던 이야기를 모두 전했다. 김찬영의 이름을 꺼내지는 않았다. 이야기는 지나가다가 강은호가 다른 아이를 괴롭히고 있는 걸 목격했다, 로 시작했다.

"야, 나서지 마."

임석영이 그렇게 말한 건 내가 이 일에 대해 진술하겠다고 반장에게 뜻을 전달한 후였다. 반장에게 비밀 지켜달라고 했는데 그걸 고새 말했나 보다.

"일이 커질 수도 있어. 학교에서 막 너한테 부모님 모셔 오고 할 수도 있잖아. 나 진짜 아무렇지도 않고, 내가 알아서 할 수 있어. 징계 때리면 그냥 먹지. 그게 뭐 대수라고."

그런데 좀처럼 마음이 쉬운 쪽으로 흘러가지 않았다. 임석영을 위해서만은 아니었다. 흐름이 잘못되었으면, 그것을 알고 있는 누군가가 나서서 바로잡아야 한다고 생각했다. 비록 제대로 잡히지 않더라도 침묵보다는 나으니까.

학기 초부터 학교 구석구석에서 폭력을 행사하던 강은호에게는 왜 학폭위가 열리지 않을까, 생각해보니 모두가 침묵한 탓인 것 같았다. 강은호의 폭력은 사각지대에 숨어 있었으니까.

학교 내에서 숨어만 지내기를 원했던 내게 어울리지 않는 선택이긴 했다. 아마도 내 주변에 머물게 된 이들이 내 선 안에 있다고 느꼈기 때문일 수도 있다.

"부모님 모셔 오라고 하면 모시고 오지. 그게 뭐 대수라고."

그렇게 말하는 내 목소리가 조금 떨렸다. 학교에서 부모님을 호출하면 "선생님, 저는 그저 목격자인데 저희 부모님이 꼭 오셔야 할까요?" 하고 말할 생각이었다. 사모님에게 학교 좀 오셔야겠습니다, 라는 말을 꺼낼 생각만 해도 속이 요란해졌다.

"떨지나 말고 말해."

"나, 안 떨었어."

목소리에 힘을 줬지만 어쩐지 염소가 된 기분이었다.

임석영의 만류에도 불구하고 나는 담임과 함께 상담실에 앉았다. 체육 대회 날 임석영과 강은호를 데리고 갔던 선생도 함께였다. 그날 목격한 것만 진술하려고 했는데, 정신을 차리고 보니 이야기가 3월부터 시작하고 있었다.

급식실에서 멱살을 잡혀 위협당한 이야기, 가방과 신발을 강탈당한 이야기, 강은호가 억지로 내 입에 담배를 물린 이야기.

목격자만 되려고 했는데 어느새 피해자 자리에 앉게 되었다.

마주 보고 앉은 테이블 위로 손을 올렸다. 팔을 길게 뻗어 손을 뒤집어 폈다. 구부리고 있던 손가락 너머에 숨어 있던 화상 자국이 거뭇하게 드러났다.

"석영이가 이걸 보고 강은호를 찾아갔어요. 저는 그 자리에 뒤늦게 가서 어떻게 주먹이 오고 갔는지는 못 봤어요. 모르긴 몰라도 아마 강은호가 뻔뻔하게 굴었을 것 같긴 한데…… 뭐, 그렇다고 폭력이 정당화될 순 없죠."

테이블 아래로 손을 내리며 고개를 푹 숙였다. 사각사각, 앞에서 메모하는 소리가 들렸다.

"하지만 석영이 아니었으면 그날 있었던 일은 저랑 강은호 빼고 아무도 몰랐을 거예요. 아무도 관심 갖지 않고, 아무도 묻지 않는다면 대개 그런 일들은 수면 위로 떠오르지 않고 가라앉잖아요."

아니지, 그런 일은 당연 선생님들에게 알려야지, 하며 담임이 목소리를 냈다. 침묵하며 고개를 끄덕였다. 고발은 그렇게 쉬운 일이 아니랍니다, 생각하며 잠시 시간을 끌었다.

"눈에 보이는 게 다가 아닌데, 그날 운동장에서 일어났던 일로 인해서 석영이에게 학폭위가 열리게 된다면…… 이제 다시는 누구에게도 도와달라고 말할 수 없을 것 같아요."

고개를 들자 담임과 다른 반 선생이 나를 보고 있었다. 긴장이 되어 자꾸 엄지손톱을 문질렀다.

담임이 손에 들고 있던 펜을 떨어트렸다. 순간 힘이 풀린 것 같았다. 툭 떨어진 펜이 테이블 위를 데구루루 굴렀다.

"그런 생각까지 하고 있는 줄 몰랐구나."

담임이 뒤늦게 펜을 주우며 말했다.

"석영이 걱정은 안 해도 돼. 학교폭력위원회까지 소집되진 않을 거고, 반성문 몇 장이랑 교내 봉사 활동 같은 걸로 끝나게 될 거야."

흠, 하고 한숨을 내쉰 담임이 고개를 돌려 옆에 앉은 선생을 보았다.

"아, 차연이 너는 나가봐도 좋아. 말해줘서 고맙구나."

꾸벅 고개를 숙이고 상담실 문을 열었다.

"강은호 걔는 문제가 많네."

닫히는 문틈으로 담임 목소리가 새어 나왔다.

교실로 돌아가는 길, 계단에서 반장이 나를 기다리고 있었다. 터덜터덜 올라오는 나를 발견하곤 반장이 긴장한 기색이 역력한 얼굴로 다가왔다.

"어떻게 됐어? 말은 잘 했어?"

고개를 끄덕였다. 온몸에 힘이 다 빠졌다. 기운이 털린다는 게 이런 건가.

"야, 그런데 임석영이 다 알고 있더라? 그냥 학교에 벽보를 붙이지 그랬냐. 2학년 1반 홍차연 학교 폭력 진술 예정이라고."

내 말에 반장이 머리를 긁적인다.

"아…… 말 안 하려고 했는데, 석영이가 자꾸 너랑 무슨 이야기 했냐고 캐물어서."

"임석영이?"

"응. 둘이 쉬는 시간마다 몰래 사라지는 거 다 봤다고, 무슨 작당 모의라도 하냐고 추궁해서……."

반장의 목소리가 점점 작아진다.

진술에 있어서 익명 보장을 가장 우선시해야 한다는 반장의 말을 따라 아이들이 없는 곳을 찾아다녔다. 거기에서 반장과 함께 어떤 식으로 말하는 게 좋은지, 어느 선까지 진술해야 하는지 등을 토의했다.

우리가 이러고 있는 거 아무도 모를 거야, 하고 반장과 고개를 크게 끄덕인 게 어제인데. 그게 아니었던 건가.

교실로 돌아가자 김윤환이 은근슬쩍 다가와 앞자리를 차지하고 앉았다.

"왜?"

빤히 쳐다보기에 물었더니 상체를 숙이고 속삭였다.

"야, 너도 혹시 강은호 일로 담임 만나고 왔냐?"

반장 이 새끼, 입이 깃털이었네.

아무 말도 안 하고 눈만 끔벅이자 김윤환이 두 손으로 나팔을 만들고 속삭였다.

"아니, 나도 저번에 그 새끼가 내 지갑 훔쳐 가서 내놓으라고 했다가 쌍코피 터졌거든. 누가 익명으로 제보를 했다면서 담임이 아까 나 불러가지고 물어보더라고. 그런데 너도 담임 만나고 온 것 같길래."

김윤환이 나팔을 치우곤 나를 본다. 아마 익명의 제보자는 반장이겠지. 대답이 없자 김윤환은 아닌가? 괜히 내 치부만 드러냈네, 하며 자리에서 일어났다.

"야, 내가 쌍코피 터진 건 비밀이야."

비밀이라면서 정작 이 말은 손나팔도 없이 했다.

그렇게 하나둘 눈에 보이지 않던 사실들이 드러나게 됐다. 모아놓고 보니 강은호가 학교 내에서 도둑질한 것만으로 잡화점을 차려도 될 정도였다.

가해 학생인 강은호에 대해서는 경미한 폭력이라는 결론이 났다. 학폭위는 열리지 않았다.

쉬는 시간마다 청소를 다니는 임석영이 지친 기색이 역력한 얼굴로 교실에 들어왔다.

"미친, 화장실 갈 시간도 없네."

어깨에 두른 띠를 벗어 던진 임석영이 책상 위에 퍼져 누웠다. 길게 내뻗은 팔에 얼굴을 묻고 있다가 고개를 돌려 나를 본다.

"너 때문에 한 달간 학교의 노예야."

"그게 왜 나 때문이냐."

"얼레?"

"내가 사람 때리라고 너한테 사주한 건 아니잖아. 내 탓 하지 마."

"매도 맞았어. 좋냐."

"누가 좋대?"

chapter 7. 선의 경계

"그럼 싫어?"

뭐지, 이 대화는. 뭔가 이상한 흐름에 눈을 찌푸리자 임석영이 무표정하게 고개를 돌렸다.

"어떻게 한 번을 안 넘어오네."

뭘 어떻게 넘어간다는 건지. 시작종이 울려 시선을 돌렸다.

♤ ○ ☆

등굣길, 교문을 지나가는데 학주가 임석영의 이름을 불렀다. 임석영이 눈을 동그랗게 뜨고 세상 순진한 얼굴로 "아니, 학생주임 선생님, 무슨 일이신가요?" 하고 말했고, 학주가 임석영의 옷깃 가운데를 손에 든 사랑의 매로 툭 찔렀다.

"타이는 어디다 팔아먹었죠?"

"네?"

임석영이 휑한 자신의 셔츠를 매만진다.

"엿 바꿔 먹었나요?"

"아, 아니, 오다가 떨어졌나?"

너 우리 집 앞에서 기다리고 있을 때부터 타이 안 매고 있었는데, 석영아.

임석영이 타이를 찾는 척 제가 걸어온 길을 살폈다. 나도 임석영도 앞에 선 학주도 그의 타이가 어디 있는지 매우 잘 알고 있었다.

"집에 있겠지. 집에."

학주가 바닥을 두리번거리는 임석영의 귀를 잡아 올렸다.

"너 자꾸 타이 안 매고 오지? 어?"

"아! 선생님! 아픕니다!"

뒤에서 임석영이 목에 박제하겠습니다! 보내주세요! 하고 외치는 소리가 들렸다. 그 절박한 소리에 피식, 웃음이 터졌다.

웃는 낯을 하고 걷는데 동관으로 걸어오는 김찬영이 보였다. 어, 김찬영이다, 생각하는 순간 눈이 마주쳤다.

"안녕."

김찬영이 먼저 인사하기에 손을 들고 흔들었다.

"어, 안녕."

날이 조금 더워져서 그런지 김찬영의 교복이 춘추복에서 하복으로 바뀌었다.

"하복 입었네."

"응. 더워서."

어쩌다 보니 김찬영과 나란히 걷게 됐다. 짤막한 대화가 오갔다. 뭔가 토막 난 느낌이 들었지만, 단둘이서 이렇게 일상적인 대화를 하는 건 처음이었다.

"아, 임석영 카톡 프사에 있는 강아지 너희 집 강아지라며?" 하고 묻는데 김찬영이 한 걸음 옆으로 물러나며 거리를 벌렸다. 뭐지. 지금 나한테서 한 걸음 떨어진 거 같은데. 멀어진 김찬영을 보자 김찬영이 교문을 눈짓한다.

"너랑 단둘이 붙어 있으면 저 새끼가 질투해."

그 새끼가 교문에 있는 모양이었다. 김찬영의 시선이 향한

chapter 7. 선의 경계

곳으로 고개를 돌렸다. 보이는 거라고는 학주에게 귀를 잡힌 채 이쪽을 뚫어져라 보고 있는 임석영뿐이었다.

"임석영이 질투를 왜 하냐?"

참 황당한 소리를 다 듣는다는 투로 허허 웃었다. 김찬영이 무심한 낯으로 나를 본다. 아침 햇살이 머리 위로 부서진다. 우거진 나무의 그늘이 김찬영을 다 덮지 못하고 발끝에 머물렀다. 말없이 나를 보던 김찬영이 느지막하게 입을 연다.

"볼래?"

김찬영이 무릎을 굽히고 앉았다. 갑자기 정면에서 사라진 얼굴에 자연스레 시선이 내려갔다.

김찬영이 풀어 헤쳐진 신발 끈을 잡았다. 매듭이 풀린 줄도 몰랐는데, 그걸 발견했던 모양이다. 내 아래에서 한쪽 무릎을 굽히고 앉은 김찬영이 운동화 끈을 묶어주었다.

"아, 아니…… 내가 해도 되는데."

발을 조금 뒤로 빼자 김찬영이 끈을 당기며 붙잡는다. 매듭을 당겨 묶은 김찬영이 고개를 돌려 옆을 보았다. 어느 사이에 임석영이 우거진 나무의 그림자 안으로 들어와 있었다.

임석영이 티가 나게 김찬영과 내 사이로 끼어들며 교환되는 시선을 막았다.

"김찬영, 옐로카드 한 장."

그 말에 김찬영이 가볍게 웃는다.

"야, 웃지 마. 한 경기에서 옐로카드 두 장이면 퇴장이거든?"

"아, 그래?"

"응. 그래."

김찬영과 나 사이에 낀 임석영은 계단을 오르는 순간에도 그 대열을 유지했다. 계단을 오르자 1반 교실이 나타났다. 김찬영이 제 교실을 찾아가며 목소리를 흘렸다.

"내 말 맞지?"

그 소리에 교실로 들어가려다 걸음을 멈칫했다. 임석영이 예민하게 반응하며 교실 밖으로 얼굴을 내밀고 멀어지는 김찬영의 모습을 확인했다. 김찬영은 뒤를 돌아보지 않았다.

"뭐. 왜. 김찬영이 뭐라는데?"

무표정한 얼굴로 시선을 옮겼다. 임석영이 매우 궁금하다는 얼굴로, 조금은 못마땅한 기색으로 나를 보고 있다. 손을 올려 나를 내려다보는 임석영의 얼굴을 쭉 밀어냈다.

"오버 좀 하지 마."

고개를 절레절레 저으며 자리로 가 앉았다. 임석영이 제 책상 위에 가방을 툭 던져 올리고선 내 앞자리를 차지하고 앉는다.

"너 나랑 한 약속 안 잊었지?"

"무슨 약속?"

"아, 그, 김찬영."

이로써 삼각형이 얼추 완성되는 듯했다. 임석영이 생각한 삼각은 나, 김찬영, 그리고 자신이 맞는 듯하다.

그렇게 생각이 들다가도 뭔가 이상한 조합에 대체 이 약속이 무슨 의미가 있나 싶어졌다. 혹시 김찬영이 나를 좋아하나? 그런데 김찬영은 내가 여자인 걸 모르니까, 뭐, 그런…….

거기까지 생각하고 말았다. 고개를 절레절레 저으면서.

△ ○ ☆

낮과 밤의 온도 차가 온탕과 냉탕 수준으로 널을 뛰었다. 낮에는 후덥지근해서 강당이 아닌 운동장에서 체육이라도 하는 날이면 겨드랑이가 통곡을 했고 해가 저물고 학교를 나설 때면 서늘하게 불어오는 바람에 어깨가 움츠러들었다.

임석영과 둘이 급식을 먹는 날도 있었고 남윤수, 김찬영과 함께 급식을 먹는 날도 있었는데, 체육 대회를 기점으로 임석영은 내 주위에 김찬영이 있는 꼴을 못 봤다.

김찬영이 식판을 들고 내 옆이나 앞에라도 앉으면, 숟가락을 내려놓고 퇴식구로 가는 순간까지 김찬영의 얼굴에서 눈을 안 뗐는데 그게 꼭 감시자의 눈빛 같았다. 대체 김찬영과 나 사이에서 나를 경계하는 건지, 김찬영을 경계하는 건지 알 수가 없었다.

"야, 찬영이 얼굴에 뭐 묻었냐? 아주 몇 날 며칠 뒈지게 쳐다보네. 구멍 나겠다."

보다 못한 남윤수가 임석영 앞으로 손을 휘휘 흔들며 말을 꺼냈다.

"무슨 말이야. 나 저기 뒤에 보고 있었는데."

임석영이 부자연스럽게 시선을 옮기며 급식실 출구를 살피는 척했다.

"너는 할리우드는 못 가겠다. 연기 같은 거 할 생각 말고 공부 열심히 해라."

남윤수가 덧붙이는 말에 말없이 밥을 먹던 김찬영이 픽 웃음을 터트렸다.

식판에 얼굴을 고정한 채 테이블 아래에서 임석영의 발을 툭 때렸다. 출구를 보던 임석영이 고개를 돌린다. 쳐다보지 않은 채 수저질을 하자 임석영이 쓸데없는 짓 하지 말라는 신호로 받아들였는지 아무 말 없이 고개를 숙였다.

시간이 남아 학교나 한 바퀴 돌 생각으로 무리에서 빠져나왔다. 혼자 휘적휘적 걸을 생각이었는데 임석영이 따라왔다. 녹음이 우거진 교내가 푸르렀다. 햇살이 뜨거운데 그늘진 곳은 또 선선했다. 이따금씩 불어오는 바람이 기분 좋게 옷깃에 스몄다.

본관 앞을 지나가다가 저번에 임석영의 머리를 후려쳤던 선생과 마주쳤다. 청소 잘하고 있냐, 대충 했다가는 한 달 더 늘린다, 그런 이야기를 하는 선생에게 임석영은 진짜 너무 깨끗해서 눈이 부시다며 능청을 떨었다.

"조만간 검사하러 갈 거야."

선생이 임석영의 머리를 헝클어트린 뒤 멀어졌다. 머리를 후려칠 때와는 다른 온도였다.

"저 쌤이 너 되게 싫어하는 줄 알았는데."

내 말에 임석영이 어깨를 으쓱인다.

"내가 어디 가서 또 미움 받는 캐릭터는 아니지."

chapter 7. 선의 경계

뻔뻔한 말에 대꾸 없이 걸음을 뗐다.

동관 뒤 화단으로 가자 그늘이 펼쳐졌다. 살랑살랑 불어오는 바람에 민들레 줄기가 흔들거렸다. 바람에 날린 민들레 홀씨가 점점이 허공을 부유했다. 그게 먼지 같기도 하고 눈송이 같기도 했다.

학교를 한 바퀴 돌았는데도 시간이 남아 임석영과 함께 옥상으로 갔다. 학교 전경을 내려다보며 이어폰을 한쪽씩 나눠 끼고 음악을 들었다.

나는 운동장을 보고, 임석영은 나를 봤다. 그 시선이 너무 끈질겨서 모른 척하려다가 고개를 돌렸다.

"왜? 뭐 묻었냐."

"응."

"뭐?"

손을 올려 얼굴을 더듬었다. 급식에 제육볶음이 나왔는데. 양념이라도 묻었나. 입가를 문질러 닦자 임석영이 고개를 젓는다.

"거기 말고."

손의 위치를 옮겼다. 오전 수업 때 한참 동안 잤다. 교실 문을 열고 들어온 선생의 모습을 끝으로 기억이 없으니, 4교시 내내 잔 거였다. 설마 하며 눈가를 문질렀다. 손가락 끝으로 눈 안쪽을 꾹꾹 누르며 임석영을 보았다.

"됐어?"

임석영이 또 고개를 저었다.

"아, 뭔데. 네가 닦아주든가."

손을 떼고 몸을 돌려 임석영 앞으로 얼굴을 들이밀었다. 뭐가 묻었는지는 몰라도 재미있다는 듯 웃고 있는 모양새가 놀리는 게 분명해 보였다.

애먼 곳만 찾아다니며 닦는 내 손가락이 웃겼겠지. 또 엉뚱한 곳을 찌르느니 얼굴을 내어주는 게 나았다. 임석영이 아무 말 없이 제 앞에 떡하니 버티고 있는 나를 봤다.

"왜? 뭐 침이라도 발라야 돼?"

아무것도 안 하고 보고만 있기에 물었다. 저도 어쩔 수 없을 만큼 대참사가 일어나 있는 건가.

답답한 마음에 핸드폰을 꺼내 들었다. 검은 액정을 거울 삼아 얼굴을 비추어 봤다. 아무리 얼굴을 돌려봐도 딱히 뭐가 묻었다 할 만한 게 안 보였다.

설마? 너의 아름다움이 묻었어, 뭐 그런 건 아니겠지. 사색이 되어 눈을 가늘게 뜨고 임석영을 보았다.

"설마 예쁨, 뭐 그런 건 아니지?"

임석영이 답이 없다. 헐, 하는 소리가 새어 나갔다.

"진짜? 진짜 그거야? 야, 그런 말 하지 말아줄래?"

"내가 무슨 말을 했는데."

그러게. 너 아무 말도 안 했네. 괜히 머쓱해져 고개를 돌렸다.

"너 머리에 민들레 홀씨 붙었어."

"……."

"예쁨이 묻은 줄 알았어?"

chapter 7. 선의 경계

"……."

"이야, 설마 너 볼 때마다 내가 그런 생각을 하고 있다고 생각한 건가."

쪽팔려서 죽을 것 같다.

구름이 태양을 가려 그늘이 졌는데도 얼굴이 뜨거웠다. 손을 올려 정수리를 털었다. 거친 손짓에 머리칼이 마구 헝클어졌다.

"안 떨어졌어."

내렸던 손을 다시 올려 머리를 더 세게 털었다. 이번에도 안 떨어지면 저 소리를 또 들을 것 같아 고개를 숙이고 머리칼을 마구 헤집었다. 그 모습이 웃겼는지 임석영이 소리 내 웃었.

고개를 들자 임석영의 손이 올라왔다. 그의 손에 하얀 민들레 홀씨 하나가 잡혀 나온다. 진작 떼어줄 것이지.

임석영이 손에 잡은 민들레 홀씨를 내 앞으로 내밀며 말한다.

"예전에 벽돌 틈 사이에 핀 민들레를 봤거든? 그 좁은 틈을 뚫고 올라온 노란 꽃을 보는데, 뭔가 이상하더라."

임석영이 손바닥 위에 홀씨를 놓고 후, 바람을 불어 날렸다.

"그런 거 보면 조금 슬프지 않냐?"

난간 너머로 점처럼 멀어지는 홀씨를 보며 내가 물었다.

"뭐. 민들레?"

고개를 작게 끄덕였다.

"나는 날아가고 있는 홀씨를 보면 왠지 모르게 조금 먹먹해져. 어딘가를 향해 가고는 있는데, 자기들도 그걸 모르잖아. 바람에 쓸려 갈 뿐."

때마침 작게 바람이 인다. 앞머리가 가볍게 나부꼈다.

"그래서 먼지처럼 날아가는 홀씨를 볼 때마다 쟤들이 좋은 곳에 안착했으면 좋겠다고 생각했어. 차가운 시멘트 사이, 벽돌 틈이 아니라, 다른 꽃들도 많이 피어 있는 화단 같은 곳에."

난간 위에 두 팔을 올리고 턱을 댔다. 멀어지는 홀씨를 눈으로 좇았다.

"뿌리 내리고 눈을 떴는데, 벽돌 틈 사이에 혼자 있으면 좀 외롭잖아. 슬플 것 같아, 그런 거."

어디에서부턴가 홀씨가 안 보였다. 가만히 허공을 바라보다가 시선이 느껴져 고개를 돌렸다. 임석영이 조금 묘한 얼굴로 나를 보고 있었다.

"왜? 민들레한테 감정 이입하는 게 황당하냐?"

조용히 보더니 고개를 젓는다. 몸을 돌리고 나와 같은 모양새로 난간 위에 팔을 올리더니 허리를 숙여 턱을 댄다.

잠시 적막해졌다. 말없이 학교 전경을 응시했다. 한 차례 바람이 머리칼을 쓸고 지나갔을 때, 임석영의 말이 바람처럼 불어 들었다.

"나 너한테 화단 같은, 그런 거 되고 싶어."

운동장을 뛰어다니는 애들을 보고 있었다. 깜박, 움직이는 눈에 순간 초점을 잃었다.

임석영은 종종 오해하기 쉬운 말들을 하곤 했다. 귀엽다느니 하는 그런 말들. 그럴 때마다 혹시 나를 좋아하나? 생각했다.

임석영의 인스타만 몰랐어도 분명 그렇게 확신했을 거다. 댓글 요정 희진이. 그게 자꾸 목에 걸린 생선 가시처럼 신경 쓰였다.

남고라서 눈에 보이지 않아 그렇지. 임석영은 원래 누구에게나 이러는 게 아닐까.

눈을 깜박거리다가 고개를 돌렸다. 어떻게 반응을 해야 할지 몰라 쳐다만 봤다. 붉게 색이 오른 임석영의 귀가 보였다. 임석영이 난간 위에 올린 팔을 풀지 않은 채 나를 본다. 그러다 팔 위에 한쪽 얼굴을 비스듬히 묻으며 말을 이었다.

"네가 외롭지 않게 꽃도 많이 심어놓을 수 있는데."

귀에서부터 시작된 붉은 빛이 임석영의 뺨을 물들였다. 답지 않게 얼굴에 홍조를 띠더니 고개를 돌려 팔에 얼굴을 아예 묻어 버린다.

"나한테 안착하면 안 될까?"

두 팔 안에서 임석영의 목소리가 분명하지 않게 울린다.

방금 내가 제대로 들은 건가.

얼굴을 푹 파묻고 있던 임석영이 흘긋 눈을 돌려 나를 본다. 살짝 드러난 얼굴이 홍조를 띠다 못해 터질 것처럼 붉어져 있었다.

"야, 이런 장난 하지 마."

"장난?"

"그래. 이러면 네가 나 좋아한다고 오해하게 되잖아. 이런 건 진짜 네가 좋아하는 사람한테만 하라고. 이 사람, 저 사람한테 이러는 건 나쁜 버릇이다."

"내가 또 누구한테 그랬는데?"

"아니, 나도 이름은 잘 모르겠고……. 남윤수가 그러던데? 너, 뭐 그런 애 있다고."

댓글 요정 오희진. 심지어 성도 알면서 기억이 안 나는 척 눈동자를 굴렸다.

"그런 애?"

"뭐냐. 네 인스타에 댓글 많이 다는 애라고 하던데……."

"오희진?"

"아, 그래. 너 걔랑 뭐 있는 거 아니었어?"

괜히 민망해 앞머리를 쓸어내렸다. 빤히 보는 시선이 느껴져 눈을 돌리니 임석영이 알 수 없는 표정을 하고 나를 보고 있었다.

"……뭐, 왜."

"나 오희진 안 좋아하는데."

나란히 난간에 기댄 채 서로를 보았다. 시선이 부딪치는 사이, 덜컥 오해가 아니라는 걸 깨달았다.

"나 너 좋아해."

놀란 표정을 짓는 나를 보며 임석영이 말했다. 잠시 시간이 멈춘 것처럼 느껴졌다.

"이런 말도 너한테만 하는 건데. 내가 오희진한테도 그러는 줄 알았어?"

임석영의 고백에 놀라는 것도 잠시, 망했다는 생각이 들었다. 임석영의 입술이 호선을 그렸기 때문이다.

chapter 7. 선의 경계

"신경 쓰였어? 내가 너 말고 다른 애한테도 이러고 다니는 것 같아서?"

"아니, 아닌데."

"맞는 거 같은데."

"야, 덥다. 내려가자."

난간에서 몸을 떼자 임석영이 손목을 잡는다. 보니 웃는 낯을 하고 있다.

"김누리가 왜 오희진이랑 내 사이에 관심을 가지고 있었을까?"

"아, 그런 거 아니라고."

"말해봐, 누리야."

"아, 좀 놓으세요!"

팔을 당겨도 임석영이 안 놔준다. 몸을 뒤로 빼며 힘을 주자 임석영이 팔을 놓지 않은 채 웃는다.

"너 걔 신경 쓴 거지? 어?"

살랑 불어오는 바람에 댓글 요정이 날개를 흔들며 날아갔다. 내내 마음에 걸리던 것이 소화되었다. 이 손 좀 놓으라며 몸부림을 치는데도 자꾸만 웃음이 나와 참기가 힘들었다.

△ ○ ☆

학교가 끝나고 후문 뒤에 있는 포장마차로 향했다. 임석영과 함께 교실을 나섰는데 복도에서 만난 남윤수, 김찬영도 걸음을 같이하게 됐다.

복도에서 마주쳤을 때부터 눈을 가늘게 뜨고 나를 보던 남윤수는 동관을 벗어나서는 노골적으로 나를 쳐다봤다.

"왜."

계속 노려보다가는 눈이 가늘어지다 못해 찢어질 것 같기에 물었다. 남윤수가 가까이 붙어 섰다.

"대체 나 몰래 너희 셋이 뭐 하고 다니는 거냐."

"셋?"

의아한 얼굴로 앞을 보았다. 임석영과 김찬영이 나란히 걷고 있었다. 남윤수가 말한 셋이 앞에 가는 두 사람과 나인가.

"그, 뭐냐, 나는, 그……. 다 이해하거든?"

뭘 이해하기에 말까지 더듬니.

"나는, 어? 다 이해한다고."

그러니까, 대체 뭘 이해하냐고.

"단지 나는 그, 뭐랄까. 너무 가까운 곳에서 나도 모르게, 그런 감정이 오갔다는 게…… 그냥 조금 당황스러웠을 뿐인데. 뭐, 사랑이란 게 원래 자기도 모르게 싹트는 감정 아니겠어?"

사랑이라는 말에 눈을 동그랗게 떴다. 임석영의 고백이 벌써 여기까지 소문이 난 것인가.

"기침과 사랑은 못 숨긴다고 하잖아."

어디서 보고 외운 것 같은 말을 툭 뱉은 남윤수가 내 어깨에 손을 얹는다.

"그래서 너는 둘 중 누구야?"

"어?"

"아, 아직 마음의 결정을 못 내린 건가?"

"무슨 개소리야."

"뭐, 어느 쪽을 선택하든 나는 너를, 아니 너희를 응원한다."

남윤수가 주먹을 쥐고 파이팅을 하더니 휘적휘적 걸음을 빨리하며 앞서 나갔다. 뒷말은 무슨 말인지 하나도 못 알아먹었다.

뭐지, 저 거대한 벽은?

뉘엿뉘엿 해가 넘어가는 길에 서서 팔을 쓸었다. 뭔가 깊은 오해가 남윤수 안에서 싹튼 것 같은 불안한 예감이 든다.

후문 앞에 있는 포장마차 앞에 섰다. 전에 임석영과 담에 붙어 서서 만득이 핫도그를 사 먹었던 그 포장마차였다. 떡볶이와 순대, 핫도그와 닭꼬치, 닭강정과 피자만두를 거의 쓸어 먹었다.

어묵을 베어 먹으며 너무 잘 먹는 남윤수와 조금 잘 먹는 김찬영을 보았다. 고개를 돌려 옆에 선 임석영을 보았다. 시선을 느꼈는지 임석영이 고개를 돌려 나를 본다.

"왜? 뭐 줘?"

"아니, 네 친구들 분식 안 좋아한다고 하지 않았어?"

그 말을 듣기라도 했는지 남윤수가 떡볶이 떡 세 개를 입에 욱여넣으며 개소리! 하고 소리쳤다.

"떡볶이 없는 세상은 생각도 하기 싫구만, 뭔 소리래."

"남윤수 개명하는 게 꿈인 거 모르는구나. 남떡볶으로. 그럼 사람들이 떡볶이, 하고 불러주니까."

김찬영이 거들었다. 개명을 꿈꿀 정도로 좋아한단 말인가. 분명 임석영이 제 친구들은 분식을 안 좋아해서 나보고 분식 메이트가 되어달라고 했었는데.

고개를 올려다보자 임석영이 싱긋 웃는다. 그거 구라야, 하는 얼굴로.

늘 지갑을 꽁꽁 숨기던 남윤수가 기분이다! 하며 계산을 했다. 나는 어쩐지 남윤수가 이상한 곳에서 기분을 내고 있다고 생각했고, 임석영은 네가 제일 많이 먹었는데 계산하는 건 당연한 거 아니냐고 말했다. 김찬영은 잘 먹었어, 하며 입을 닦았다.

포장마차를 기준으로 아이들과 찢어졌다. 남윤수와 김찬영이 오른쪽 길로 갔고 임석영과 내가 왼쪽 길로 갔다.

멀어지는 와중에 남윤수가 잔돈으로 받은 지폐를 손수건처럼 흔들며 아! 나 알아버렸다! 알아버렸어! 너의 선택을! 하고 소리쳤다.

김찬영이 남윤수를 길에 둔 채 그냥 가버렸고, 임석영은 관심 주지 말라며 나를 끌어당겼다.

나란히 걸어 버스 정류장에 도착했다. 버스를 기다리는데 학기 초 신발도 없이 앉아 있던 날이 떠올랐다. 그날은 참 추웠는데, 어느새 날이 더워져 있었다. 선선한 바람이 불었다.

가까이 앉은 임석영에게서 비누 향이 난다. 교복에 밴 냄새인 건가.

"너한테 비누 냄새 나."

내 말에 가방 안을 뒤적이던 임석영이 고개를 돌린다.

"나한테?"

작게 고개를 끄덕였다.

"너희 집 냄새인가."

"집에서 비누 냄새 나는 게 어디 있냐."

"그럼 향수야?"

"나 향수 안 쓰는데."

"그럼 섬유유연제인가. 되게 좋아."

가방에서 임석영이 꺼낸 건 이어폰이었다. 핸드폰에 이어폰을 연결하면서 고개를 숙이더니 작게 웃는다. 왼쪽 뺨에 보조개가 살짝 파였다.

"그런 말 하지 마."

"왜?"

"설레잖아."

"……."

괜히 했다, 생각하며 고개를 돌렸다. 버스 도착 예정 시간을 보는데 불쑥 임석영이 이어폰을 건넨다.

"됐어. 나도 있어."

주머니에서 엠피스리를 꺼냈다. 이어폰 두 쪽을 귀에 꽂자 임석영이 허, 하고 웃으며 내게 내밀었던 이어폰을 거두어 갔다. 그러더니 꺼냈던 이어폰을 가방 안에 다시 집어넣고 지퍼를 올렸다.

왜 도로 넣지, 생각하는데 내 귀에 있는 이어폰 한쪽을 빼 제 귀에 꽂았다.

"뭐야?"

"같이 듣자."

같이 안 듣는 게 좋을 텐데. 아니나 다를까, 임석영의 얼굴이 굳었다. 배따라기의 '그댄 봄비를 무척 좋아하나요'가 재생되고 있었다.

"넌 요즘 노래 안 들어?"

"응."

"아이돌 안 좋아해?"

"응."

"이건 누군데."

"배따라기."

가만 나를 바라보던 임석영이 고개를 돌리고 정면을 보았다. 소방차 노래를 들을 걸 그랬나. 나도 고개를 돌렸다.

해가 넘어가는 하늘이 붉게 타올랐다. 해가 넘어가는 쪽은 붉게 타고, 그 언저리는 분홍빛으로 물든 풍경, 정류장엔 둘뿐이었다. 도로를 달리는 자동차의 전조등 불빛이 가까워지다가 멀어지기를 반복했다.

조용히 음악을 들으며 앉아 있자 오늘 옥상에서 임석영이 내게 한 말이 생각났다. 누군가에게 고백을 받은 적이 있긴 했지만, 사귀자는 말 없이 네가 좋아, 그런 말만 하는 경우는 처음이었다. 그 말 때문에 어색해진 건 아니었지만 조금 궁금해졌다.

"야, 석영아."

chapter 7. 선의 경계

말없이 고개를 돌린 임석영과 눈이 마주쳤다.

"내가 왜 좋아?"

"갑자기 그런 건 왜 물어?"

"아니, 아무리 생각해도 네가 나를 좋아할 만한 이유가 없는 거 같아서."

느리게 움직이며 눈동자를 감췄다가 드러내는 눈꺼풀을 보았다. 속눈썹 아래로 드러난 임석영의 눈동자가 검고 깊다. 노을로 얼룩진 하늘이 그의 눈에 비친 것도 같다.

"좋아하는 데 이유가 있나."

"있지. 이유 없는 게 어디 있어."

"있었겠지. 처음에는. 지금은 그런 거 다 잊어버렸어."

물끄러미 나를 바라보는 임석영의 눈빛이 얼핏 떨리는 것처럼 느껴졌다.

"그냥, 너를 생각하면 가슴이 빨리 뛰어. 얼마나 미친 듯이 뛰는지 넌 모를 거다."

임석영의 시선이 정면으로 돌아갔다. 건너편을 보는지, 하늘을 보는지 모를 그의 시선이 오랜 시간 고정됐다.

"너도 나를 좋아했으면 좋겠어."

임석영을 따라 정면을 응시하고 있을 때, 그 말소리가 넘어왔다. 해가 조금 더 낮은 곳으로 이동했는지 하늘이 온통 분홍빛으로 물들어 있었다.

"나 너 나쁘게 생각 안 해."

임석영이 고개를 돌려 나를 보았다. 눈이 마주치자 웃으며 머리를 헝클어트린다. 머리칼을 마구 헤집은 손이 부드럽게 내려와 이마에 잠시 머무른다.

"친구로 좋아해 달라는 거 아닌데, 콩알아."

이마로 그의 체온이 옮겨 왔다. 손을 거둔 임석영이 소리 없이 웃으며 시선을 돌렸다.

가슴이 이상하리만치 빠르게 뛰었다.

△ ○ ☆

집에서 나오자 밖에 서 있는 임석영이 보였다. 주머니에 두 손을 찔러 넣고 있던 임석영이 웃는 얼굴로 두 팔을 벌린다. 자동문이 열리고, 두 손으로 가방끈을 당겨 잡고서 임석영을 휑하니 지나쳤다.

다리가 긴 임석영이 금방 따라붙었다.

"뭐야. 왜 무시하고 지나가지?"

"타이타닉도 아니고 팔은 왜 벌려?"

"타이타닉이 뭔데."

"……."

임석영은 이 유명한 영화를 모르는 모양이다.

"안기라고 벌린 건데."

임석영은 내게 고백을 한 이후로 막힘없는 고속도로를 달리는 차처럼 거침이 없었다. 이제 남의 눈치 따위는 전혀 신경을 쓰지 않는 듯 보였다.

chapter 7. 선의 경계

학교 가는 길이잖아, 하고 낮게 말하며 쏘아보자 임석영이 입을 다문다.

"손 내밀어봐."

"뭔데?"

"사탕."

손바닥을 올렸다. 손바닥 위로 임석영의 주먹이 내려온다 싶더니 사탕을 놓고 자연스레 깍지를 낀다. 임석영과 마주 잡은 손바닥 안에서 사탕 봉지가 바스락 소리를 냈다.

급하게 손을 빼고 임석영의 팔을 때렸다.

"아침부터 맞아볼래?"

"이미 때려놓고 맞아볼래래. 가만 보면 깡패가 따로 없어."

임석영이 맞은 곳을 쓸어내리며 웃었다.

오늘따라 버스에 사람이 많았다. 빈자리가 없어 서서 가는데 버스가 조금 난폭하게 굴러갔다.

끄응! 소리를 내며 손잡이를 구명줄처럼 붙잡는데 임석영이 주위를 살피다가 내 뒤에 와 섰다. 그 이후로 서서 가는 게 한결 수월했다. 느슨하게 손잡이를 잡고 있다가 눈을 올려 뒤에 선 임석영을 보았다. 이를 악다물고 버티고 있었다.

풉, 웃음이 터졌다.

"와, 나 힘줄 봐."

임석영이 손잡이를 잡은 제 팔을 눈짓했다. 내가 편한 이유가 여기에 있다는 걸 알게 됐다.

점심을 먹고 임석영과 함께 옥상으로 갔다. 책상 두 개를 붙이고 나란히 앉아 학교 전경을 내려다봤다. 매점에서 산 아이스크림을 먹는데 날이 더워져서 그런지 녹는 속도가 빨랐다. 그 탓에 괜히 먹는 속도도 빨라졌다. 녹아서 흐르는 꼴을 볼 수가 없어서.

임석영은 메로나를 먹었고 나는 스크류바를 먹었다. 입이 큰 건지, 뭔지 메로나가 금방 동났다.

"야, 너 진짜 빨리 먹는다."

빈 막대를 입에 물고 임석영이 어깨만 으쓱인다.

아이스크림을 베어 먹다가 빨아 먹기를 반복하는데 막대를 잡은 손가락 위로 녹은 아이스크림이 뚝 떨어졌다. 아이스크림이 떨어진 손 위로 임석영과 나의 시선이 동시에 향했다.

"다 흘리고 먹네. 흘리고 먹어."

임석영이 혀를 차며 손을 잡아당겼다. 입에 아이스크림을 문 채 손을 내어줬다. 고개를 숙인 임석영이 아무렇지 않게 손가락 위에 떨어진 아이스크림을 쪽, 입술로 훔쳐 닦았다.

"어……!"

눈을 동그랗게 뜨고 손을 당겨 가져가자 임석영이 의아한 얼굴로 눈을 올렸다.

"왜?"

"야, 너, 방금, 무슨."

절단기를 사용한 것도 아닌데 말이 토막토막 잘려 나간다.

"닦을 게 없어서 그런 건데."

chapter 7. 선의 경계

"아니, 그래도, 무슨, 그렇게."

버벅거리는 말에 임석영이 미소 짓는다.

"왜? 좋았나 봐?"

"아니, 아니거든! 내가, 무슨!"

눈을 동그랗게 뜨고 말을 버벅대는 사이 더운 열기에 녹은 아이스크림이 뚝뚝 바닥으로 떨어졌다. 상체를 길게 빼고 아이스크림을 한입에 욱여넣었다. 입 안으로 잔뜩 들어온 냉기에 이가 시리다.

"흐으, 어, 어."

입을 다물었다가 벌리기를 반복하며 몸을 떨자 임석영이 손에 든 막대를 가져가며 피식 웃는다.

"입 밖으로 흘리기만 해."

헐, 하는 소리를 뱉지도 못하고 입을 다물었다. 입구 봉쇄 같은 느낌으로.

이가 너무 시려 눈을 찡그렸다. 그래도 입만은 벌리지 않았다. 입술을 꼭 붙이고 으으, 으, 하고 신음하는 모습에 임석영이 숨도 안 쉬고 웃었다.

학교가 끝났다. 임석영과 티격태격하며 교문을 나서는데 떡하니 버티고 서 있는 검은 세단 한 대가 보였다. 어디서 많이 본 차다, 생각하는데 익숙한 얼굴이 운전석에서 내렸다. 검은색 슈트를 말끔하게 입은 남자. 사모님의 운전기사였다.

걸음을 멈춘 나를 임석영이 내려다보더니 내 시선이 향한 곳으로 고개를 돌렸다. 남자가 뒷좌석 문을 열었다. 홍차연 집행 급행열차가 올 줄이야.

"왜 그래? 아는 사람이야?"

이쪽저쪽 눈치를 살피다가 고개를 끄덕였다.

"석영아, 너 먼저 가."

"왜? 누군데?"

"……."

"저 사람 누군데."

말을 안 하자 임석영의 얼굴이 점점 굳는다.

문을 열고 가만 서 있는 남자를 노려보던 임석영이 내 앞을 가로막고 서며 시야를 가렸다.

"저 사람 꼴을 봐. 누가 봐도 수상하잖아. 내가 너를 그냥 보내줄 것 같냐."

엄한 목소리에 괜히 시선이 아래로 떨어졌다.

"홍차연 집에 가는 거야. 걱정 안 해도 돼."

"홍차연?"

나와 마주 보고 서 있던 임석영이 몸을 틀어 기사를 다시 한 번 확인한다.

"같이 갈까?"

"미쳤냐."

아, 진짜, 걱정되는데, 하고 낮은 목소리를 흘린 임석영이 눈썹을 살짝 찌푸리더니 옆으로 물러나 섰다.

"전화해."

chapter 7. 선의 경계

걸음을 떼기 전, 웃으며 고개를 끄덕였다.

거리가 가까워지자 기사가 내 어깨 너머로 시선을 던지고 있는 게 보였다. 돌아보지 않았지만 분명 임석영을 보고 있을 터였다.

차 안으로 몸을 넣고 올라타자 남자가 몸을 돌려 문을 닫았다. 차체를 쭉 돈 남자가 운전석 문을 열고 탔다. 주차에 놓여 있던 기어를 움직이며 룸미러로 나를 보았다.

"친구가 생긴 모양이구나."

이 이야기는 분명 사모님 귀에 흘러 들어갈 게 뻔했다.

"……친구 아닌데요."

룸미러로 나를 들여다보던 기사가 시선을 돌리고 운전대를 잡았다. 부드럽게 차가 나아갔다. 움직이는 창밖 풍경 속에 못마땅한 표정을 하고 서 있는 임석영이 보였다.

홍차연의 몸이 완전히 회복된 걸까. 그래서 이제 학교생활을 그만해도 된다는 말을 하려고 나를 부른 걸까. 그런 기대를 하며 무릎 위에 둔 손을 마주 잡았다.

집을 배회하면서 돌아다니지 않는 한, 홍차연 집 안에서 할머니를 마주칠 확률은 적었다. 할머니는 대부분 부엌에 머물렀고, 식재료를 다듬거나 식사 준비를 하지 않는 시간에는 관리인 숙소에 머물렀다.

그래도 혹시 모를 일을 대비하여 기사가 준비한 후드를 교복 위에 입었다. 할머니는 개코지만 눈썰미가 좋은 편은 아니었다. 마주친다 하더라도 내가 입고 있는 게 교복이라고 생각하지는 않을 것이다.

조심스레 계단을 올랐다. 금방 화단에 물을 줬는지 잔디가 젖어 있다. 정원을 지나 현관으로 향하다가 얼굴이 굳었다. 정원 한쪽에 마련된 파라솔 아래에서 홍차연이 철제 의자에 앉아 책을 읽고 있었다.

정확히 왼쪽 무릎 위를 누르며 내려온 오른쪽 다리, 책을 팔랑 넘기는 손. 두 다리, 두 팔, 그러니까 사지가 멀쩡했다. 바닥돌을 밟고 가던 걸음을 돌렸다. 잔디를 짓밟으며 그늘 안에 있는 홍차연 앞에 섰다.

동그란 안경을 쓰고 책을 보던 홍차연이 느리게 시선을 올렸다. 하얀 피부가 파리하게 느껴졌지만 분홍빛 입술이며 또렷한 눈동자가 그가 다 나았음을 말해주고 있었다.

가만 내 얼굴을 올려다보던 홍차연이 느지막이 웃는다.

"나로 사는 건 어때? 재미있어?"

재미있겠냐.

말없이 쳐다보자 홍차연이 손에 들고 있던 책을 다리 위에 내려놓았다. 팔꿈치를 팔걸이 위에 대고 턱을 괴더니 고개를 기울여 나를 응시한다. 그 눈빛이 묘하게 기분이 나빴다. 이 꼴을 하고 있는 나를 비웃는 것 같은 느낌이 들었다.

"야, 다 나았으면 이제 네가 다녀. 학교."

"왜? 재미없어?"

"……넌 학교를 재미로 다녀? 내가 지금 재미있자고 이거 해?"

"나는 재미있던데."

차분하게 뱉는 말에 웃음이 섞여 있었다.

"너 학교에서 학교 폭력 피해자로 진술했다며?"

놀랐다. 집 안에 처박혀 있던 홍차연이 대체 집 밖의, 것도 학교에서의 일을 어떻게 알고 있는 건지.

눈을 동그랗게 뜨자 홍차연이 쿡쿡대며 웃는다.

"조용히 출석이나 하라고 보내놨더니, 그런 일에 나설 줄은 몰랐네. 너를 때린 쪽이 강은호? 임석영? 아, 아니지. 임석영이 강은호를 때렸다고 했나. 둘 다 누구인지는 몰라도 주먹이 먼저 나가는 걸 보니 망나니 같은 새끼들인가 봐."

"……그런 거 아니거든."

주먹을 쥐었다. 세상 여유로운 표정의 홍차연을 때릴 수가 없어서, 주먹만 부들부들 떨었다.

"그래서, 네 마음대로 친구 사귀니까 좋아?"

웃는 얼굴이 조금 야위어서 그런지 야박해 보였다.

"너 겁도 없다. 네 정체 들통 안 나려면 무서워서라도 쥐 죽은 듯 다녀야 하는 게 정상 아닌가."

다리 위에 놓았던 책을 다시 집어 올린 홍차연이 웃음기 없는 얼굴로 나를 보았다.

"내 이름 달고 다니는 거면 닥치고 조용히 다녀."

다녀? 다녀? 끝난 게 아니고 계속 내가 다녀?

"무슨 소리야. 이제 네가 다니면 되잖아."

내게 시선을 주지 않은 채 홍차연이 책장을 넘겼다.

"아버지가 7월은 되어야 들어오신다고 하네."
"그런데?"
불길한 예감이 치솟는다.
"학기가 애매하게 껴서, 조금 더 쉬려고."
"장난쳐?"
눈을 올린 홍차연이 싱긋 웃는다.
"들어가 봐. 기다리시겠다."
"사모님한테 안 할 거라고 말할 거야. 네 이름으로 네가 다녀. 학교."
"곤란한데."
홍차연이 느긋하게 안경을 고쳐 쓴다.
"너도 들어가면 곤란해질걸?"

뭐가 그렇게 당당해서 계속 입술을 늘여 웃는지. 망할 놈의 새끼. 진짜 이 짓을 그만두고야 말겠다, 라고 생각했지만 그 다짐은 사모님과 마주한 순간 무너지고 말았다.

기다란 거실 탁자 위에 각봉투가 있었다. 각봉투 위에는 흰 종이가 있고, 그 종이에는 지그시 누른 도장이 인주의 붉은 빛으로 남아 있었다. 그러니까, 이 서류는, 부동산 매매 계약서. 그걸 보는 순간 아무런 말도 할 수 없었다. 홍차연 말처럼, 정말 곤란해졌다.

"전학 절차를 조금 천천히 밟으려고 해. 방학하기 전에는 끝날 거야. 별일 없지?"
"……네."

"이 서류는 전학 절차 밟는 날 정리하도록 하자."

"그런데 부쩍 날이 더워져서 애들도 하복 입고…… 더 끌면 걸릴 거 같은데……."

"그건 네가 알아서 잘하겠지."

나를 보며 웃는 얼굴이 가식적이다. 걸리는 것도 내 책임이니 알아서 처신 잘하라 이건가. 할 말이 없다. 고개를 끄덕이고 자리에서 일어났다. 기사가 집까지 바래다준다는 걸 거절하고 홍차연의 집을 나왔다.

홍차연이 앉아 있던 철제 의자엔 아무도 없다. 대화가 얼마나 속전속결로 끝났는지, 아직도 잔디가 투명한 물방울을 매단 채 젖어 있다. 해가 조금 더 기울었을 뿐.

고개를 들어 하늘을 보았다. 홍시가 터진 듯 붉게 물든 하늘에 괜히 마음이 무겁게 내려앉았다.

하늘이 얼마나 넓고 크면 노을이 이렇게 사정없이 흩어진 채 물드는 걸까. 여기서 내가 느끼는 먹먹함은 얼마나 사소할까. 노을을 머리 위에 두고 밤을 기다리는 나는 얼마나 나약한가.

오늘은 달이 어제보다 더 밝았으면 좋겠다고 생각했다. 어둡게 물든 하늘 너머에서, 모든 이의 마음이 모이는 섬처럼 빛났으면 좋겠다고.

발치의 돌멩이를 차며 걸었다. 오른쪽으로 굴러가면 오른쪽으로 걸어가 돌멩이를 차고, 그게 왼쪽으로 굴러가면 왼쪽으로 걸어가 돌멩이를 찼다.

작고 각진 돌멩이를 발로 차며 걷다 멈추고 걷다 멈추기를 반복하며 집 앞에 다다랐을 때, 캐노피 아래에 앉아 있는 임석영이 보였다.

"어?"

발 앞에 돌멩이를 두고 멈춰 서자, 내가 걸어오는 꼴을 계속 보고 있었던 듯 임석영이 나를 응시했다. 눈을 깜박거리다가 괜히 반가운 마음이 들어 웃자, 임석영이 무표정한 얼굴로 일어난다.

가만 서 있는 내게로 임석영이 다가왔다. 걸음을 멈춘 임석영이 발 앞의 돌멩이를 꾹 밟는다. 임석영의 신발 아래로 돌멩이가 모습을 감췄다.

"전화하라고 했잖아."

"아, 집에 와서 하려고 했지."

"아주 나는 네 안중에 있지도 않지."

두 손을 주머니에 찔러 넣고 있던 임석영이 손을 올리더니 이마를 덮고 있는 앞머리를 반으로 가르며 머리를 매만졌다.

"그 집에서 뭐래. 이제 걔가 학교 다닐 거래?"

아, 그게, 하고 말을 잇다가 고개를 숙였다.

"너 이제 학교 안 나와도 되는 거야?"

임석영의 말에 고개를 저었다.

"그 새끼 대체 전치 몇 주냐. 아직도 안 나았어?"

"……."

"이상한 집구석이네."

chapter 7. 선의 경계

돌멩이를 감춘 임석영의 신발을 말없이 내려다보자 임석영의 큰 손이 머리 위로 무겁게 올라왔다. 머리 위로 느껴지는 그 무게감에 이상하게 코끝이 찡해졌다.

아무런 말도 안 했는데, 임석영이 괜찮아, 하고 그렇게 말해 주는 것 같아서. 그런 느낌이 들어서, 눈물이 날 것 같다. 임석영의 신발 앞코와 내 신발 앞코가 마주 보고 있는 것을 보다가, 한 걸음 뒤로 물러났다.

홍차연의 입에서 임석영의 이름이 나왔다. 임석영과 강은호의 일을 알고 있다는 건 학교에 제 명찰을 달고 다니는 내 모습을 어떤 방법으로 전해 듣고 있다는 거다. 학교 아이들에게 거짓말하고 있는 것도 곤욕인데, 이제 학교에서의 내 모습을 감시하고 있을 홍차연의 눈도 신경을 써야 하다니. 사는 거 왜 이렇게 힘들까, 같은, 나이에 맞지 않는 소리가 튀어나올 것만 같다.

집이 뭐라고, 하다가도 평생 살 수 없을 것 같은 집값을 생각하면 버텨야지 싶고, 죄의식에 시달리다가도 아이들과 웃고 떠들 때면 즐거웠다.

'인생……'

언제 어디에서 나를 보고 있을지 모를 그 집의 눈을 생각하면 학교에서 행동에 더 주의할 필요가 있겠다 싶다.

임석영이 나를 바라봤다.

"그 집에서 무슨 소리 들었어?"

"개 같은 소리지, 뭐."

임석영의 말에 가볍게 대꾸하고는 고개를 올렸다.

오늘 사모님에게 애초에 계약 조건은 홍차연의 몸이 회복될 때까지라고 했으니, 이제 그만하겠다고, 그렇게 말했다면 어땠을까.

나는 할 일을 했고 아파트를 달라!

계약서 한 장에 눈이 멀어서 아무런 말도 못 하고 나왔다는 것을 차마 말할 수가 없었다. 내가 생각해도 내가 돈에 눈멀고 아둔한 사람처럼 느껴졌다.

아파트고 뭐고 이런 식으로 학업을 이어가는 홍차연 이름에 먹칠을 하고 싶다. 하지만 이 모든 건 이런 제안을 수락한 내가 있기 때문에 가능한 거였겠지.

하늘에 희미하게 뜬 달이 보였다. 달이 선명하지 않고 흐렸다. 순간 우울한 낯이 됐는지, 임석영이 목을 길게 빼며 얼굴을 들이밀었다. 흐린 달이 차던 시야에 임석영의 얼굴이 밀려든다.

"아, 따라갈 걸 그랬다. 그 집 주소 뭐냐. 벨튀라도 해야겠네."

소심한 복수극을 꿈꾸는 모습에 피식 웃음이 터졌다.

"좀 걸을래?"

내 표정을 살피듯 얼굴을 훑어 내린 임석영이 고개를 끄덕인다.

임석영과 천천히 길을 걸었다. 아파트 단지 안을 크게 한 바퀴 돌고 집으로 들어갈 생각이었다. 문득 떠오른 상념에 입을 열었다.

"석영아, 반 애들이 나를 친구로 생각하고 있을까?"

"반 애들 누구."

chapter 7. 선의 경계

"그냥 애들 다."

"당연한 거 아니야?"

"그런데 나는, 걔들이 알고 있는 홍차연이 아니잖아. 이 사실을 알게 되면 배신감 같은 거…… 느끼겠지?"

임석영이 음, 하며 대답을 미룬다.

"거짓말하면서 남 속이는 거 진짜 너무 힘들다. 그 누구와도 안 친해졌으면 덜 힘들었을 거 같은데."

자꾸 오늘 홍차연이 했던 말이 귓가를 맴돌았다. 그 맴도는 소리가 속을 시끄럽게 만들었다.

처음엔 무조건 듣키지 말자, 그 생각뿐이었는데. 초조함만 가득하던 내 안에 어느 순간 죄책감이 밀려들었다. 스스럼없이 나를 대해주는 아이들이 너무 따뜻해서, 그렇게 자꾸 내 영역 안으로 발을 들여서, 그런데 아이들이 알고 있는 나는 홍차연이 아니라서, 나 스스로가 거북했다.

뭐랄까. 고추장이 케첩인 척 맥도날드에 입고된 것 같달까. 휘핑크림인 척 카페모카에 올라간 마요네즈. 아메리카노인 척 하는 까나리. 그런 거.

"왜. 애들한테 거짓말하는 것 같아서 미안해?"

고개를 끄덕였다.

"거짓말을 하고 있는 건 맞지. 이렇게 친해질 줄은 몰랐어. 어차피 나중에 전학 가면 끝이긴 한데. 뭐랄까, 그냥 마음이 그래."

"우리에겐 사과라는 게 있잖아."

눈을 돌려 임석영을 보았다. 선선하게 불어오는 바람을 맞으며 임석영이 말을 이었다.

"친구라면 아마 이해하게 될 거야."

임석영의 말에 감동 비슷한 걸 받아버렸다. 고개를 푹 숙이고 그 여운을 느꼈다.

△ ○ ☆

분리수거를 하고 돌아가는 길, 동관 앞에 강은호의 무리가 삐딱하게 서 있는 게 보였다. 막대사탕을 입에 물고 있는데 그게 왜 이렇게 불량하게 보이는지 모를 일이다.

기다란 강은호의 눈이 매섭게 내게로 꽂힌다. 그게 꼭 뱀 같기도 하고, 미친 독수리 같기도 하다. 내 목을 물어뜯겠다는 듯 보는 것만 같아서 눈을 깔고 벽에 붙어 가는데, 역시나 내 이름이 호명된다.

염병, 그냥 지나가는 법이 없어, 하고 생각하는데 목소리가 저 위에서 울렸다. 슬그머니 고개를 들자 동관 2층 창문 밖으로 임석영이 상체를 길게 뺀 채 손을 흔들고 있다.

"뛰어와. 반장이 햄버거 쏨."

해, 햄버거?

텅 빈 플라스틱 바구니를 흔들며 걸음을 빨리했다. 강은호 옆을 지나갈 때 그가 몸을 크게 움직이는 바람에 흠칫 몸을 떨었지만 가는 길을 막거나 건들지는 않았다.

chapter 7. 선의 경계

후다닥 계단을 오르자 교실 앞에 서 있는 임석영과 마주쳤다. 손에는 햄버거 두 개가 있고, 그중 하나를 내게 내민다. 아이들은 의자가 있는데도 책상 위에 엉덩이를 붙이고 앉아 햄버거를 먹고 있었다.

한 손에 바구니를, 한 손에 햄버거를 들고 교실로 들어서자 교탁 앞에 서 있는 반장과 눈이 마주쳤다.

"반장, 잘 먹을게."

손에 든 햄버거를 흔들자 반장이 무표정한 얼굴로 고개를 끄덕인다. 반장은 원래 표정이 없다. 무표정하지만 아마 지금 매우 만족하는 상태일 것이다. 반 아이들이 좋아하고 있으니까.

교실 뒤쪽에 바구니를 놓고 자리에 앉았다. 햄버거 포장을 뜯으려고 하는데 임석영이 내 의자를 제 쪽으로 잡아 끌어당겼다. 아래에 바퀴가 달린 것도 아닌데 너무 자연스럽게 끌려가는 모양새에 눈이 동그래졌다.

"다른 애들도 다 친구랑 같이 먹잖아."

임석영이 다른 아이들을 눈짓했다. 고개를 돌리고 보자 다들 삼삼오오 모여 햄버거를 먹고 있었다. 슬쩍 의자를 뒤로 밀어 뺐다.

"애들 있는 곳에서 이런 거 하지 마."

"이런 거?"

"막 자꾸 네 옆에 나 앉히려고 하고, 끌어당기고, 그런 거."

"왜? 이게 이상해?"

"이상하지. 완전 이상하지."

임석영이 잘 모르겠다는 얼굴을 한다.

"전에도 말했는데 네가 안 들은 거야. 이제 진짜 하지 마."

학교에서의 일이 홍차연 집으로 들어가고 있다. 사모님을 만나고 온 날, 아무래도 신경이 쓰여 홍차연에게 물어보았다. 학교에 사람이라도 심어놨냐? 그 물음에 돌아온 답은 'ㅋㅋ'이었다. 전보다 더 행동거지에 신경이 쓰였다.

"뭐, 그래."

임석영이 입술을 삐죽이며 고개를 끄덕인다.

"그런데, 강은호 그 새끼가 뭐라고 했어? 아까 밖에 서 있던데."

햄버거 포장을 벗기는데 임석영이 한 손으로 콜라 캔을 따며 물었다. 햄버거를 한 입 베어 물며 고개를 저었다. 아무 말도 안 했어, 하고 말했는데 입 안에 욱여넣은 게 생각보다 많아 웅얼거리게 됐다.

"아웅망도앙해써?"

임석영이 제가 들은 대로 따라 한다. 입에 든 것을 꾹꾹 씹으며 노려보자 아웅망도 안 했구나, 하며 콜라 캔을 내 책상에 놓았다.

"학주가 걔 한 번만 더 사고 치면 강제 전학 시킨다고 으름장을 놨대. 자기도 강전은 싫으니까 이제 안 괴롭힐 거야."

그런 일이 있었군.

햄버거를 크게 한 입 베어 물고 눈을 올렸다. 뭐라 말을 덧붙이려던 임석영이 벌린 입을 다문다. 자연스레 손을 들어 내 입가를 쓱 문질러 닦았다. 눈이 휘둥그레졌다.

임석영의 엄지에 햄버거 소스가 묻었다. 놀란 얼굴로 엄지가 움직이는 방향을 보았다. 아무렇지 않게 제 입으로 가져가기에 팍, 그의 의자 다리를 때려 밀었다.

의자가 뒤로 밀려나며 임석영의 몸이 조금 흔들렸다. 손을 올린 채 임석영이 당황한 얼굴로 나를 본다.

"뭐야, 왜?"

"휴지 없어? 휴지로 닦아."

급하게 교실 안을 두리번거렸다. 누가 보기라도 했을까 봐 눈동자가 불안하게 흔들렸다.

"없으니까 그렇지."

한 손에 햄버거를 든 채 교실 앞으로 갔다. 교탁 위에 배달 봉투에 섞여 온 휴지가 있었다. 몇 장 주워 들고 후다닥 자리로 돌아가 임석영 책상 위에 올렸다.

깜박거리는 임석영의 눈을 보고 있자니, 얘는 지금 뭐가 잘못되었는지 전혀 모르는 눈치다.

"내가 아까 한 말 허투루 들었어? 이런 거 하지 말라고 말한 지 5분도 안 됐는데."

"친구끼리 뭐 어때. 먹다 뭐 묻으면 닦아줄 수도 있지. 그게 이상해?"

"그게, 나는 좀 불편해. 그러니까 하지 말라면 좀…… 하지 마."

장난스럽게 시작된 대화가 조금 딱딱하게 끝났다. 임석영이 무표정한 얼굴로 갑자기 의자를 끌어가 멀어진 나를 본다.

"네가 불편하다고 하니까 안 하겠는데."

임석영이 다 먹지도 않은 햄버거를 포장지로 덮더니 책상 한쪽으로 밀어버린다.

"애매한 거 알지? 네가 말한 거."

갑자기 굳어진 분위기 때문일까. 얼마 먹지도 않았는데 속이 꽉 막힌 것처럼 답답했다. 가만 내 얼굴을 응시하던 임석영이 말없이 시선을 거뒀다. 실수를 한 것처럼 마음이 불편해졌다.

속이 답답한데도 햄버거를 남김없이 입으로 밀어 넣었다. 처음에는 가슴이 꽉 막힌 것처럼 갑갑하더니 시간이 조금 지나자 얼굴이 창백해졌다. 가슴을 팡팡 때리고 싶은 게 체기가 있는 듯했다.

마주 잡은 두 손이 찼다. 체한 게 확실했다. 끝종이 울리자마자 가방에서 이어폰을 꺼냈다. 이어폰 선을 길게 잡고 왼쪽 엄지에 돌돌 말았다. 남은 손으로 명찰 핀을 눌렀다.

"너 뭐 해?"

임석영이 그렇게 물은 건 내가 명찰 핀으로 손톱 아래를 찌르려고 살펴보고 있을 때였다. 한 손에 안전핀의 바늘을 잡고 임석영을 보았다.

"아, 체증이 있어서."

"그럼 보건실을 가야지, 왜 그러고 있어?"

종종 급하게 먹은 음식이 얹히곤 했다. 그럴 때면 실로 엄지를 묶고 바늘로 손을 땄는데, 신기하게도 체기가 뚫렸다. 보건실을 갈 정도는 아니라고 생각해서 이렇게 해결하려고 했는데.

자리에서 일어난 임석영이 내 손에서 명찰을 뺏어 간다.

"보건실 갔다 와."

그의 시선이 내 손으로 향한다. 이어폰으로 조여 묶은 모양새가 이제 와 부끄러워져 슬그머니 손을 책상 아래로 내렸다. 툭, 이어폰이 손을 따라 떨어진다.

"너 얼굴 안 좋아. 선생님한테는 내가 말할게."

피가 안 통하는 엄지가 찌릿했다. 감각이 없는 엄지를 손에 쥔 채 고개를 작게 끄덕였다.

△ ○ ☆

수군거리는 소리가 뭔가를 갉아먹는 소리처럼 귀를 파고들었다. 어두운 교실 안, 습한 공기가 훅 끼쳤다.

욕설 같은 수다가 소음으로 번졌다. 어두운 곳에서 하나둘 눈이 생겨났다. 화살처럼 나에게 향한 눈이 자꾸만 나를 공포에 질리게 한다.

너랑 임석영이랑 그런 사이지? 어?

습한 목소리가 목을 휘감았다. 숨이 막혔다.

무서워.

엉엉 울면서 눈을 감았다. 그런데도 시야가 훤했다. 나를 보는 눈이 안 사라진다.

"누리야."

눈가를 매만지는 손길에 눈이 떠졌다. 눈을 몇 번 깜박이자 나를 내려다보는 눈과 마주쳤다.

"꿈꿨어?"

임석영의 목소리가 작고 낮게 울렸다. 보건실에 와서 소화제를 먹고 침대에 누워 있었는데 까무룩 잠이 든 모양이었다.

꿈이었구나.

무의식적으로 임석영이 매만진 눈가를 쓱 문질렀다. 속눈썹을 스친 손에 물기가 묻어났다. 침대 앞에 의자를 두고 앉은 임석영이 위에서 나를 내려다보고 있었다.

"선생님 안 계셔. 아무도 없는데. 이것도 불편해?"

방금 한 행동에 내가 또 무어라 말할세라 임석영이 먼저 말을 뱉는다.

고개를 저었다. 그러자 임석영이 내 앞머리를 쓸어 넘긴다. 그의 손길에 머리칼이 이마를 덮었다가 쓸려 올라가기를 반복했다.

눈을 끔벅이며 머리 위로 드리운 얼굴을 보았다. 그의 얼굴이 뒤집혀 보였다. 아까의 기운은 온데간데없이 그저 평온하기만 했다.

"울어서 놀랐어. 나쁜 꿈이라도 꿨어?"

운동장에서 아이들이 떠드는 소리가 보건실 안으로 아득하게 밀려들었다. 햇빛이 커튼 틈새로 새어드는 보건실은 어둡고, 고요하기만 하다.

꿈의 연장선에 선 듯 가슴이 계속 두근거렸다. 불쾌하고 갑갑했다. 칼처럼 파고들던 목소리들이 꿈이 달아난 후에도 남아 있었다. 마치 몸 여기저기에 상흔이라도 남긴 것처럼.

그 느낌이, 곧 눈물이 터질 것 같아 도망가고 싶던 심정이 여전했다.

"아니. 나쁘기보다는…… 무서운 꿈이었어."

앞머리를 쓸어 넘기던 손이 이마에서 잠시 멈춘다.

꿈에서 마주한 것. 그건 논란이었다. 중심에 나와 임석영이 있는. 그것은 정확히 나의 두려움이자 공포다.

단순한 친구가 아니기에 느끼는 두려움. 아이들의 시선이 걱정되는 건 어쩌면 당연했다. 괜한 오해가 걷잡을 수 없이 일을 키우게 될까 봐. 소문이 무성해지다 못해 숲을 이룰까 봐. 그 숲 안에 임석영이 갇히게 될까 봐.

그럼 변명 한 마디 못 하고 임석영은 남자 좋아하는 놈이 되는 거고, 도마 위에 오른 임석영과 나는 난처한 낯을 하고서 비밀을 숨기려다가 더 깊은 수렁으로 빠지겠지.

그건 싫은데.

"석영아, 아까 교실에서…… 미안해. 나도 모르게 신경이 곤두서서 그랬나 봐."

그런데 나는 어쩔 수가 없다. 남윤수의 말대로 기침처럼 숨겨지지 않는 것일까 봐. 우리가 아무것도 숨기고 있지 않은 것일까 봐.

"석영아."

나지막이 부른 이름에 눈이 마주친다. 임석영의 눈에 설핏 긴장감이 스친다.

"나를 좋아해주는 건 고마운데……."

적당한 말이 안 떠올라 잠시 침묵했다. 대체 이걸 어떻게 설명할 수 있을까. 형용할 수 없는 감정이었다.

"지금의 나는 네 마음을 받아줄 수도, 네게 마음을 줄 수도 없어."

뚫어져라 내 얼굴을 응시하던 임석영이 이마 위에 올려두고 있던 손을 거두어갔다. 잠시 정적이 밀려들었다.

고개를 숙인 임석영이 눈가를 문질렀다. 그의 길고 곧은 손가락이 눈언저리를 배회하는 모습을 물끄러미 바라보았다. 무표정한 얼굴로 무언가를 고심하는 듯 입술을 몇 번 말아 물더니 천천히 입을 열었다.

"네 마음을 달라는 거 아니야. 그냥 내 감정을 따라간 거지."

임석영이 우울한 낯으로 나를 본다.

"내가 너를 좋아하는 거, 그것마저 불편한 거야?"

낮게 상체를 숙인 임석영이 매트리스에 팔꿈치를 대고 턱을 괸다. 마주 보는 얼굴의 거리가 좁혀졌다. 물끄러미 나를 내려다보는 눈이 흘러내리는 머리칼과 이마를 훑고 지나간다.

"지금이 아니면 뭐가 좀 달라져?"

"어?"

"지금의 너는 내 마음을 못 받아준다며. 지금이 아닌 다른 날에는 뭐가 조금 달라지냐고."

빤히 시선이 닿았다. 입술을 달싹이다가 꾹 물었다. 이상하게 대답이 바로 안 튀어나갔다. 그게 꼭 마음의 허용 같아서. 부끄러워졌다.

"대답 안 하네."

불만스러운 얼굴로 나를 보던 임석영이 머리칼을 마구 헝클어트리다가 손을 내려 눈을 가렸다.

눈을 덮은 그 손바닥이 너무 따뜻해서 순간 얼었다. 손바닥에서부터 손가락까지 그 모양새가 느껴졌다. 가볍게 눈가를 덮은 손이 묵직하다.

"네가 뭘 두려워하는 줄 알아. 어렵겠지만, 네 선 안으로 넘어가지 않도록 내가 노력할게. 네가 꿈에서라도 안 울었으면 좋겠어."

임석영의 목소리가 귀에 감긴다.

"너 울리는 새끼는 내가 가만 안 둘 거야. 만약 그게 나면, 네가 나 가만두지 마."

자신감 넘치는 말투에 웃음이 났다.

"물론 그럴 일은 없을 거야. 내가 잘할 거니까."

입꼬리가 올라가려는 걸 애써 잡았다. 잘할 거라니. 대체 뭘.

눈가로 임석영의 체온이 스며드는 듯 옮겨 왔다.

"이제 이 손 좀 치우지."

무심하게 던진 말에 대답이 없었다. 눈가를 덮은 손바닥 아래에서 눈꺼풀을 움직였으나 좀처럼 떠지지 않았다. 임석영의 손에 의해 아무것도 보지 못하고 있을 때, 얼굴로 간지럽게 무언가가 닿았다. 얇고 가는 게 임석영의 머리카락인 것 같았다.

순간 비누 향이 확 끼쳤다.

아무것도 보이지 않는데 가슴이 잘잘하게 뛰었다. 묘한 상상이 머리를 스친 탓일까. 입술이 바짝 마르고 손에 힘이 들어갔다.

얼마간 손을 치우지 않고 있던 임석영이 천천히 손을 내렸다. 눈가를 쓸고 내려온 손이 한쪽 뺨에 닿았다. 손으로 눈을 누르고 있던 탓에 시야가 흐렸다. 눈을 깜박거리며 선명해지길 기다렸다. 끔벅끔벅, 감았다 뜬 눈에 임석영이 보인다.

턱을 괸 채 고요한 시선을 보낸다. 말없이 내려 보다가, 느지막이 입술을 연다.

"흥."

"흥?"

"흥!"

"흐으응??"

갑자기 무슨 흥? 토라진 듯 눈을 가늘게 뜨는 모습에 입이 벌어졌다. 어이가 없다. 몸을 일으켜 앉았다. 그러자 상체를 숙이고 있던 임석영이 몸을 뒤로 젖히며 멀어졌다.

"뭔 갑자기 흥? 흥부와 놀부냐?"

내 말에 임석영의 얼굴이 굳는다.

"너 지금 설마 그게 웃기다고 생각하는 거 아니지?"

"……."

"아닐 거야. 아니어야 되는데."

내 말을 재미없다고 딱 자른 임석영이 의자에서 일어나 보건

chapter 7. 선의 경계

실의 커튼을 살짝 걷었다. 틈이 벌어지자 기다렸다는 듯 햇빛이 기다란 선처럼 쏟아져 들어온다.

　작은 틈새로 들어온 햇빛이 선을 이루고, 그 선을 경계로 임석영과 내가 마주 보고 섰다. 나는 햇빛이 들지 않는 그늘에, 임석영은 햇빛이 드는 창가 앞에.

　햇빛 안에서 먼지가 부유했다. 그 너머에 선 임석영의 모습을 물끄러미 바라보았다.

chapter 8
선을 넘는다는 건

교복을 벗고 화장실로 들어갔다. 압박 붕대 때문에 갈비뼈 언저리가 뻐근했다.

샤워기를 고정하고 쏟아지는 물줄기를 맞았다. 머리를 때리며 아래로 쏟아진 물이 온몸을 적신다. 삽시간에 증기가 화장실 안을 가득 채우고 거울이 뿌옇게 됐다. 거품을 내서 몸을 박박 닦고 양치를 했다. 칫솔이 어금니를 쓸고 나오고, 멍하니 뿌연 거울을 보며 임석영을 생각했다.

"지금의 너는 내 마음을 못 받아준다며. 지금이 아닌 다른 날에는 뭐가 조금 달라지냐고."

임석영이 했던 말이 자꾸 아른거렸다. 지금이 아닌 다른 날, 그 말이 마음속 어딘가에 걸려 있는 것 같았다. 그렇지 않고서야 이렇게 자꾸 생각이 날 수 있나.

칫솔질을 하며 홍차연 대역이 끝난 이후의 날을 상상해봤다. 도무지 감이 안 잡혀 고개를 작게 젓고 거품을 뱉었다. 입을 헹

구고 고개를 들자 뿌연 거울로 희미하게 내 모습이 비쳤다.

손바닥으로 거울을 닦는 대신 검지를 올렸다. 선을 그으며 글자를 적었다.

임석영.

거울에 임석영의 이름이 남았다. 이름을 따라 지워진 증기에 불완전한 내가 반사됐다. 물방울이 맺힌 쇄골과 턱이 보인다. 완전하지 않은 모습이 꼭 내 마음 같다. 거울에 비친 모습처럼 불투명한 마음. 무엇이 나를 이렇게 흐리게 만들었을까.

얼마간 그 이름을 멍하니 보다가 속옷과 옷을 꿰어 입고 화장실 문을 열었다. 활짝 열린 문으로 꽉 막혀 있던 증기가 쏟아져 나가고 바깥 공기가 밀려들었다.

허리를 숙인 채 짧은 머리칼을 마구 헝클며 남은 물기를 털어내는데 살며시 뜬 눈으로 무언가 보였다. 검고, 동그란, 무언가가 긴 더듬이를 가지고 있는데. 어, 시발, 저게 뭐야, 하는 순간 움직였다.

"엄마!"

세상에 있지도 않은 엄마를 연신 외치며 뛰었다. 손에 든 수건을 냅다 던지고 화장지를 손에 돌돌 말았다. 그 모습이 꼭 전에 임석영이 손에 감았던 붕대와 비슷했다.

움직이던 바퀴벌레가 부엌 근처에서 멈췄다.

"제발 움직이지 마…… 제발……."

조심스레 다가가 상체를 뒤로 젖히고 팔을 길게 뻗었다.

나는, 나는 너를 한 번에, 한 번에 잡아 죽일 것이다.

조심조심 다가가는데 그 검은 것이 움직였다. 심지어 날았다. 미친, 세상아.

"으으어어어!"

손에 감은 화장지를 던지다시피 버리고 핸드폰을 챙겨 집을 뛰쳐나갔다. 그러곤 울상이 되어 현관문을 보았다.

어쩌자고 나왔지.

도어락 비밀번호를 누르고 슬그머니 문을 열었다. 내가 먹고 자는 집인데 꼭 남의 집을 몰래 염탐하는 느낌이었다.

똑똑, 실례합니다. 좋은 말씀 전하려고 왔습니다. 물 한 잔만 마실 수 있을까요?

고개를 내밀고 두리번거리는데 이젠 벽을 기어가고 있는 검은 형체가 보인다.

"……미쳤다."

열었던 문을 다시 닫았다. 철컥, 하며 현관문이 닫혔다. 고개가 절로 수그러들었다.

"……어떡하지."

말리지 않은 머리칼에서 물방울이 뚝뚝 떨어진다. 어떻게 아파트에 바퀴벌레가 있을 수 있는 걸까. 어떻게, 어떻게 이럴 수가 있나, 생각하며 계단에 앉아 머리카락을 쥐어뜯었다.

세상에서 제일 무서운 게 있다면 그건 바로 벌레였다. 귀신 따위는 믿지 않았다. 무서운 영화도 곧잘 봤고 어깨를 움찔 떨며 놀라기는 해도 비명을 지르지는 않았다.

이 세상에 귀신보다 더 무서운 것들이 많아서 그랬는지도 모

chapter 8. 선을 넘는다는 건

른다. 버스 카드를 찍었는데 잔액이 부족합니다, 하고 말하는 단말기의 음성이 귀신보다 열 배는 더 무서웠다.

주머니에서 핸드폰을 꺼내 시간을 확인했다. 계단에 대체 얼마나 앉아 있던 건지, 밤 10시가 넘었다.

"아, 나 진짜 어떻게 하냐고."

망연자실이란 게 이런 걸까. 우울한 심정으로 무릎에 얼굴을 묻었다. 길게 뱉은 숨이 오므려 붙인 허벅지로 닿았다. 센서 등이 꺼진 어둠 속에서 가장 가까이 사는 사람 한 명이 생각났다. 그러다 고개를 저었다.

안 돼. 이게 무슨 민폐야. 벌레 잡아달라고 부르는 건 민폐다, 민폐야, 생각하다가 핸드폰 버튼을 눌러 시간을 봤다. 그사이에 10분이 지났다.

잘근잘근 입술을 물어뜯다가 핸드폰을 고쳐 잡았다.

[석영……]

대화창을 나가지 않은 채 1이 사라지기를 기다렸다. 보낸 지 1분도 되지 않아 임석영이 내가 보낸 메시지를 읽었다.

[아니 이게 누구야? 내 마음 안 받아주는 김누리 아니야?]

답장이 오자마자 임석영에게 연락한 걸 후회했다. 입을 꾹 다문 채 숨을 뱉었다. 마음 같아서는 장난하느냐고 따지고 싶은데 지금 집에도 못 들어가고 아쉬운 사람은 나다.

[뭐 하고 있어?]

[나 아빠랑 이야기하는 중인데 너무너무 재미가 없다]

집에 벌레가 있어서 못 들어가는 와중에 실없이 웃음이 터졌다. 별 이야기도 아닌데 거실 소파나 부엌 식탁 앞에 앉아 부친과 재미없는 대화를 나누고 있을 임석영의 모습이 그려졌기 때문이다.

답장을 보내기도 전에 핸드폰이 진동하며 임석영의 말풍선이 떠올랐다.

[너는 뭐 해?]

나는 지금 불 꺼진 계단에 앉아서 집에 있는 벌레가 스스로 소멸하기를 기다리고 있어.

[나…… 집에 못 들어가고 있는데……]

[왜? 무슨 일 있어?]

[무슨 일은 없고 무슨 벌레가 있어…… 너 벌레 잘 잡니……?]

내가 보낸 메시지 옆에 붙어 있던 1이 곧바로 사라졌다. 읽었을 텐데 답장이 안 왔다. 임석영도 벌레를 무서워하나. 답장 안 하다가 내일 야, 미안하다, 아빠랑 이야기하다가 답장을 못 했다, 하려나.

한숨을 뱉으며 고개를 들었다. 파닥파닥 날지만 않으면 어떻게 책이라도 던져 잡아 보겠는데, 검고 동그란 게 더듬이 달고 비행하니 환장할 노릇이었다.

못 먹어도 고, 할머니의 좌우명이 왜 지금 떠오르는지. 못 잡아도 고 해야 하는 것인가. 아니야. 못 잡으면 안 돼. 무조건 잡아야 돼.

어흑, 소리를 내며 계단에서 일어났다. 몸을 움직이자 센서 등에 불이 들어왔다. 마음을 다잡고 집으로 진입하려는데 핸드폰이 진동한다.

[1588-1119]

숫자 여덟 개였다. 누가 봐도 고객센터 번호인데, 다른 사람한테 보낼 걸 잘못 보낸 것 같았다. 그래도 혹시 몰라 인터넷에 번호를 검색해봤다. 세스코가 떴다.

"……이 새끼 진짜."

장난해? 라고 메시지를 작성하고 있는데 임석영의 메시지가 들어왔다.

[임석영 세스코 출동]

계단을 밟고 내려가다가 멈칫했다. 임석영이 오는 모양이었다. 나도 모르게 안도의 숨을 뱉었다. 이상하게 안정이 됐다. 엉덩이를 뗀 계단에 다시 엉덩이를 붙이고 앉았다. 임석영을 태운 엘리베이터 문이 열리기를 기다리며.

20분쯤 흘렀을까, 띵, 하고 엘리베이터가 멈췄다. 문이 양옆으로 밀려나며 열리고 엘리베이터 내부의 빛이 어둠을 몰아내며 쏟아졌다. 빛과 함께 임석영이 등장했다.

꽤나 비장한 얼굴로 양손에 뭔가를 바리바리 챙겨 든 모습이었는데 그것이 무언가 하고 보니 바퀴벌레 퇴치를 위한 것들이었다. 뿌리는 약, 바르는 약, 붙이는 약, 벌레 퇴치 문구가 붙은 건 모조리 쓸어 온 모양이다.

계단에 앉아 있는 나를 본 임석영이 툭 웃음을 터트린다.

"김누리 집 뺏겼네?"

발가락을 꼼지락거리다가 일어났다. 손에 들고 있는 것들을 내게 넘긴 임석영이 무기를 고르는 사람처럼 신중하게 퇴치 약을 살폈다. 그러더니 결심한 듯 스프레이를 든다.

가까이 붙어 선 임석영에게서 낯선 냄새가 났다. 고개를 올리고 까치발을 들어 킁킁거렸다.

"야, 너 술 마셨어?"

"어? 냄새나?"

"응."

"아빠가 줬어. 술은 어른한테 배우는 거라면서."

장난스럽게 얼굴을 들이민 임석영이 입으로 바람을 불었다. 술 냄새가 코를 찌른다.

한 걸음 뒤로 물러나 얼굴을 찌푸리자 임석영이 바보 같은 웃음을 지었다.

"너희 집 쳐들어온 새끼랑 눈이라도 마주칠까 봐 나오기 전에 한 잔 더 마셨는데."

임석영이 눈을 느리게 감았다가 떴다.

"취했나 봐."

이제 보니 뺨도 불그스름했다. 눈동자도 조금 흐릿하고, 눈을 감았다 뜨는 모양새도 조금 굼떴다. 이래가지고 대체 벌레를 어떻게 잡는다는 건지 걱정되는 것도 잠시, 임석영이 내 머리통에 코를 박았다. 두 손에 임석영이 사 들고 온 것들을 들고 있어 그의 몸을 밀어내지도 못하고 그대로 얼었다.

chapter 8. 선을 넘는다는 건

"야, 너, 너 뭐 해?"

임석영의 너른 가슴이 얼굴을 가렸다. 눈을 올려도 그의 얼굴이 안 보여 바쁘게 눈을 깜박거렸다. 갑자기 머리통에 얼굴을 박은 임석영이 당황스럽기만 하다.

내가 까치발을 들고 임석영의 냄새를 맡고자 킁킁거렸던 것처럼 임석영이 내 머리에 코를 대고 킁킁거렸다.

"포도 냄새 나."

"……샤워해서 그래. 바디 워시가…….."

바디 워시가 포도 향이야, 라고 하려는데 임석영이 뒷말을 채 간다.

"나 포도 좋아하는데."

아니, 그런데, 바디 워시가 포도 향이라고. 샴푸는 포도 향이 아닌데, 왜 머리에 얼굴을 박고 냄새를 맡는지 모를 일이다.

몸을 틀어 물러나려고 하자 임석영이 갑자기 입을 벌려 머리를 가볍게 물었다. 악! 하는 소리가 절로 새어 나갔다. 상체를 뒤로 빼고 그의 얼굴을 노려봤다.

"야! 머리를 왜 물어?"

"짜증 나. 내가 좋아하는 것만 골라서 해."

어이가 없다. 포도 좋아하는 거 지금 네가 말해서 알았는데. 내가 언제 골라 했다고.

심지어 이 바디 워시는 내가 고른 것도 아니었다. 길을 지나가고 있는데 사장님이 미쳤어요, 하는 현수막과 함께 폭탄 세일을 하고 있어서 산 거였다. 고른 게 아니고, 그냥 이거 하나 있었다고.

황당하다는 눈으로 노려보자 임석영이 흥, 하며 등을 돌렸다. 머리를 문지르고 싶은데 남아나는 손이 없어 얼굴만 찌푸렸다.

현관문 앞에 선 임석영이 도어락을 톡톡 두드린다.

"비밀번호 뭐야?"

알려주기 싫은데, 남아나는 손은 없고. 잠깐 고민하다가 비밀번호를 술술 불었다. 물어봐서 알려준 건데 임석영의 얼굴이 뚱하게 굳는다.

"바꿔. 번호."

띠띠띠, 번호 누르는 소리가 복도를 울리고 마지막으로 별을 누르자 잠금이 풀렸다. 문고리를 잡아 돌리며 임석영이 말했다.

"사귀지도 않는데 그렇게 알려주면 안 돼."

임석영이 집 안으로 들어가고, 현관문이 느리게 움직이며 닫혔다. 멍하니 현관문만 바라보고 있자 센서 등이 꺼졌다.

어, 뭐지. 임석영의 입에서 '사귀다'라는 단어가 튀어나온 건 처음이었다. 그 단어에 무슨 마법이라도 걸려 있는 건가. 갑자기 가슴이 둥둥, 크게 뛰었다.

임석영이 문을 닫고 들어간 집 안에서 몇 번의 크고 작은 비명이 들렸다. 임석영 쟤 괜찮은 건가, 점점 걱정이 되었다. 임석영도 걱정되었지만, 이따금씩 우당탕하는 소리가 들려오는 집의 상태도 걱정이 됐다.

얼마 있다가 현관문이 열렸다. 고개를 빼꼼 내민 임석영이

chapter 8. 선을 넘는다는 건

자랑스럽게 말했다. "박멸." 하고.

집으로 들어가 냉장고를 열었다. 야심차게 샀던 유통기한 임박 상품, 오렌지 주스를 개봉했다. 임박이지 아직 그 기한에 도달한 건 아니었다.

머그컵 가득 따른 주스를 임석영에게 건넸다. 시원하게 마시라고 얼음도 두 개나 넣었는데 어째 만족하는 얼굴이 아니다. 임석영이 눈을 올려 나를 보았다.

"물 주면 안 돼?"

"……."

네. 석영 님 뜻이 그러시다면야.

걸음을 돌려 다시 부엌으로 갔다. 오렌지 주스는 내가 마시면 된다. 냉수 한 잔을 따라 임석영에게 건넸다.

벌레를 잡느라 고군분투를 한 탓인지, 술기운이 올라온 탓인지 임석영의 숨소리가 조금 거칠었다. 냉수 한 잔을 깨끗하게 비운 임석영이 상체를 뒤로 젖히며 소파에 머리를 기댔다.

불안한 시선으로 거실을 두리번거렸다. 박멸했다지만 어디에선가 또 벌레가 날아올 것만 같아 두려웠다. 그 공포를 읽었는지 임석영이 피식 웃으며 내 뺨을 손가락으로 두드린다.

"없어."

느슨하게 몸을 풀고 앉은 탓에 임석영의 얼굴이 나보다 더 낮은 곳에 있었다. 나를 올려다보는 시선이 왠지 낯설다. 항상 내가 올려다보고 임석영은 나를 내려다봤는데.

물끄러미 서로의 눈을 응시했다. 정적이 내려앉은 공기가 묘하게 어색하고 긴장이 된다. 목이 바짝 타는 느낌에 마른 입술을 핥았다. 내 눈을 바라보던 임석영의 눈이 입술로 내려온 것을 보았다.

덜컥, 갑자기 가슴이 내려앉는다.

"김누리."

입술에 머물러 있던 임석영의 눈동자가 스르륵 뺨을 쓸며 내 눈으로 올라왔다.

"너는 나를 보면 아무렇지도 않아?"

임석영의 느린 음성이 낮고 부드럽게 울렸다. 바닥을 짚고 있던 손가락에 임석영의 손가락이 부딪치듯 닿았다. 길고 곧은 손가락이 내 가운뎃손가락의 손톱을 가볍게 누른다. 손가락 하나에 손가락 하나가 닿았을 뿐인데 머리끝이 쭈뼛 곤두서는 것만 같다.

임석영의 말을 끝으로 정적이 흘렀다. 새벽 특유의 고요한 바다 같은 느낌이었다. 무심한 낯으로 나를 뚫어져라 응시하는 그 두 눈이 무언가에 거세게 흔들리는 듯 보였다.

"조그마한 떨림도 없어?"

"……."

툭, 집게손가락의 손톱 위로 임석영의 손가락이 하나 더 올라온다. 갑자기 숨이 막혔다. 두근두근 심장 뛰는 소리가 온몸을 울리는 듯했다. 발끝에 힘이 들어가며, 고조된 긴장이 몸 밖으로 빠져나오지 못하고 차올랐다.

무심한 듯 차분한 임석영의 눈을 보다가 급하게 바닥에서 일어났다. 잔을 들고 부엌으로 후다닥 걸음을 옮겼다. 싱크대 앞에 서서 한 모금도 안 마신 오렌지 주스를 털어 넣듯 입 안으로 모조리 부었다.

손에 쥔 컵을 싱크대에 내려놓다가 임석영의 손가락이 닿았던 손을 보았다. 가시가 박힌 것처럼 찌릿했다. 고요했던 바다에 바람이 휘몰아치는 느낌이었다. 맹렬한 기세로 물결이 너울거리는 바다. 그 바다가 내 안에서 파도를 만들고 있었다.

임석영의 말을 끝으로 정적이 흐르는 것 같았지만, 그 고요가 무서운 기세로 공기를 흔들었다. 마음이 이상했다. 술을 마신 임석영이, 조금 위험하게 느껴졌다.

컵을 내려놓고 돌아섰다. 소파에 머리를 기대고 누워 있던 임석영이 어느 사이에 TV 장식장 앞으로 이동해 있었다. 그의 손이 TV 장식장 서랍으로 향한다.

남의 집을 잘도 뒤지네, 생각하는 순간 남윤수의 말보로 라이트가 생각났다.

미친!

용수철처럼 튀어 올랐다. 그건 분명 내가 아닌 남윤수의 것이지만, 들켜서는 안 될 것 같은 느낌이 강하게 들었다. 모든 게 어쩌다가, 어쩌다 보니, 실수로 그렇게 된 것이었는데 뭔가 복잡한 오해로 번질 것 같은 예감이 들었다.

집으로 가져온 것도, 돌려주지도 버리지도 않은 채 서랍에 넣어둔 것도, 그냥 다 이상하잖아. 전리품처럼.

임석영의 손을 따라 서랍이 열린다. 잽싸게 그의 몸을 밀어냈다. 반쯤 열린 서랍을 두고 임석영의 몸이 뒤로 넘어갔다. 뭔가가 부딪치며 텅, 하는 소리를 냈다.

"……."

눈을 동그랗게 뜬 임석영의 얼굴이 내 아래에 있다. 어, 하는 소리와 함께 묘한 기류가 흘렀다. 임석영이 바닥에 등을 붙이고 누워 나를 보았다. 동그란 눈이 놀란 것 같기도 하고 당황스러운 것 같기도 했다.

두 손으로 임석영의 어깨를 누른 채 내 아래에서 눈을 말똥말똥 뜨고 있는 그의 얼굴을 내려다봤다. 심장이 빨리 뛰어서 그런지 호흡이 가빠졌다.

"……아, 아니, 나, 남의 서랍을, 막 그렇게."

열면 안 되지, 라는 말을 끝맺지 못하고 호흡을 가다듬었다. 왜 이렇게 숨이 차는지 모를 일이다.

동그랗게 뜬 눈을 깜박거리던 임석영의 얼굴이 갑자기 무겁게 가라앉는다. 고부라지듯 휜 허리를 펴서 상체를 일으키려고 하는데 임석영이 손을 올려 등을 감았다. 그러곤 제게서 멀리 떨어질 수 없게 힘을 주어 당겼다. 살짝 폈던 허리가 다시금 굽었다. 몸이 더 낮은 곳으로 내려가려고 해 팔에 힘을 주고 버텼다.

이젠 내 두 눈이 방금 전의 임석영처럼 동그래졌다. 갑자기 등을 감싸니 놀라서이기도 했고, 이 상황이 당황스럽기도 했다.

"너는 내가 만만한 거지? 아무리 나한테 마음이 없어도 그렇지. 어떻게 이래?"

입을 꾹 다물었다. 딸꾹질이 넘어올 것만 같다.

"너는 어떨지 몰라도, 나는 지금 심장이 세 번은 터졌어."

"……."

"돌겠다, 진짜."

"……아, 미, 미안."

몸을 뒤척이며 일어나려고 하자 임석영이 등을 더 가까이 당긴다. 잔뜩 긴장한 몸이 딱딱하게 굳었다. 흔들리는 시선으로 임석영을 보았다. 무슨 생각을 하는지 표정이 없다.

"진짜 아무렇지도 않아?"

"어?"

임석영의 손이 등을 더 낮은 곳으로 누른다. 몸이 더 가깝게 밀착되었다. 알 수 없는 열감에 몸이 달아올랐다. 아랫배가 꼬이는 듯했다. 온몸이 가늘게 솟는 느낌이다.

"이렇게 몸이 가까이 붙어도, 하나도 안 떨린다고? 진짜로?"

"수, 술 냄새 나거든, 너."

고개를 뒤로 빼고 일어나려는데 휙 몸이 뒤집혔다. 등이 바닥에 붙었다. 내 아래에 있던 임석영이 위에서 나를 내려다봤다. 순식간이었다.

"나한테는 지금 네 냄새밖에 안 나."

감정이 요동쳤다. 나를 내려다보는 임석영의 눈이 열기로 가득 찼다. 무표정한 얼굴이었으나, 내 안에서 흔들리던 물결이 임석영의 눈에서 일어나고 있는 것처럼 느껴졌다.

물결이 크게 일렁인다. 높은 파도가 밀려오고, 이내 부서진다. 그 부서지는 파도 속에서 무언가가 몸을 숨기지 못하고 밖으로 나타난다. 그 결과 나는 지각한다. 무언가를 인식하게 된다.

나는, 그러니까, 너를.

임석영의 검은 눈동자가 어쩐지 처연하게 젖는다. 술기운에 어른어른해진 탓인가. 낮게 꺼진 임석영의 목소리가 흘러나온다.

"누리야, 내가 싫으면 나한테 희망을 주지 마."

두 손을 주먹 쥐었다. 손끝이 파르르 떨렸다. 정적이 위태롭게 외줄을 탔다. 언제 찢어질지 모르는 모양새로, 임석영과 나 사이를 배회했다.

마른침이 넘어간다. 정신을 차린 순간 코끝이 찡해졌다. 갑자기 울음이 터질 것 같아 입술을 꾹 물었다.

최근 마음이 무겁고 우울한 탓에 응어리져 있던 무언가가 여기서 터지려는 것 같다. 죄책감, 부담감, 적나라한 현실과 잘못된 선택이 불러온 결과 같은 생각들에 발목이 잡혀 힘든 나날이었다.

임석영의 옷자락을 그러잡았다. 울음이 몰려와서 뭐라도 쥐어 잡고 얼굴을 가리고 싶었다.

"뭐야. 울어?"

안에서 부푸는 울음에 얼굴이 일그러지기라도 했는지 임석영이 묻는다.

"희망은, 네가, 네가 주잖아……."

손에 쥔 임석영의 옷자락을 그대로 올려 눈가를 덮었다. 으흐엉, 하고 울음이 터졌다. 대체 왜 서러운 마음이 드는 건지 나도 알 수가 없다.

임석영이 싫은 게 아니라 좋아하는데도 마음껏 표현할 수 없는 내 처지가 괴로웠던 거다. 모든 게 내 선택이 불러온 참담한 결과 같아서 수긍하다가도 용납이 되지 않고, 이 학교에 들어온 이후의 모든 시간이 후회로 물들어갔다. 나름 즐겁고 행복했던 그 순간들이.

온전히 사랑할 수 없고 온전히 표현할 수 없으며 그 모든 것들을 마음 편히 즐길 수 없다는 게 못내 서러웠다. 나는 어쩔 수가 없게도 홍차연이었고, 그의 입장을 고려하지 않을 수가 없었으니까.

남의 이름을 달고 함부로 행동할 수 없는 점. 그러나 임석영에게는 내가 홍차연이 아니라 김누리인 점. 그 간극에서 오는 붕괴.

벌써 열여덟 살이나 먹은 줄 알았는데 고작 열여덟 살이었다. 이 모든 게 버겁고 힘들었다. 혼자서 할 수 있는 게 아무것도 없음을 깨달았다. 누군가의 도움이 필요했으나, 도움을 청할 곳이 없어 혼자 앓는 날들이었는데, 돌아보면 늘 곁에 임석영이 있었다.

이러한 상황들이 반복되다 보면 분명 임석영은 내가 싫어질 것이고, 결국 멀어지겠지. 그렇게 되면 빈자리를 채우는 건 오롯이 나의 외로움일 것이다. 희망이 꺾여 나가고, 행복이 부스러지는 마음.

"아니, 지금 울고 싶은 사람은 난데. 왜 네가 울어?"

"네가, 자꾸. 으엉."

"웃기는 콩알이네."

임석영의 손이 부드럽게 머리칼을 쓸고 지나간다. 얼굴을 묻은 옷자락에서 비누 향이 짙게 맡아졌다. 어쩌면 자꾸 내게로 불어오는 너의 향기가 좋았던 게 아니라, 네가 좋았던 건지도 모른다.

"코는 풀면 안 된다. 먹어도 안 돼."

흐느끼며 고개를 끄덕였다. 그러자 머리 위에서 바람 빠지듯 웃는 소리가 들린다.

쉴 새 없이 흐르는 눈물에 옷자락에서 눈을 못 뗐다. 시간이 얼마나 흘렀는지도 모르겠다. 제 옷이 젖어 가는데도 임석영은 말이 없었다. 묵묵히 나를 기다려주는 건가, 그런 생각을 하고 있는데 임석영의 낮은 목소리가 힘겹게 흘러나왔다.

"아…… 파, 팔 아파……."

흘긋, 옷자락을 내리고 눈을 돌렸다. 두 팔로 바닥을 짚은 임석영의 얼굴이 조금 힘겨워 보였다.

"다리도 저려. 감각이 없어."

임석영이 신음했다. 눈물이 쏙 들어갔다. 내가 그치기를 묵묵히 기다려주는 줄 알았는데, 아니었어?

"내가 봤을 땐, 충분히 울었어. 그만 울어."

꽤 힘겨운지 임석영의 미간이 좁아진다. 바닥에 누운 채 발을 올려 임석영의 종아리를 툭 건드렸다. 임석영이 얼굴을 찌푸리며 아악, 하고 외마디 비명을 질렀다.

"하지 마라."

임석영이 눈썹을 찌푸리며 나를 봤다. 괜한 오기가 일었다. 툭, 임석영의 종아리를 한 번 더 건드렸다. 괴로운지 임석영이 눈을 질끈 감는다.

"하지…… 하지 마. 가만 안 둔다. 장난 아니고, 진짜, 진짜 아프거든?"

입술을 삐죽 내밀고 임석영의 얼굴을 보다가 툭, 종아리를 건들자 임석영이 아오! 하며 무너져 내렸다.

두 팔이 그의 몸을 지탱하지 못하면서 중심이 아래로 쏠렸다. 임석영의 몸이 내 몸을 누르자 내 입에서도 비명이 터졌다. 컥, 하고 숨이 막혔다.

"아악! 숨 막혀."

위에서 내 몸을 누르는 임석영의 무게가 엄청났다. 얼굴을 찌푸리고 몸을 꿈틀거리자 임석영이 흘러내리듯 옆으로 몸을 돌려 내려갔다.

"아…… 진짜, 다리, 다리 저리다고. 이 고통을, 네가 아냐고."

임석영이 두 팔로 내 머리를 꽉 안고서 힘겨운 음성을 뱉었다. 그의 가슴에 얼굴을 묻자 시야가 깜깜하다. 이거 좀 놔줄래, 하며 몸을 슬쩍 뒤로 비틀자 임석영이 힘주어 나를 안는다.

"기다려."

"……뭐라고?"

"다리 저려서 못 움직이니까."

이거, 진짜, 명령조가 입에 붙었다니까.

눈물이 마른 눈가가 건조하게 당겼다. 뻑뻑해진 눈을 느리게 움직였다. 얼굴을 묻은 임석영의 가슴이 넓다.

임석영의 다리가 멀쩡해지길 기다리고 있는데 머리 위에서 임석영의 목소리가 울렸다.

"누리야."

"어?"

"왜 울었어?"

"······어, 그건, 그냥······."

"그냥 눈물이 났어?"

입술을 꾹 물고 고개를 끄덕였다. 고개가 앞뒤로 움직이며 이마가 임석영의 가슴에 콩콩 닿는다.

"그냥 내가 좋다는 거네."

좋다는 말은 안 했는데. 뾰로통한 얼굴로 눈을 올리자 임석영이 머리를 느슨하게 풀며 나와 눈을 맞췄다. 가만히 내 얼굴을 살피더니 일순 무표정해진다.

"표정 뭐냐."

"뭐가."

"아니라고? 이렇게 울어놓고 아니라고?"

"······."

"희망으으은, 뉘이가아, 쥬자나하아아, 하고 울었으면서."

"······하지 마."

chapter 8. 선을 넘는다는 건

"네가아, 자ㄲ우."

이상한 목소리로 내 울음을 따라 하는 임석영의 가슴팍을 주먹으로 때렸다.

"하지 말라고."

"넵."

얄밉게 입을 놀리던 임석영이 입을 쏙 다물었다.

임석영의 품에서 벗어나 일어나 앉았다. 얼굴을 문질러 닦고 흐트러진 매무새를 정리하다가 열려 있는 서랍을 발견하고는 티 나지 않게 팔을 뻗어 서랍을 닫았다.

바닥에 대자로 누워 있던 임석영이 몸을 일으키더니 다리를 모으고 앉았다. 나는 양반다리를 하고, 임석영은 무릎을 꿇고 앉으니 모양새가 묘하게 이상하다.

누리야, 너 돈 좀 있냐……. 내가 보증을 잘 못 섰는데…….
이상한 상상이 들어 눈을 꾹 감았다 떴다. 말없이 서로 보기만 했다.

"음……."

목을 울리던 임석영이 눈썹을 문지른다. 살짝 기운 고개에 턱 선이 도드라졌다. 아직도 뺨이 불그스름한 게, 술기운이 도는 모양이다.

달싹이는 입술을 가만 보았다. 무슨 말을 하려는 듯 보였는데, 결국 아무런 말도 뱉지 않았다. 머뭇거리는 임석영의 입술을 보다가, 시선을 올려 낮은 곳을 바라보는 임석영의 눈을 보앉다.

정적 속에서 가슴이 두근두근 뛰었다. 너는 대체 내 어디가 좋은 걸까. 왜 내가 좋은 걸까.

"석영아."

눈썹을 문지르던 손가락 사이로 내게 올라오는 임석영의 눈동자가 보인다.

"내가 집까지 바래다줄까?"

아파트 단지 내에서 임석영과 우리 집 앞을 계속 오갔다.

걸음이 임석영 집 앞에 다다르면, 임석영이 야, 너를 어떻게 혼자 보내냐, 하면서 다시 우리 집 앞까지 걸었고, 야, 그런데 내가 바래다준다고 했잖아, 하면서 다시 돌아갔다. 누가 보면 바보들이 아닌가 싶을 정도로 목적 없는 걸음이었다.

야, 이번이 진짜 마지막이야, 어? 하며 임석영과 함께 우리 집으로 향했다.

나란히 걷다가 몇 번 어깨가 붙으며 팔이 스쳤다. 어쩌다 보니 우리 둘 다 반팔이었다. 맨살에 맨살이 닿는 느낌이 이상했다. 바람 때문인지도 모른다.

낮엔 그렇게 덥더니, 어느새 더운 열기가 죽은 듯 선선한 바람이 불어왔다. 불어오는 바람에 임석영과 나의 머리칼이 이따금씩 나부낀다.

나는 여름에서 가을로 넘어갈 때를 좋아했다. 무더운 기운이 사라지며 선선해지는 게 좋았다. 지금 불어오는 바람이 그와 비

숫했다.

　기분이 좋아 고개를 들자 머리칼 사이로 바람이 스미는 임석영이 보였다. 머리칼이 이마 위에서 가볍게 나부꼈다. 흐트러졌다가 제자리로 돌아오는 모습에 묘하게 시선을 뺏겼다. 임석영의 말간 얼굴에서 초여름 냄새가 난다.

　눈길을 느꼈는지 정면을 보고 걷던 임석영이 고개를 돌려 내려다본다. 탁, 큼지막한 손이 이마 위에 가볍게 앉았다. 임석영의 온기가 반듯한 이마로 옮겨 온다. 따뜻한 기운이 감도는 게, 기분이 이상하다.

　물끄러미 얼굴을 내려다보던 임석영이 무심하게 입을 열었다.

　"나랑 사귀자."

　눈이 동그래졌다. 젖혔던 고개를 내리자 이마 위에 얹어져 있던 임석영의 손이 자연스레 이마를 쓸고 올라와 머리 위에 놓였다. 머리칼 사이를 헤집는 그의 손가락이 머리를 단단히 잡고 누르는 게 느껴졌다.

　"이 정도면, 사랑이 뭔지 몰라도 우선 만나봐야 돼. 나를."

　아무런 말도 못 하고 눈만 깜박거리자 걸음을 멈춘 임석영이 마주 보고 서서 반듯한 이마를 매만졌다. 내 얼굴이 퍽 당황스럽다는 표정이었는지 임석영이 초조한 얼굴을 하고 나를 본다. 괜히 마음이 흔들렸다.

　홍차연 대역이 끝나기 전까지 누군가를 사귈 일은 절대 없다고 생각했는데. 임석영이 답지 않게 떨고 있으니 기분이 이상하기만 하다. 네가 나 때문에 이런 낯을 하고 있다는 게.

"누리야."

이래서는 안 된다는 생각이 자꾸 드는데도.

"그래."

좋다는 답이 튀어 나간다. 자신감 없이 낮게 꺼지던 임석영의 낯에 순간 놀란 기색이 스친다. 동그래진 눈이 이내 살짝 접히며 웃는다. 입술을 꾹 말아 물었지만 호선을 그리는 게 보였다.

"대신 나 이거 끝나면. 홍차연 대역 끝나서 학교도 그만 나가게 되면, 그때."

"알았어."

임석영이 웃으니 나도 웃음이 났다. 입술을 꾹 문 채 올라가는 입꼬리를 내리고 고개를 돌렸다. 외줄을 타던 긴장감이 지나가자 참을 수 없이 부끄러워졌다.

고개를 숙이고 시선을 피하는데 머리 위에서 헤헤, 하는 웃음소리가 들린다. 고개를 숙인 채 픽, 웃음을 터트렸다.

못 먹어도 고! 정적 속에서 왜 할머니의 음성이 들리는지 모를 일이다.

△ ○ ☆

배달을 하고 돌아가는 길, 신호가 바뀌었다. 정지선에 맞추어 멈춰 섰다. 비가 오려는지 날이 흐렸다. 돌아가면 우비를 꺼내 놔야겠다고 생각하며 하늘을 보다가 시선을 내린 곳에서 익숙한 얼굴을 봤다.

"김찬영?"

길 한쪽에 오토바이 한 대가 멈춰 서 있고, 그 앞에 김찬영이 서 있었는데 특유의 무표정이 조금 어두웠다. 오토바이에 올라타 앉아 있는 남자와 대화를 나누고 있는 듯 보였다. 친구인가. 눈을 못 떼고 둘의 모습을 보는데 언제 신호가 바뀌었는지 뒤에서 빵, 하고 경적을 울렸다.

뒤늦게 정신을 차리고 시선을 돌렸다. 신호등을 밝히는 초록색이 보였다. 멈춰 있던 바퀴를 돌리며 정지선을 넘었다. 지나쳐 가다가 흘긋 뒤를 돌아봤다. 그냥 헬멧을 쓰고 있는 남자의 얼굴이 궁금했다.

그런데 순간이었다. 남자가 김찬영의 어깨를 거칠게 밀어냈다. 어, 세상에. 속도를 올리다가 늦추고 바로 옆 차선으로 빠졌다. 길가에 오토바이를 세우고 몸을 돌려 뒤를 보았다.

저 새끼 뭐지? 차마 보고도 그냥 지나칠 수 없어, 오지랖인 줄 알면서도 오토바이에서 엉덩이를 떼고 내려왔다. 헬멧 바이저를 올리고 다가가는데 남자가 답답한 듯 헬멧을 벗었다. 멈칫 걸음이 섰다.

"새끼야, 5만 원 필요하다고 했잖아. 아 시발, 진짜."

강은호가 흐트러진 머리를 쓸어 넘기며 인상을 썼다. 강은호의 손에 쥐어진 만 원짜리 지폐가 보였다. 몇 장 들고 있는 것 같았는데, 보아하니 김찬영에게 5만 원을 삥 뜯으려고 했는데 그보다 적은 액수를 건네받은 모양이었다.

남의 돈 뜯어 가는 주제에 사람을 막 때리고. 강은호 저 새끼는 진짜 전생에 뭐였을까. 약탈을 일삼는 새끼가 확실한 것 같은데.

탁, 소리가 나게 손을 올려 바이저를 내렸다. 얼굴 앞으로 가림막 하나가 내려오자 표정이 비장하게 변했다. 주위를 두리번거리다가 가로수 아래 버려져 있는 기다란 나뭇가지 하나를 주워 들었다. 흡사 학주가 들고 다니는 사랑의 매 느낌이 났다.

성큼성큼 다가갔다. 학생, 왜 삥을 뜯냐! 그렇게 말하면 어른인 줄 알고 가지 않을까, 하며 걸어가는데 바닥에 침을 뱉은 강은호가 헬멧을 썼다. 그러더니 휑하고 가버렸다.

나뭇가지 하나를 들고 접근한 나를, 혼자 남은 김찬영이 말없이 돌아봤다.

"……."

다른 행성에 깃발을 꽂으러 가는 우주인의 모습이 이랬을까. 왠지 모르게 몸이 무게를 잃고 떠오르는 느낌이 들고, 김찬영이 헬멧을 투시하듯 나를 응시했다.

나뭇가지를 검처럼 든 채 걸음을 돌렸다.

"홍차연?"

어, 어쩌지. 못 들은 척 직진할까, 고민하는데 몇 걸음 뒤에 서 있던 김찬영이 다가와 앞을 가리고 섰다. 바이저 내리면 아무도 못 알아볼 줄 알았는데. 김찬영이 단번에 알아본 걸 보면 전력질주로 달려가면서 봐도 나인 모양이었다.

chapter 8. 선을 넘는다는 건

어색하게 웃으며 바이저를 올렸다.

"어, 안녕."

나뭇가지를 한 손에 든 채 어색하게 인사하자 김찬영이 별로 놀랍지도 않은 듯 표정 없이 나를 본다.

"어? 너 여기."

김찬영의 뺨을 가리켰다. 툭 불거진 광대에 작은 생채기가 보였다. 김찬영이 고개를 비스듬히 내리며 얼굴을 가린다. 순간 어색한 침묵이 돌았다. 직감적으로 강은호가 한 짓이라는 걸 알았다. 눈치껏 뒷말을 삼켰다. 저도 알고 있는 듯했다.

"그런데 헬멧은 뭐야? 너 오토바이 타?"

"아, 나, 그게……."

뒤돌아 길가에 서 있는 중국집 오토바이를 가리켰다.

"알바 해."

김찬영이 눈을 가늘게 뜨고 철가방에 써져 있는 상호를 봤다. 그러다 아는 곳인 듯 놀란 얼굴을 했다.

"너 저기서 일해?"

"응."

"누나 집 냉장고에 저기 스티커 모은 것만 50개가 넘던데."

그러고 보니 임석영이 김찬영 누나에게 과외를 받는다고 했다. 저번에 배달을 갔던 그 집이 김찬영 누나의 집인 모양이다.

"대단하시다."

무미건조하게 튀어나간 목소리에 김찬영이 말없이 나를 봤다. 나 방금 너무 기계적으로 답했나. 입술을 잘근잘근 씹다가 몸을 틀어 오토바이를 가리켰다.

"그럼 나는 이만 가볼게."

김찬영이 눈을 깜박인다. 뭔가 할 말이 있는 얼굴인데 말이 없기에 걸음을 돌렸다.

"저기……."

그와 동시에 김찬영의 목소리가 들렸다.

"어?"

돌아보자 김찬영이 또 말이 없다. 망설이는 모습이 뭔가 하기 어려운 이야기를 하려나 싶어 눈을 크게 떴다. 무엇이든 이야기해 보라는 듯.

"나 카드랑 현금이 다 없어서 그러는데……."

"응."

"돈 좀 빌려줄 수 있어?"

크게 뜬 눈을 느리게 끔벅였다. 생각지도 못한 요구에 조금 당황했다. 김찬영이 민망한 듯 입술을 말아 물었다 뗀다.

"차비가 없어서……."

무슨 일인지는 몰라도 아까 강은호가 김찬영의 주머니를 먼지 한 톨 남기지 않고 탈탈 털어 갔나 보다.

"응. 빌려줄 수 있어."

"고마워. 학교에서 꼭 줄게."

김찬영의 손바닥이 마주 보고 선 우리 둘 사이로 올라왔다. 손금이 쭉쭉 그어진 김찬영의 손바닥을 내려다보다가 고개를 들었다.

"아, 그런데 지금은 돈이 없어."

김찬영이 말없이 나를 본다. 빌려준다더니, 그러면서 고맙다는 인사도 받아먹은 주제에 지금 없다니. 그게 대체 무슨 개소리지, 하고 묻는 듯했다.

"아, 그게…… 지갑이 가게에 있어."

"……"

김찬영의 낯빛이 어둡게 꺼진다. 인중을 긁적이다가 뒤에 서 있는 오토바이를 보았다. 의자 아래에 헬멧이 하나 더 들어 있기는 했다.

"같이 가자. 가게에 가서 줄게."

"어떻게 가. 차비가 없다니까."

멋쩍게 서 있다가 손에 든 나뭇가지로 오토바이를 가리켰다. 김찬영의 시선이 내 어깨 너머로 향하고, 설마 아니지? 하는 얼굴로 나를 본다.

아니야. 네 생각이 맞아. 그거야.

"내, 내 뒤에 타면 되지."

가렵지도 않은데 괜히 민망해져 턱을 긁었다.

"……"

빠라바라바라밤, 하는 소리를 내며 오토바이 한 대가 도로를 쌩하고 가로지르며 지나갔다. 아득하게 멀어진 소리가 김찬영과 내 주위를 맴돌고, 어색해진 공기에 큼, 하고 목을 가다듬었다.

"어, 얼른 가자."

성큼성큼 걸어 오토바이를 세워둔 곳으로 갔다. 의자를 열어 안에 있는 헬멧을 꺼냈다.

김찬영은 낯을 가렸다. 나를 보는 표정이 매번 단조로워서 가끔은 쟤가 나를 싫어하나, 그런 생각도 들었다. 몇 마디 주고받지도 않는데 매번 같이 밥을 먹고 하교하는 게 조금 신기할 지경이었다. 그런 김찬영이 과연 내 뒤에 순순히 탈까, 생각하며 뒤를 돌았다.

바로 뒤에 선 김찬영이 손을 내밀었다. 그의 시선이 헬멧으로 향한 걸 보니 순순히 탈 모양이었다.

"여기."

김찬영에게 헬멧을 건넸다. 착실히 헬멧을 쓴 녀석이 오토바이를 쭉 훑는다.

"어떻게 타?"

"내 뒤에 앉아."

오토바이에 올라타 엉덩이를 살짝 앞으로 빼 공간을 만들었다. 다리를 몇 번 올렸다가 내린 김찬영이 무표정한 얼굴로 대체 어떻게 타? 하고 한 번 더 물었다.

어떻게 타긴 뭘 어떻게 타. 그냥 다리 올리고 타면 되는 거지.

처음엔 친절하게 그냥 타, 다리 올리고 타, 하던 말이 점점 거칠게 나갔다. 다리 올리고 뒤에 타는 게 대체 뭐가 그렇게 어렵다고 자꾸 실패하는지.

"야, 그냥 타라고. 너 자전거 안 타봤어?"

"타봤어. 아니, 그런데 이건 자리가 좀 좁은데."

chapter 8. 선을 넘는다는 건

김찬영이 내 엉덩이 뒤로 난 틈을 눈짓했다. 너를 뒤에 태움으로써 가슴 쫄려야 하는 건 나인데, 왜 네가 망설이는지 모를 일이네.

"너 집에 가기 싫지?"

신경질적인 어조로 말하자 김찬영이 아니, 하고 말하며 다시 다리를 올렸다.

"잠깐 어깨 좀 잡을게."

어정쩡하게 자세를 잡던 김찬영이 그렇게 말하며 내 어깨 위에 손을 조심스레 올렸다. 뒤로 내려앉는 무게가 느껴졌다. 배달 오토바이에 철가방만 태워봤지, 사람을 태운 것은 처음이다.

"가, 갈게."

이게 뭐라고 괜히 긴장이 되네.

출발하려다 말고 뒤를 살폈다. 김찬영이 뒤에 앉기는 앉았는데 어디를 잡고 있는 느낌이 안 들었다. 아니나 다를까, 김찬영의 두 손이 갈 곳을 못 찾고 허공에 떠 있다.

"그러고 가게?"

김찬영이 멀뚱히 나를 본다.

"그럼?"

"아니, 손 그러고 갈 거야? 어디 안 잡아?"

잠시 고민하는 듯 주위를 살핀 김찬영이 두 손을 제 허벅지 위에 올린다. 나도 모르게 허, 하고 웃었다. 커브 돌다가 날아갈 일 있나.

"내 옷 잡아."

"어?"

"옷, 여기 잡으라고."

손을 뒤로 뻗어 허리 부근의 옷을 잡아 흔들었다.

"그냥 가면 안 돼?"

"보험 많이 들었으면 그렇게 가."

"……."

김찬영이 조용히 옷자락을 잡았다. 그러더니 뒤에서 넌지시 말했다.

"너 임석영이랑 말투가 되게 비슷해졌다."

그 말에 순간 당황했다. 아, 아니, 아닐걸? 안 그럴걸? 하고 말을 흐리며 출발했다.

쌩, 하고 도로를 가로지르는 우리에게로 바람이 들이닥쳤다. 파다다닥, 소리를 내며 옷자락이 펄럭거렸다. 얼마나 달렸을까. 갑자기 옷이 훅 뒤로 당겨지는 느낌에 눈을 내렸다. 뒤에서 김찬영이 힘주어 잡아당기는지, 옷이 배에 붙다 못해 파고들었다.

신호에 걸려 정지했다. 뒤를 돌아보자 김찬영이 눈물을 훔쳐 닦다 멈칫한다. 그러곤 그렁그렁 눈물을 매단 채 말한다.

"바람이, 자꾸 눈에 들어가서."

터지려는 웃음을 꾹 참았다. 고개를 돌려 신호등을 보았다.

"천천히 좀 달려."

뒤에서 김찬영이 말했다. 아직 적신호에 머물러 있는 신호등을 보며 고개를 끄덕였다.

"알았어. 그리고 그냥 허리 잡아도 돼."

chapter 8. 선을 넘는다는 건

"아니야. 괜찮아."

신호가 바뀌었다. 옷자락을 구명줄처럼 쥐어 잡고 있는 김찬영의 손을 잡아 앞으로 당겼다. 그러곤 바로 출발했다.

탁수반점 앞에서 오토바이를 세웠다. 헬멧에 바이저가 안 달려 있어 바람을 한껏 맞은 김찬영이 촉촉하게 젖은 눈을 하고 헬멧을 돌려줬다.

"여기서 기다릴게."

헬멧을 받아 들고 김찬영을 보았다. 생채기를 달고 있으니 괜히 마음이 짠했다. 왜 김찬영만 보면 나를 보는 것 같은지 알 수가 없다.

"들어와."

의자 안에 헬멧을 넣고 걸음을 돌렸다. 김찬영이 아니, 나는, 하고 말했지만 다 듣지 않고 가게 안으로 들어갔다. 공간이 바뀌며 김찬영의 음성이 잘려 나갔다.

철가방을 놓고 주방으로 뛰어 들어가 사장님! 제 이름 부르지 마세요! 아셨죠? 네? 내 이름 부르지 마요! 하고 사장님의 입을 단속했다.

"뭐라는 거야, 갑자기. 네 사장 잠깐 은행 갔다 올 거니까 주문 오면 전화나 해, 인마."

자동차 키를 챙겨 든 사장님이 코를 꼬집고는 가게를 나섰다. 가게 문이 한 번 열렸다가 닫혔다. 김찬영이 들어오지는 않았다. 밖에서 기다리려는 건가.

연고가 어디 있더라. 서랍 안에 든 물건을 뒤적이고 있을 때

가게 문이 열렸다. 김찬영이 무표정한 얼굴로, 조금 난감하다는 듯 나를 보며 가게 안으로 들어왔다.

"자, 여기."

입구 앞에 어색하게 서서 가게 내부를 둘러보는 김찬영에게 연고를 건넸다. 김찬영이 의아한 얼굴을 했다.

"너 얼굴 말이야. 덧나기 전에 바르라고."

"아."

의중을 파악했는지 김찬영이 고개를 슬쩍 내리며 연고를 받았다. 연고 뚜껑을 돌돌 돌려 열다가 흘긋 눈을 올려 나를 본다. 제 모습을 정면으로 보고 있는 게 싫었는지 옆으로 몸을 틀고 손가락 끝에 연고를 짰다.

연고를 덜어낸 손가락을 굽히지 않은 채 뚜껑을 돌려 닫은 김찬영이 조심스레 제 얼굴로 손가락을 올렸다. 그러더니 왼쪽, 오른쪽을 오가며 머뭇거렸다. 상처의 위치를 모르는 것 같다.

"여기."

손을 올려 내 오른쪽 뺨을 찍었다. 마주 보고 있어 위치에 대한 감을 잠시 잃었는지, 김찬영의 손이 왼쪽으로 옮겨 갔다.

"아, 아니."

거리를 두고 서서 보다가 엉뚱한 곳으로 향하는 김찬영의 손목을 잡았다. 김찬영의 눈이 동그래졌다.

"거기가 아니고, 여기야."

왼쪽으로 올라간 김찬영의 손을 오른쪽으로 옮겼다.

"고마워."

김찬영이 작은 목소리로 말했다. 응, 하고 답하며 목을 쓸었다. 손목 잡은 게 별것도 아닌데, 괜히 어색한 공기가 맴도는 것 같다.

김찬영이 생채기가 난 곳에 연고를 발랐다. 건드리는 게 아픈지 이따금씩 눈을 찡그렸다.

"이 동네 학교랑 먼데. 강은호가 너 만난다고 여기까지 온 거야?"

녀석이 말없이 눈을 돌렸다. 얼굴을 가린 손이 생각 외로 컸다.

"수탈 원정대도 아니고. 걔도 참 부지런하다."

"수탈 원정대?"

김찬영의 물음에 고개를 끄덕였다.

"네 돈 강제로 뺏어 갔잖아."

이제야 내 말뜻을 이해한 듯 아, 하고 목소리를 흘린 김찬영이 한 박자 늦게 헛웃음을 지었다.

"빌려 간 거야."

퍽이나 주겠다, 그 새끼가, 하는 말이 턱 끝까지 차올랐지만 뱉지 않았다. 김찬영도 아는 얼굴이었다. 빌려 간 게 아니라 뺏어 간 거라는 걸.

연고 때문에 반들반들해진 손가락을 김찬영이 내려다봤다. 아, 닦을 거 줘야지. 뒤돌아 화장지를 뜯었다. 김찬영에게 건네주기 위해 몸을 돌리자 반대쪽 손바닥에 손가락을 문지르는 김찬영이 보였다.

화장지 좀 달라고 하면 줬을 텐데. 그 말을 안 하고 저렇게 닦네.

벗어둔 후드 집업 주머니에서 지갑을 꺼냈다. 잔고를 살폈다. 현재 지갑의 잔고 만 원. 집에는 버스 카드 찍고 가면 되니까, 현금 없다고 무슨 일 나지는 않겠지.

만 원짜리 지폐 한 장을 꺼내 김찬영에게 내밀었다.

"고마워. 내일 학교에서 꼭……."

아마도 줄게, 였을 뒷말이 툭 끊어져 나갔다. 내가 내밀었던 지폐를 다시 거뒀기 때문이다. 김찬영이 아무것도 잡지 못한 손을 허공에 두고 나를 보았다.

"강은호한테 돈 빌려주지 마."

김찬영이 말없이 나를 본다.

"그렇게 사람 때리면서 돈을 빌려 가는 사람이 어디 있어."

"그만하고 줘."

김찬영이 손을 내밀었다. 휑한 손바닥이 감찬영과 내 사이에 놓이고, 물끄러미 그 손바닥을 내려다보다가 지폐를 건넸다.

고맙다는 인사를 하고 뒤돌아서 나가려는 김찬영을 불렀다. 문고리에 손을 올린 김찬영이 걸음을 멈추고 돌아보았다.

"너는 억울하지도 않아? 이유 없이 괴롭힘 당하는 건데?"

김찬영이 물끄러미 나를 보다가 시선을 떨어트렸다.

"너도 학기 초에 걔한테 가방 뺏기지 않았어?"

"그건……."

"너도 시끄러워지는 거 싫으니까 그냥 준 거잖아. 나도 마찬

chapter 8. 선을 넘는다는 건

가지야."

문고리를 잡은 김찬영의 손가락이 구부러진다.

"걔가 뒤끝이 좀 길어서 그렇지. 이러다 또 잠잠해질 거야."

김찬영이 시선을 거두며 문을 밀었다.

"도와줘서 고마워. 학교에서 보자."

그러곤 가게 밖으로 나갔다. 크게 반동하며 흔들리던 문이 이내 잠잠해졌다.

괜히 마음이 이상했다. 왜 김찬영의 이런 어두운 면을 자꾸 내가 발견하게 되는 거지. 그런 생각이 들었다. 남윤수와 임석영도 알고 있나. 알고 있었다면 비밀로 해달라는 말 같은 건 하지 않았겠지.

김찬영이 놓고 간 연고를 손에 쥐었다. 연고를 짜면서 손가락으로 누른 부분이 눈에 들어왔다. 움푹 파인 곳을 매만지다가 흔들림이 멈춘 가게 문을 보았다.

김찬영의 말이 맞다. 시끄러워지는 게 싫어서 가방을 그냥 주었다. 나는 내가 홍차연이 아니라는 사실을 들키지 않기 위해서 그랬다지만, 김찬영은 무엇 때문에 그러는 걸까. 문득 궁금해졌다.

모르긴 몰라도 강은호랑 임석영이 싸우면 임석영이 이길 거 같은데……. 친구에게 말하면 되는 거 아닌가.

"하여튼…… 강은호 그 새끼가 제일 나빠."

서랍에 연고를 넣으며 혼자 구시렁거렸다.

"나쁜 새끼. 오늘 밤에 가위나 눌려라."

나름의 저주를 퍼부으면서.

ㅿ ㅇ ☆

비가 올 것처럼 하늘이 어둡고 흐리더니 퇴근하고 버스를 타자 하늘에 구멍이 뚫린 것처럼 비가 쏟아져 내렸다.

"아…… 비 오네."

물끄러미 창밖을 응시했다. 어두운 풍경이 빗물에 젖었다. 창문에 들러붙은 듯 흘러내리는 물줄기를 보았다. 창문이 우는 건지 풍경이 우는 건지 모를 모습이다.

비가 내리는 새카만 밤을 보고 있으면 어쩐지 조금 음울한 기분이 되었다. 지상에 존재하는 모든 것들에 빗줄기가 내리꽂히는데, 그 소리가 너무 커서 마치 세상이 빗소리에 잠기는 듯한 기분이 들고는 했다.

쏴, 하는 소리를 멍하니 듣고 있으면 깊은 곳 어딘가에 웅크리고 있던 우울이 슬그머니 고개를 들고 나와 함께 비 내리는 풍경을 바라봤다.

좋았던 기억이나 꿈 따위의 것들이 빗줄기로 지워지는 어두운 밤. 이런 밤을 맞닥뜨릴 때마다 나는 닿을 수 없는 곳의 풍경을 상상하게 됐는데, 그 풍경 속에는 늘 엄마가 있었다.

단지 연락이 닿지 않은 곳, 안부를 물을 수 없는 곳에 엄마가 있다고 위안을 삼다가도 문득 내 세계에서 영영 사라져 버렸다는 사실을 상기할 때마다 슬픔에 무너지곤 했다.

창문에 시선을 고정한 채 초점을 옮기자 창문에 비친 내가 보였다. 표정 없는 얼굴이 슬픔도 잊은 사람 같다.

　이번 정류장을 알리는 안내 방송에 하차 벨을 눌렀다. 자리에서 일어나 기둥을 잡았다. 버스가 속도를 늦추며 정류장에 진입하고, 정차했다. 빗속으로 뛰어들 준비를 했다. 문이 열리고, 후다닥 계단을 밟고 내려갔다.

　정류장으로 뛰어내리다가 빗물이 고인 웅덩이를 밟았다. 튀어 오른 빗물에 바지가 젖었다.

　"아! 진짜!"

　젖은 곳을 대충 털어내는데 바보냐, 하고 말하는 목소리가 빗속에서 들렸다. 허리를 숙인 채 고개를 들자 우산을 든 임석영이 보인다.

　"어? 뭐야, 이 시간에 어디 가?"

　"너 마중 나왔지. 우산 없을 거 같아서 혹시나 하고 기다렸는데. 진짜 없네."

　한 걸음 다가온 임석영이 내 팔을 잡아당겼다. 걸음이 옮겨가고, 임석영의 머리 위로 드리운 우산 아래에서 멈췄다. 몸이 가깝게 붙었다.

　버스에서 내려 정류장으로 들어가는 그 짧은 순간에 후드 집업이 젖었다. 임석영의 눈이 빗물로 물든 후드를 훑는 게 보였다.

　"나 기다린 거야? 언제 올 줄 알고?"

　"너 알바 9시에 끝나잖아."

"야, 핸드폰 뒀다가 어디다 써. 연락을 하지."

"했는데 네가 안 받았어."

그랬나. 핸드폰을 꺼내 확인할까 하다가 말았다. 빗소리가 커서 듣지 못했나 보다.

임석영이 볼을 가볍게 꼬집었다. 연락한 것도 모르는 주제에 핸드폰 뒀다가 어디다 쓰냐고 목소리를 높인 나를 나무라는 듯한 얼굴이었다. 멀뚱히 임석영을 올려다봤다. 장난스럽게 웃는 눈에 온기가 있는 것처럼 느껴졌다.

빗소리에 귀가 먹먹해졌다. 이상하게 아까의 우울한 마음을 밀어내는 듯 가슴이 뛰었다.

"가자."

임석영이 한 팔을 들어 어깨를 감쌌다. 멍하니 끌려가다가 현재 위치가 동네라는 것을 깨닫고 후드 끈을 꽉 조여 묶었다. 눈만 동그랗게 드러내고 임석영과 나란히 걸었다. 빗물에 신발이 젖어 가는데도, 이상하게 기분이 좋았다.

"석영아."

우산을 든 임석영이 고개를 내려다본다.

"비 냄새 좋다."

내 말이 조금 싱거웠는지 임석영이 피식 웃으며 고개를 돌렸다.

"가만 보면 갈비만두나 비 냄새가 좋아한다는 말은 잘 하면서, 나 좋다는 말은 안 해."

가만히 정면을 응시하는 임석영을 보다가, 시선을 돌렸다.

그랬었나. 좋다. 그 단어가 헬륨가스를 주입한 것처럼 마음속에 두둥실 떠올랐다.

△ ○ ☆

학교에서는 진로상담이 진행됐다. 쉬는 시간마다 몇 명의 아이들이 담임을 만나고 오는 방식이었는데, 한 명이 담임을 만나 진로상담을 하고 나오면 다음 번호의 아이가 들어가는 방식이었다.

수업이 끝나자 반장이 임석영의 이름을 불렀다. 임석영 차례인 듯했다.

"아, 이런 거 왜 하나 몰라."

책상에 엎드려 누워 있던 임석영이 툴툴거리며 교실을 벗어났다.

"졸려……."

눈을 느리게 끔벅이며 고개를 뒤로 젖혔다. 눈가를 문지르는데 앞자리에 앉은 정은솔과 눈이 마주쳤다. 몸을 돌리고 앉아 나를 힐끔거리며 뭔가를 끼적이고 있었다.

"야."

이유를 물으려는데 정은솔이 손에 들고 있던 종이 한 장을 내 책상 위에 놓는다.

"잘 그렸지. 내가 네 초상화 그렸다."

볼펜 똥이 덕지덕지 묻은 종이에 동그란 얼굴, 왕방울만 한 눈, 삼각형 코와 입술을 가진 괴상한 그림이 그려져 있다. 지금 이걸 나라고 그린 건가.

"포인트는 이거야."

정은솔이 손에 쥔 볼펜으로 멸치처럼 그려놓은 몸통을 가리킨다. 심드렁하게 눈을 올리자 뭐가 웃긴지 혼자서 깔깔 소리 내 웃는다. 아 씨, 진짜, 개 웃기네, 하면서.

뭐가. 같이 웃자. 대체 어디가 웃겨.

정은솔이 멸치 같은 몸통 위에 갑자기 무언가를 덧그린다. 투박하게 선을 긋더니 갑옷 같은 교복 재킷이 완성됐다. 그러더니 혼자 숨이 넘어가게 웃는다.

"……."

노트를 뒤집어 빈 공간에 웃고 있는 정은솔의 얼굴을 그렸다. 눈을 내렸다가 올리며 정은솔의 특징을 빠르게 옮겼다.

"와 씨, 개 똑같네."

옆에서 툭 튀어나온 김태욱이 그림을 보고 말했다. 문어 다리를 질겅질겅 씹으며 얼굴을 들이민 김윤환이 종이를 낚아채듯 뺏어 가더니 욕을 하며 웃는다.

"김윤환 이 새끼야, 웃지 마! 이게 뭐가 똑같아! 하나도 안 똑같아!"

"이게? 이게 안 똑같다고? 나 이거 네 증명사진인 줄 알았는데?"

김윤환이 정은솔 얼굴이 그려진 종이를 칠판에 붙였다. 그걸 본 아이들이 다 웃고 지나갔다. 토끼를 닮은 정은솔의 특징이

chapter 8. 선을 넘는다는 건

잘 살아 있다는 이유에서였다.

"안 똑같다고!"

정은솔이 그렇게 외친 순간 교실 앞문으로 임석영이 들어왔다. 칠판에 현상수배 포스터처럼 붙은 종이를 빤히 쳐다보더니 고개를 돌려 이쪽을 본다.

"야, 이거 은솔이냐?"

임석영의 말에 김윤환이 내 어깨에 손을 얹었다.

"너 미대 가야겠다. 싹이 보여. 홍카소."

정은솔의 그림을 시작으로 쉬는 시간마다 아이들의 얼굴을 그렸다. 돗자리를 편 것처럼 아이들이 하나둘 몰려들었다.

꼼꼼하게 특징을 살려 그리던 그림이 오후가 되어서는 큰 동그라미 하나에 눈 두 개를 점 찍는 지경이 되자 야유를 들으며 문을 닫게 됐다.

칠판에 내가 그린 그림이 포스터처럼 주르륵 붙었다. 이제 아무도 자기 얼굴을 그려달라고 내 앞자리에 앉지 않게 되었을 때, 옆자리에서 끈질긴 시선이 느껴졌다. 고개를 돌리고 보자 임석영이 내 책상에 있는 노트를 툭툭 건드린다.

"왜?"

"나도 그려줘."

이제 귀찮은데.

말없이 건너다보자 임석영이 "학교 끝나고 떡볶이 사줄게." 한다. 수업이 끝나자마자 놓았던 연필을 다시 들었다.

"예쁘게 그려주세요."

"있는 대로 그릴 거야."

포스트잇을 앞에 두고 임석영의 얼굴을 힐끔거렸다. 임석영을 보고 얼굴선을 그리고, 눈을 보고 눈동자를 그렸다.

눈매가 조금 기다란 특징을 살리기 위해 임석영의 눈꼬리를 뚫어져라 응시하는데 뭔가 기분이 이상했다. 임석영이 나를 빤히 보고 있었다.

연필을 손에 들고 턱을 긁적였다. 이상하게 그림이 쉽게 안 그려졌다.

"왜? 너무 잘생겨서 그리기 힘들어?"

"뭐래."

임석영이 피식 웃는다. 순간 미소하며 들어간 보조개가 보였다. 입술 옆에 보조개 하나를 그려 넣었다.

학교가 끝나고 후문 뒤에 있는 포장마차로 갔다. 임석영과 나란히 서서 떡볶이와 어묵을 먹었다. 임석영이 그림 값을 후하게 쳐주겠다며 먹고 싶은 만큼 먹으라고 했다. 녀석이 포스트잇을 이마에 붙이고 다니는 통에 떼어내느라 애를 먹었다.

"야, 그거 포스트잇에 그린 건데. 그게 무슨 그림이라고."

말은 그렇게 했지만, 내 앞으로 눈 깜짝할 사이에 어묵꼬치가 네 개 놓였다. 충분히 많이 먹은 것 같은데, 하나 더 먹어도 되려나.

어묵꼬치를 한 번 보고, 임석영을 한 번 봤더니 시선을 느꼈는지 고개를 돌렸다. 눈을 깜박거리기만 했는데 임석영이 픽 웃

chapter 8. 선을 넘는다는 건

음을 터트린다.

"너 지금 내 허락 기다려?"

고개를 작게 끄덕였다.

"……석영 군, 나 이거 하나 더 먹어도 될까."

앞에 있는 어묵을 손가락으로 가리키자 임석영이 눈을 가리며 웃었다. 안 되는 건가. 나 너무 많이 먹었나.

임석영이 주머니에서 만 원짜리 지폐 두 장을 꺼내 사장님에게 건넸다. 다 먹으면 계산해 주세요, 하고 말하는 그의 얼굴이 왜 이렇게 여유로워 보이는지.

석영이, 너, 부자였니?

종이컵에 어묵 국물을 따라 임석영에게 건넸다. 종이컵 하나를 더 들고 국자를 드는데 임석영이 어? 하며 건네받은 종이컵을 내 앞으로 내민다.

"파가 하트야."

종이컵 위에 하나 떠 있는 파가 하트 모양이었다. 어, 하트구나, 하며 시선을 돌리는데 임석영이 말한다.

"네 마음이야? 이제 나한테 주는 거야?"

어묵 국물을 따르다가 흘긋 시선을 올리자 사장님과 눈이 마주쳤다. 우리 이야기를 듣고 있는 것 같은 느낌에 다 먹은 어묵 꼬치 하나를 칼처럼 들고 임석영을 겨눴다.

"헛소리하면 죽는다."

"어떻게 죽일 건데."

임석영이 떡볶이 양념이 묻은 입가를 쓸어 닦으며 나를 내려다봤다.

"어? 어떻게 나를 죽여줄 건데요."

곁눈질로 사장님을 보다가 임석영의 얼굴을 노려보았다. 눈치 없는 새끼야, 제발 조용히 해, 하고 신호를 쏘았으나 받지 못한 건지, 무시하는 건지, 표정에 변화가 없다.

"너, 진짜, 장난하지 마라."

화장지를 뜯어 양념이 묻은 손가락을 닦은 임석영이 얄밉게 웃으며 고개를 돌렸다.

"콩알만 한 게 전투력만 높아서."

입술을 삐죽이며 고개를 돌리다가 사장님과 눈이 마주쳤다. 어색하게 웃은 뒤 눈을 내리고 어묵을 먹었다. 임석영은 왜 이렇게 태연한 걸까. 사람들이 이상하게 볼 수 있다는 생각을 전혀 하지 않는 것 같다.

임석영과 내가 먹은 게 떡볶이 1인분, 김말이 튀김 두 개, 만두 핫도그 한 개, 어묵꼬치 여섯 개였다. 만 2천 원이 나왔고, 사장님이 임석영에게 8천 원을 거슬러 줬다.

포장마차에서 나와 버스 정류장으로 가는 길, 거리가 한산했다. 담벼락이 쭉 이어진 길을 걸었다. 가방끈을 잡고 걷다가 망설이던 말을 꺼냈다.

"사람들 앞에서 그런 말 하지 마."

"무슨 말?"

"하트니 뭐니…… 그런 말."

고개를 올려다보자 임석영이 턱을 문지르며 나를 보았다.

chapter 8. 선을 넘는다는 건

"설마 아까 포장마차에서 내가 한 말 때문에 그래?"

고개를 끄덕이자 임석영이 얕은 한숨을 뱉으며 미세하게 웃었다.

"사장님이 소문이라도 낼까 봐?"

"……모르는 일이지."

"심장도 콩알만 하네."

임석영이 엄지에 검지를 붙이더니 삐죽 튀어나온 엄지를 내 앞으로 내밀었다. 네 심장이 이만하다, 이만큼 작다, 뭐 그런 뜻인 듯했다.

저리 치워, 하며 임석영의 손을 밀어냈다. 그러자 손 모양을 그대로 유지한 임석영이 음? 이거? 하며 다시 내 앞으로 손을 들이밀었다.

"뭐야."

임석영이 바로 세우고 있던 손을 조금 비틀었다. 엄지가 시계 바늘처럼 살짝 옆으로 기울었다.

"이거, 이거 그거잖아."

임석영이 자세히 보라는 듯 손을 더 가까이 내밀었다. 눈을 내리고 임석영의 손을 살폈다. 어디서 봤더라, 생각하는데 무언가 떠올랐다. 이렇게 삐죽 튀어나온 엄지를 본 적이 있었다. 아이들이 엿이나 먹어라, 하면서 엄지를 빼는 걸.

"지금 나한테 욕하냐?"

"뭐?"

임석영이 황당하다는 얼굴로 제 손을 내려다봤다. 이게 대체 어디를 봐서 욕이지, 하며 손을 이리저리 돌려가며 보더니 뭔가를 알아챘는지 힐, 하며 눈을 올렸다.

"야, 그건 이거 아니거든?"

"그럼 뭔데. 이런 모양이었거든?"

분명 임석영이 내게 욕을 한 것이 틀림없다, 생각하며 손을 올렸다. 손가락 어디 사이에서 튀어나오는 그런 모양이었는데. 엄지가 어떻게 튀어 나왔더라.

고심하며 손가락을 움직이자 임석영이 하지 말라는 듯 제 손 안에 내 손을 넣어 잡았다.

"하트랑 욕도 구분 못 하고. 너를 어쩌면 좋냐."

"욕이었는데."

"하트였어."

그런가, 하며 손가락을 꿈틀거리며 다시 올리려고 하자 임석영이 힘을 주며 손을 잡아 내렸다.

"하지 마."

응, 하고 손 모양 따라 하기를 포기했는데 임석영이 잡은 손을 안 놨다. 주위를 두리번거리다가 손을 뺐다. 임석영이 아쉬운 얼굴을 하고서 나를 본다.

"아무도 없는데."

"안 돼."

단호하게 거절하고 홱 고개를 돌렸다.

담 위로 장미 넝쿨이 넘어와 빨간 벽돌을 수놓았다. 초록색 잎에 빨갛게 꽃을 피운 모양이 예뻤다.

"홍차, 내가 사진 찍어줄게. 벽에 붙어 서봐."

"갑자기?"

임석영이 가방을 잡아끌고 가더니 나를 벽 앞에 세웠다. 내 어깨를 잡고 이리 옮겼다가 저리 옮겼다가 하며 위치를 잡았다. 눈동자를 옆으로 돌리니 귀 부분에 닿은 장미꽃이 보였다. 귀에 꽃을 꽂은 것처럼 보이게 내 자세를 잡아준 것 같았다.

"자. 홍차는 여기를 보세요."

두 걸음 뒤로 물러난 임석영이 핸드폰을 들고 나를 조준했다.

"아, 어색한데."

웃지도 못하고 임석영이 잡아준 자세 그대로 얼었다. 대부분의 사진 기사들은 고객님, 웃으세요, 스마일, 치즈, 김치, 하면서 미소를 유도할 텐데, 임석영은 그런 게 없었다. 찰칵하는 소리가 무자비하게 터졌다.

찰칵하고 한 번만 터진 게 아니다. 찰칵, 차, 차, 차, 찰칵, 차, 찰, 찰, 차차찰, 찰, 찰칵, 하고 터졌다. 얼어서 어색하게 굳은 얼굴이 점점 무표정이 됐다. 사진을 찍는 게 아니고 따발총을 쏘는 줄 알았다.

"그만 찍어."

자세를 틀며 걸어 나가려고 하자 임석영이 어어! 하고 소리를 지르며 다가왔다.

"나랑 한 장 찍어야지."

"여기서?"

성큼 다가온 임석영이 어깨를 붙이고 섰다. 아, 잠깐만, 여기 학교 담벼락 뒤잖아, 하며 바쁘게 고개를 돌렸다. 이거 누가 봐도 그림이 이상했다.

불안한 눈동자를 빠르게 굴리다가 골목 모퉁이를 돌아 이쪽으로 걸어오는 같은 학교의 교복을 발견했다. 그리고 완전한 밤이 되지 않은 거리에서, 이쪽으로 시선을 돌리는 아이의 눈을 보았다.

"어어어!"

나도 모르게 두 팔로 있는 힘껏 임석영을 밀어냈다. 무방비 상태의 임석영이 휘청거리며 밀려났다. 핸드폰이 손에서 미끄러질 뻔했는지, 어정쩡한 자세로 핸드폰을 잡은 채 눈을 동그랗게 뜨고 나를 봤다.

눈동자가 바쁘게 움직였다. 이쪽으로 다가오는 아이와 임석영을 번갈아 보다가 주머니에 손을 넣었다. 지폐가 잡혔다. 안도할 틈도 없이 지폐를 꺼내 임석영에게 건넸다.

"이, 이거밖에 없어."

"어?"

임석영이 자세를 고치며 눈을 찌푸렸다.

"돈, 돈 이거밖에 없다고."

"뭐 해?"

힐긋 눈을 돌렸다. 저만치에 있던 아이가 더 가까워졌다. 임석영의 손에 지폐를 구겨 넣고 슬금슬금 옆으로 물러났다.

나도 지금 내가 왜 이런 상황극을 하고 있는지 모르겠지만.

chapter 8. 선을 넘는다는 건

"이제 그만 괴롭혀……."

"뭐 하는 거야."

임석영이 한 걸음 다가오고, 그런 임석영의 뒤로 아이가 지나가고, 나는 후다닥 달렸다. 길이 하나로 나 있는 바람에 멈출 수가 없었다. 뒤에 그 아이가 걸어오고 있었다.

"야, 홍차!"

뒤에서 임석영이 쩌렁쩌렁 내지르는 소리가 들렸다. 그러거나 말거나 모르쇠로 일관하며 뒤돌아보지 않았다.

열심히 굴러가던 다리가 멈춘 곳은 버스 정류장이었다. 민망한 얼굴을 하고 서 있자 얼마 안 있어 황당한 얼굴을 한 임석영이 다가왔다. 구깃구깃한 천 원짜리 지폐 한 장을 손가락 사이에 끼우고 팔랑팔랑 흔들며 나를 봤다.

"너 괴롭힘 당하는 게 뭔 줄 모르지?"

지폐를 반으로 접어 주머니에 찔러 넣은 임석영이 팔을 올려 내 목을 감았다. 눈이 동그래졌다. 이상한 상황을 피해 도망 왔더니, 더 이상한 상황이 연출됐다.

"아, 진짜 화낸다!"

두 팔로 임석영의 팔을 잡고 버둥거렸다. 버스 정류장에 아무도 없다지만, 환장할 노릇이었다.

다른 한 손으로 임석영이 내 앞머리를 쓸어 넘겼다. 손가락 사이에 머리칼을 끼운 채 이마를 눌렀는데, 그 힘에 고개가 뒤로 넘어갔다. 울상을 하고 임석영을 봤다.

아, 제발, 학교 근처에서 이러지 말자, 하고 보는데 녀석이 웃음기 없는 얼굴로 나를 내려다본다.

"이런 걸 보고 괴롭힌다고 하는 거야. 네가 싫어하는 짓을 하는 거."

"아, 알았어. 미안."

"안 미안하면서."

"아니야. 미안해. 완전 많이 미안해."

임석영이 지그시 나를 내려다봤다. 이제 이것 좀 풀어주면 안 될까, 하며 단단한 팔을 톡톡 두드렸다. 말없이 얼굴을 훑고 내려간 임석영이 목을 감은 팔에 힘을 풀지 않은 채 입을 열었다.

"못되게 괴롭히고 싶지만 착한 내가 참는다."

목을 감고 있던 팔이 느슨하게 풀렸다. 잽싸게 임석영에게서 벗어나 거리를 벌렸다. 가슴이 쿵쿵 뛰었.

뺨을 쓸고 손으로 입을 가린 채 힐끔 눈을 돌렸다. 임석영이 못마땅한 얼굴로 나를 봤다. 거리를 벌리고 섰는데도, 그 거리가 멀게 느껴지지 않았다.

입을 가리고 있던 손을 조금 더 올렸다. 이상한 일이었다. 내 손에서 연하게 임석영의 향이 났다.

△ ○ ☆

"헐, 진짜 둘이 그러고 있었다고?"

"그래, 새끼야."

chapter 8. 선을 넘는다는 건

다른 친구를 바짝 안은 강은호가 그렇게 말하며 웃었다.

이동 수업을 갔다가 교실로 돌아가는 길이었다. 임석영은 반장과 함께 책걸상을 나르러 갔다. 그 둘의 교과서까지 챙겨 들고 가는데 복도에 나와 있는 강은호와 그의 무리를 만났다. 눈이 마주쳤다.

복도를 지나가는데 강은호가 들으라는 듯 나와 임석영의 이야기를 꺼냈다. 장미꽃이 어쩌고, 사진이 어쩌고 하는 걸 보니 아주 없는 말도 아니었다.

대체 담벼락 아래에서 사진 찍으려고 했던 걸 쟤가 어떻게 알지? 하며 눈을 돌리자 그 길을 지나갔던 애가 보였다. 강은호 무리에 끼어 있었다.

아, 어쩐지 피하고 싶더라니.

"더럽지 않냐?"

그렇게 말하며 강은호가 붙어 있던 친구에게서 떨어졌다. 시선이 내게 쏟아진다. 그중 한 명의 시선이 내가 든 책에 닿았다.

"와 씨, 임석영 책 껴안고 있는 거 봐."

누군가는 웃음을 터트리고 누군가는 몸서리를 친다. 가슴이 빠르게 뛰었다. 이대로 그냥 지나가 버리면 쟤들이 하는 말을 다 인정하는 것처럼 보일까 봐 발이 안 떨어졌다. 그럼 대체 내가 여기서 무슨 말을 할 수 있지. 가슴만 빨리 뛸 뿐 좀처럼 머리가 안 굴러갔다.

두 팔 안에 책을 안고 가만히 서 있자 강은호가 눈을 흘기며 시비를 걸어온다.

"왜? 네가 좋아하는 애한테 이르기라도 하게?"

빈정대는 목소리가 날카롭게 꽂혔다. 눈꺼풀이 파르르 떨리는 것 같아 시선을 낮은 곳으로 내렸다. 눈을 마주하고 있지 않아도 느껴졌다. 강은호가 뚫어져라 나를 응시하고 있는 게.

바닥으로 향한 시야 속으로 강은호의 발이 들어왔다. 내 앞에 서서 수그리고 있는 머리를 튕겨내듯 밀어낸다.

"사람 말을 대놓고 씹네. 야, 왜 눈을 깔고 그래? 내가 너 때려? 고개 안 드냐?"

책을 움켜쥐었다. 떨어트린 시선을 못 들고 있자 강은호가 턱을 잡아 올렸다. 단숨에 시선이 마주쳤다. 날이 선 눈매가 사납다. 어떤 표정을 짓고 있는지도 모른 채 어색하게 표정을 굳혔다.

"그러는 너는 왜 사람이 앞에 있는데 대놓고 씹어?"

"허, 이 새끼가 뭐래. 너 약 먹었냐?"

턱을 잡은 강은호의 손에 악력이 점점 세졌다. 손에 들고 있던 책이 와르르 바닥으로 떨어졌다. 얼굴을 찡그린 채 강은호의 팔을 꽉 잡았다.

"내 말이 틀려? 너랑 그 새끼랑 껴안고 염병 떤 거 맞잖아."

"야, 네가 봤어?"

목소리가 튀어나온 곳으로 모두의 시선이 돌아간다. 교과서를 쟁반처럼 들고 그 위에 딸기우유 세 개를 올려놓은 김윤환이 기분 나쁜 얼굴을 하고 걸어왔다.

"얘랑 임석영이랑 그러고 있는 거 네가 직접 봤냐고."

chapter 8. 선을 넘는다는 건

이쪽으로 걸어온 김윤환이 걸음을 멈추고 서서 강은호를 올려다본다.

"뭔 상관이야, 너는. 빠져, 멸치 새끼야."

멸치라는 말에 김윤환이 허! 하고 눈을 부릅뜬다.

"지는 고릴라 같은 주제에 어디 태평양 멸치한테 지랄이야. 멸치가 뭉치면 얼마나 무서운 줄 알아, 새끼야? 바다가 은빛으로 물들어!"

뜬금없는 태평양 멸치설에 다른 애들이 어이없다는 듯 웃는다.

강은호가 손을 털듯 내 턱을 낫다. 별꼴을 다 본다는 투였다.

"얘가 봤거든? 모르면 작작 나대라."

그날 우리를 지나쳐 갔던 애가 시선을 먼 곳으로 돌렸다. 자기가 한 말 때문에 일이 이렇게 될 거라는 생각은 못 한 모양이었다. 안 한 건가.

"야! 김윤환! 뭔 일 났어?"

복도 끝에서 김태욱의 목소리가 쩌렁쩌렁 울렸다. 돌아보자 교실에서 상체를 길게 뺀 김태욱과 정은솔이 보였다. 아까 멸치를 외치던 김윤환의 목소리가 좀 많이 컸나 보다.

"어어! 아무것도 아니야!"

김윤환이 금방이라도 튀어올 것처럼 이쪽을 주시하고 있는 제 친구들을 향해 소리쳤다. 허리를 숙여 떨어진 교과서를 주웠다. 내 이름과 반장 이름, 임석영 이름이 다시 손에 들어온다.

아, 대체 강은호 얘는 왜 이러는 걸까. 무어라 꼬집을 말이 없나 고민하고 있는데 김윤환이 내 어깨를 친다. 눈이 마주치자 머리를 까닥였다.

"뭐 해? 가자."

"어? 어."

돌아서며 김윤환이 다 들으라는 식으로 말한다.

"참 남 일에 관심도 많다. 친구끼리 껴안고 있든가 말든가 그게 뭐 대수라고."

그러곤 멀어지며 말을 덧붙였다.

"친구 물건 훔치는 게 대수지. 안 그러냐?"

김윤환이 강은호가 있는 쪽을 눈짓하며 말했다. 나는 고개를 끄덕이며 보란 듯 가운뎃손가락으로 등을 긁적였다. 뒤에서 신경질적으로 내뱉는 욕지거리가 들렸지만 돌아보지 않고 걸었다. 김윤환의 능청 때문인지 마음이 한결 나았다.

"고마워. 도와줘서."

"당연히 고마워해야지."

나란히 걷던 김윤환이 휘적휘적 속도를 빨리하며 앞서 나갔다.

문제는 그다음 시간에 터졌다. 김찬영이 그랬던가. 강은호 완전 꼴통이라서 수틀리면 피곤해진다고.

4층 화장실에 갔다가 내려오는 계단에서 강은호와 마주쳤다. 왠지 우연이 아닌 듯했다. 아까 복도에서의 일이 어지간히 마음에 안 들었는지 표정이 말이 아니었다. 어딘가 뒤집어진 것처럼 보였다.

"야."

아무도 없는 계단, 강은호가 길을 막고 섰다.

"시발, 내가 진짜 어처구니가 없어서 수업 시간에 돌아버리는 줄 알았다."

무시하고 지나가려고 하자 강은호의 손에 팔이 잡혔다.

"내가 없는 말 했냐? 너 임석영 그 새끼 좋아하잖아. 그런데 왜 나를 처 맥이고 지랄이야, 진짜."

팔을 뒤로 당겼으나 강은호의 손에 다시 끌려갔다. 허탈한 숨이 흘러나갔다. 얘는 대체 왜 이렇게 모든 것에 날을 세우는 건지. 뭐가 그렇게 못마땅해서 다 삐뚤어진 채 들이받는 건지.

"너 무슨 피해망상 있어?"

"뭐?"

"너한테 한 방 먹인 것도 없는 거 같은데, 네가 돌아버리는 줄 알았다고 하니까. 내가 네 코뼈를 부러트리기를 했어, 빡대가리를 후려치기를 했어?"

"미쳤냐, 너?"

쿵, 하는 소리를 내며 등이 벽에 붙었다. 순간 뒤로 밀어내는 힘에 계단을 헛디딜 뻔했다.

"너 때문에 온 학교에 도둑놈 새끼라고 소문이 났는데, 먹인 게 없어?"

"사실대로 말했을 뿐이야."

"그럼 나도 사실대로 말하면 되겠네. 게이라고."

"……."

"맞잖아. 아니야?"

"아니야."

"아니라고? 시발, 네가 게이가 아니라고?"

아무 말 없이 노려보자 강은호가 헛웃음 지으며 나를 끌고 계단을 내려간다. 몸을 뒤로 당겨도 소용이 없었다. 마구잡이로 끌어당기는 통에 2층 복도까지 끌려왔다.

뒤엉킨 채 들어온 우리를 아이들이 쳐다봤다. 제 교실로 나를 데리고 들어온 강은호가 그날 우리를 지나쳐 갔던 애 앞에서 멈춰 선다.

"야, 박민. 네가 말해봐. 네가 봐도 둘이 이상했다며."

박민이라는 애가 눈을 동그랗게 뜨고 나와 강은호를 번갈아 본다.

"어? 어, 갑자기 무슨……."

말을 얼버무리자 갑자기 옆에 있는 책상을 걷어차며 난동을 부린다. 제 화에 못 이겨 돌아버린 것처럼 보였다.

"아! 네가 이 새끼 게이인 거 같다고 그랬잖아!"

"아, 아니, 그건…… 네가 그렇게 물어서, 그럴, 그럴 수도 있겠다고 한 건데……."

박민의 낯이 점점 하얗게 질려갔다. 아까 그 무리에 끼어 있기에 친구인 줄 알았더니, 것도 아닌 모양이었다.

"아 씨, 야 네가 네 입으로 말해. 너 남자 좋아하지?"

"……."

chapter 8. 선을 넘는다는 건

"야, 말을 해보라고. 어느 쪽인지."

아무도 강은호를 말릴 생각이 없어 보였다. 다들 수군거리며 이쪽을 구경했다.

"저기, 은호야, 여기서 이러는 건."

누군가 그렇게 말하며 끼어들자 강은호가 소리를 지르며 뒷말을 싹둑 잘라먹는다. 아이들이 놀란 얼굴로 강은호를 봤다.

강은호는 지금 이곳에서 나를 망신 주고 싶은 것 같다. 그런데 뭔가 자기 뜻대로 상황이 굴러가지 않아서, 그래서 고삐가 풀려버린 건가.

"너 나한테 관심 있냐?"

"미쳤냐?"

"그런데 뭘 좋아하는 걸 캐묻고 그래."

내 말에 강은호가 소리 내서 웃음을 터트리더니 표정을 싹 바꾼다.

"야, 민이가 분명 봤다고 그랬어. 얘랑 임석영이랑 학교 뒤에서 이러고 있는 거."

강은호가 아이들을 보며 나를 끌어당긴다. 그러더니 제 품 안에 넣고 내 허리를 감는다. 심장이 덜컥 내려앉았다. 몸을 버둥거리자 강은호가 더 세게 몸을 끌어안았다.

"야! 이거 놔!"

"야, 네들이 보기엔 이게 친구냐?"

으으, 하며 강은호의 옆에 있던 애가 몸서리를 치고, 다른 애가 웃는다. 가슴이 미친 듯 뛰고 뜨거워졌다.

"놓으라고! 미친 새끼야!"

"왜? 임석영이 이렇게 하니까 네가 좋아 죽겠다는 듯 웃었다던데? 아아, 그 새끼는 네가 좋아하는 애고 나는 아니라서 그런가?"

다리가 부들부들 떨렸다. 온몸을 꿰뚫고 지나가는 것, 이건 분노였다.

"네가 내 몸에 손대는 거 싫으니까, 제발 떨어져……."

"그럼 묻는 말에 대답이나 해. 사람 등신 만들지 말고."

이를 꾹 물고 눈물을 참았다. 몸이 터질 것만 같다.

너는 원래 등신 새끼였잖아. 반성하는 법을 학습하지 못한 사람처럼.

강은호의 팔을 깨물자 녀석이 외마디 비명을 지르며 내 머리를 밀어냈다. 절대 떨어지지 않고 들러붙어 이를 박자 내 머리를 때리려는 듯 녀석의 손이 올라간다.

순간 둔탁한 타격 음이 귓전을 울렸다. 강은호의 몸이 뒤로 넘어가며 우당탕 책걸상이 흐트러졌다. 갑자기 일어난 일에 순간 얼었다.

"시발, 돌았냐?"

허공을 가르고 올라간 강은호의 손이 낙하하기 전, 임석영이 먼저 강은호의 몸을 밀어낸 거였다. 홍차연이고 나발이고 들이받자는 생각이 강해지던 머리에 임석영이 폭력 때문에 교내 봉사활동을 했던 사실이 확 떠오른다.

"어, 임, 임석영!"

chapter 8. 선을 넘는다는 건

급하게 임석영의 등을 잡아당겼으나 좀처럼 끄떡하지 않았다.

"야! 하지 마! 때리면 안 돼!"

크게 내지른 소리에 막무가내로 나아가던 임석영이 멈춰 선다. 두 손을 올려 머리를 감싸고 있던 강은호가 그제야 얼굴을 드러낸다. 급하게 눈물을 닦는 듯했다.

"왜 밀고 지랄이야!"

강은호가 눈을 사납게 부라렸다.

"사과해."

"뭐?"

"방금 네가 한 짓 전부 사과하라고!"

"가만히 있다가 봉변당한 건 난데 왜 내가 사과를 해!"

목에 핏대까지 세우며 언성을 높인 강은호가 씩씩거리며 나를 본다.

"설마 홍차연 저 새끼한테 사과하라고? 미쳤냐? 야, 정신 차려. 쟤 너 친구로 안 봐, 등신아."

"친구도 뭣도 아닌 너한테 내가 그런 말까지 들어야 되냐?"

씨근덕거리며 임석영을 보던 강은호가 하, 황당하네, 하며 시선을 돌린다. 매섭게 나를 노려보더니, 비릿한 웃음이 그의 얼굴에 스쳐 지나간다.

"아, 잠깐만. 뭐야? 저 새끼가 너 좋아하는 거 너도 아는 거야?"

일순 아이들이 웅성거린다. 아이들의 눈이 나와 임석영을 오가며 움직인다.

"와아, 알면서도 이래?"

"……."

강은호의 멱살을 잡은 임석영의 손에 바짝 힘이 들어가는 게 보였다. 그리고 순간이었다.

"야, 너 저 새끼 좋아하냐?"

강은호의 입에서 나와서는 안 될 질문이 나와버렸다.

말문이 턱 막혔다. 아직 임석영이 대답을 하지도 않았는데, 묘한 분위기가 이상한 물살을 타는 것 같았다. 심장이 두근거렸다. 몸이 굳은 것처럼 안 움직였다.

"왜 대답을 못 해? 설마 너 진짜 저 새끼 좋아해?"

아이들이 임석영과 나를 번갈아 봤다. 임석영은 굳은 얼굴로, 나는 불안한 얼굴로 앞으로 닥칠 일에 그 어떤 대비도 하지 못한 채 놓여 있었다.

아니. 야식 메뉴도 한식, 중식, 양식을 결정하는 데만 몇 분이 걸리는데 한 사람의 마음을 꿰뚫는 질문을 예고도 없이 이렇게 많은 사람 앞에서 하는 강은호는 진정한 개새끼다.

시간이 멈춰 버렸으면 좋겠다는 생각을 하며 서 있는데 누군가 내 손목을 잡아당겼다. 단숨에 아이들 틈에서 끌려 나왔다. 고개를 돌리자 손목을 잡고 선 김찬영이 보였다.

"잠깐만."

발에 힘을 주고 버티자 김찬영이 고개를 젓는다.

"여기 있으면 너나 석영이나 둘 다 곤란해져."

chapter 8. 선을 넘는다는 건

김찬영이 내 손목을 이끌었고, 그를 따라가다가 아이들 틈에서 흩어지는 임석영의 목소리를 들었다.

"와, 씨, 소름 돋아! 대답을 해봐, 새끼야. 너 진짜 홍차연 그 새끼 좋아하냐고!"

"그래. 좋아한다. 그러니까 건들지 마, 씹새끼야. 죽여버리기 전에."

우뚝, 멈춰 섰다. 가슴이 덜컥 내려앉다 못해 떨어지는 기분이었다. 돌아보려고 하자 김찬영이 나를 끌어당겼다.

임석영이 나를 좋아한다는데, 세상이 무너지는 기분이 들었다. 내 세상과 함께, 임석영의 세상이 무너지는 기분이.

△ ○ ☆

임석영이 나를 좋아한다고 한 순간 긴 복도 전체가 정적에 잠긴 듯했다. 그 정적을 깬 사람은 남윤수였다.

야! 나도 홍차연 좋아하는데! 왜 우리 차연이 괴롭히고 지랄이야! 이 맞아도 싼 새끼야!

뒷말은 김찬영과 함께 복도를 빠져나오며 듣지 못했다.

옥상으로 갔다. 김찬영과 나란히 서서 난간 너머를 내려다보는데 텅 빈 운동장처럼 몸 안이 비어버린 것 같았다. 정신은 멍하고 미친 듯 뛰던 가슴은 이상하리만치 차분했다.

"괜찮아?"

김찬영의 목소리가 정적을 깼다. 멍하니 운동장을 보다가 괜찮아, 하는 그 말을 곱씹어봤다.

"괜찮을까."

김찬영이 고개를 돌려 나를 봤다. 내 목소리가 너무 처진 탓일까. 나를 보는 김찬영의 낯이 조금 어두워진다.

아이들이 보는 앞에서 임석영이 나를 좋아한다고 말했다. 그 사실은 이제 추측과 과장, 오해와 결합되어 가공될 것이다. 나는 그것을 해명할 수 없고, 어쩌면 그것은 임석영도 마찬가지일 것이다. 아이들은 계속 우리를 주시하게 될 테고, 자꾸 시선이 쏠리다 보면 자연스레 의기소침해지겠지.

최악의 상황은 이 이야기가 홍차연 집으로 새어 들어가는 것이다. 졸지에 연애사가 한 줄 생겨버린 홍차연이 얼마나 두 눈을 뒤집고 발악을 하며 내게 포악한 말을 쏟아낼지, 생각만으로 참담한 기분이 든다.

조용히 출석이나 할 것이지, 연애를 해? 어떻게 내 아들 이름에 먹칠을 할 수 있지?

사모님 음성도 들리는 것 같고. 아……. 걸리는 게 한두 가지가 아니었다. 이런 상황에서조차 임석영이나 나보다 그 집 사람들을 신경 써야 하는 처지가 서럽다.

김찬영이 난간을 잡고 있는 내 손등을 가볍게 두드렸다. 무덤덤한 얼굴로 나를 보고 있었다.

"표정 좀 풀어."

네가 할 말은 아닌 것 같은데. 너도 좀 풀어, 매번 무표정이야, 하고 말하려다가 고개를 끄덕였다.

chapter 8. 선을 넘는다는 건

오후의 햇살이 김찬영의 머리 위에 걸렸다. 나를 보는 표정이 전과 다름없었다. 임석영이 하는 말을 들었을 텐데. 그게 친구를 지칭하는 말이 아니라는 것도 눈치챘겠지. 어쩌면 김찬영도, 남윤수도 다 알고 있었던 건 아닐까.

"너희 둘 그러고 있는 거 하나도 안 괜찮거든?"

뒤에서 익숙한 목소리가 튀어나왔다. 고개를 돌리고 보자 임석영이 옥상 문턱을 넘어왔다. 방금 강은호의 멱살을 쥐고 있던 사람이라고 생각되지 않을 만큼 능글맞은 모습이었다.

"수업 종 쳤는데 왜 여기 있어?"

앞에서 걸음을 멈춘 임석영이 김찬영을 보며 물었다.

"그러는 너는?"

김찬영의 무미건조한 답에 임석영이 허, 하고 웃음을 터트렸다.

"나는 짝꿍이 안 들어와서 찾으러 왔지."

임석영이 내 정수리를 콕 찌르며 가리켰다. 그러고는 여기, 이 콩알, 하고 말을 덧붙인다.

"그러니 너는 네 짝꿍 윤수에게로 돌아가. 얼른."

"윤수가 왜 내 짝꿍이야. 내 짝꿍 덕호야."

"아, 윤수든 덕호든. 얼른 수업 들어가. 약속 존나 안 지키는 놈아."

임석영이 김찬영의 어깨를 가볍게 밀었다.

"무슨 약속."

"아, 그."

임석영이 말을 머뭇거리자 무표정하게 보던 김찬영이 덤덤하게 입을 열었다.

"얘 옆에 붙어 있지 말라고 한 거? 그게 약속이었어? 협박인 줄 알았는데."

김찬영의 시선이 느긋하게 내 얼굴에 닿았다. 나는 답을 모르니 김찬영에게 받은 시선을 임석영에게 돌려줬다. 임석영이 난감한 얼굴로 김찬영의 얼굴을 흘겼다. 그 말이 여기서 왜 나와? 하고 묻는 듯했다.

"먼저 갈게."

걸음을 뗀 김찬영이 임석영의 앞을 지나며 말을 덧붙였다.

"그리고 나도 얘 친구야. 친구 옆에 있는 건 내 마음이지."

말을 끝낸 김찬영이 옥상을 빠져나갔다. 임석영이 황당한 얼굴로 김찬영이 사라진 방향을 보았다. 전혀 예상하지 못한 반응을 만난 모양이다.

옥상 문으로 가 있던 시선이 내게로 옮겨 왔다. 임석영과 눈이 마주쳤다. 아까의 분노는 애초에 일었던 적도 없다는 듯 보이지 않았다.

임석영이 한 손에 들고 있는 캔 음료를 내 뺨 위에 올렸다. 냉기가 뺨으로 빠르게 옮겨 붙었다. 움찔 몸을 떨며 눈을 올리자 임석영이 작게 웃는다.

"열 좀 식히라고."

"아…… 고마워."

손을 올려 뺨에 닿은 캔을 잡았다. 임석영이 등장하기 전까지 내내 곱씹었던 말을 떠올렸다.

"그런데 너."

묻고 싶은 말은 괜찮아? 였는데.

"대체 무슨 생각으로 그랬어?"

전혀 다른 말이 튀어나간다. 무엇에 대해 묻는지 뻔히 알면서 대답하기 싫은 듯 임석영이 눈을 돌린다.

"너 어쩌려고 그래. 애들이 안 좋은 말이라도 하면."

"신경 안 써, 남이 하는 말. 진짜도 아니잖아."

수업이 시작된 학교 운동장이 조용하다. 잔잔한 바람이 불어오고, 순간 바람에 머리칼이 나부낀다.

"나 미워?"

흔들리던 머리칼에 주던 시선을 그의 얼굴로 옮겼다.

"내 마음대로 너 좋아한다고 말해서?"

그런 건 아닌데, 걱정이 되는 건 사실이다. 우린 아직 너무 어리고, 소문에 쉽게 휩쓸리고, 그 소문이 머무는 우리의 세계는 너무 작아서.

깊은 곳에서부터 답답한 숨이 파도처럼 몰려와 말문이 막혔다. 고개를 떨어트리며 한숨을 뱉자 분위기가 어색하게 굳는다.

옥상 바닥으로 늘어진 임석영과 나의 그림자가 보였다. 내 발밑에 붙어 있는 그림자보다 조금 더 기다란 임석영의 그림자. 발밑에서부터 꺼멓게 늘어진 저 안에 대체 우리는 어떤 모습으로 갇혀 있는 걸까. 서로에게 기울었다가 멀어지고, 포개졌다가 떨어지는 이 검은 그림자를 끌고 다니는 우리를, 사람들은 어떻게 보게 될까.

"나는 남이 하는 말 신경이 쓰여. 진짜가 아니더라도. 나 자체가…… 진짜가 아니잖아."

이상하게 얼굴을 마주 볼 수 없어 그림자만 뚫어져라 쳐다봤다. 임석영은 대답이 없었다. 긴 침묵이 이어졌다.

"아까 그 새끼는 너를 안고 있었어. 그 상황에서 내가 그냥 보고만 있어야 됐다고 하는 건."

힘없이 낮게 처진 목소리였다. 임석영이 느리게 고개를 든다.

"진짜 화나."

시선이 부딪쳤다. 차분한 듯 말했으나 목소리에 노기가 어려 있었다. 연거푸 한숨만 내쉬더니 머리칼을 쓸어 올린다. 나를 보지 않은 채 먼 곳만 응시하는 게, 뭔가 억누르고 있는 것처럼 느껴졌다.

임석영은 화가 나 있었다. 아마 강은호네 교실에서 그러고 있는 나를 발견했을 때부터 줄곧 기분이 나빴을 거다. 임석영은 내가 정체를 숨기고 남자 고등학교에 있는 것을 늘 불안해했고, 하루빨리 홍차연 대역을 끝내기를 원했다.

정체를 숨기는 것도 불안한 마당에 임석영이 이렇게 내 일에 참견하며 열을 낼 때면 그 불안이 극도로 높아졌다. 아이들이 뭐라고 하거나 말거나 신경 쓰지 않는 임석영과 달리 나는 타인의 시선에 예민하게 구는 편이었기 때문이다.

내가 아니라 다른 애였다고 하더라도 강은호의 행동은 분명 잘못됐다. 좋아하는 마음이 비난받을 일은 아니니까. 그런데 나는 홍차연이 아니다. 내가 아닌 다른 사람의 모습을 하고서 임석영을 좋아한다고 할 수가 없었다. 그건 어쩐지, 홍차연이 망할 놈의 자식이라 하더라도 도리가 아닌 것처럼 느껴졌다.

그런데 그 도리가 임석영에게는 다른 의미로 굴러가는 듯했다. 좋아하는 애가 다른 애에게 억지로 안겨 있는데, 그걸 그냥 넘겨버리는 건 제게 있을 수 없는 일이었을지도 모른다. 가끔 주먹이 먼저 나가는 임석영이니 충분히 가능한 이야기였다.

그런데 그런 것마저 내가 하지 말아줬으면 좋겠다고 하니, 화가 나는 저 심정을 아주 이해 못 하는 것도 아니다.

"그 새끼 명찰, 빨리 버렸으면 좋겠어."

고개를 내리고 교복 셔츠에 붙은 명찰을 보았다. 홍차연. 그 이름이 정갈하게 내 가슴에 붙어 있다.

"이러다 한여름 돼."

"……나도 알아. 몰라서 이러고 있는 게 아니라고. 내 일이고 내가 알아서 해."

딱딱하게 나간 말투에 임석영의 표정이 조금 굳는다.

"그 집은 대체 아들 새끼 학교 안 보내고 뭐 하는 거야."

녹음이 우거진 풍경 속에서 새가 울었다. 핸드폰 진동 소리가 연달아 들렸다. 내 것은 아니었으니 임석영의 핸드폰이 진동하고 있는 것이리라.

내게도 소리가 들릴 정도인데, 임석영이 제 핸드폰이 울고 있다는 걸 모를 리 없다. 하지만 임석영은 아무것도 모르는 사람처럼 옥상 너머의 풍경을 바라봤다.

새가 울고, 불어온 바람에 임석영의 머리칼이 흐트러졌다. 햇빛이 부서지고 구름이 지나가며 그늘이 졌다.

사막 위에 서 있는 느낌이 들었다. 끝없이 펼쳐진 모래 언덕에 가슴이 탁 막히고, 우리는 서로에 대한 마음을 가지고 있으면서도, 그 마음을 들고 어디로 가야 하는지 방향을 상실한 채 방황하고 있는 것 같다.

△ ○ ☆

마지막 수업이 끝날 때까지 임석영과 서먹한 대화를 나누었다. 서먹함의 원인은 나였다. 왠지 모르게 전처럼 임석영을 대할 수 없었다.

수업 시간에도, 수업이 끝난 쉬는 시간에도, 그가 뚫어져라 나를 봤지만 못 본 척했다. 임석영의 시선이 느껴지면 의식적으로 피했고, 그가 자세를 틀고 앉아 누가 이기나 보자는 식으로 나를 응시하면 책상에 엎드려 누웠다.

반 아이들이 우리를 힐끔거리는 게 보였다. 누구 하나 대놓고 말하지 않았지만 강은호 교실에서 일어난 일을 모두 봤거나 들은 듯했다.

"내가 너무너무 좋아하는 홍차여어언!"

큰 소리를 내며 남윤수가 교실로 들어왔다. 내 책상에 걸터앉더니 머리를 헝클어트린다.

chapter 8. 선을 넘는다는 건

"좀 괜찮냐?"

"어? 뭐가?"

"뭐긴, 인마. 은호 새끼가 너 괴롭혔잖아."

"괜찮아."

흐트러진 머리를 쓸어내리며 의자를 뒤로 밀고 일어났다. 내 반응이 이상했는지 남윤수가 음? 하며 내 얼굴 아래로 머리를 들이민다.

"괜찮은 거 맞어? 왜 이렇게 힘이 없어?"

남윤수가 장난스럽게 등을 때린다. 힘을 내라는 식인 것 같았으나 나도 모르게 몸이 휘청거리며 밀려났다.

"오 씨, 너 진짜 어디 아프냐?"

책상에서 폴짝 내려온 남윤수가 내 팔을 붙든다.

"아, 아니. 네가 너무 세게 쳐서……."

남윤수의 시선이 임석영과 나를 오간다. 설핏 눈가가 구겨지는 것이 곧 무슨 질문이라도 던질 것 같아 후다닥 움직였다.

"나 먼저 갈게."

"홍차연?"

나를 부르는 목소리가 들렸지만 무시하고 교실을 나섰다. 머리를 드는 두더지처럼 뜬소문이 여기저기서 튀어나왔다.

'임석영이 홍차연한테 고백했다가 까였다더라.'

'그럼 임석영 혼자 좋아했다고?'

'아니야, 강은호랑 임석영 가운데서 홍차연 등이 터진 거라던데. 삼각관계 아니냐?'

'아니야, 강은호가 홍차연을 졸라 괴롭혀서 그런 거래. 나 같아도 친구가 이유 없이 괴롭힘 당하면 빡치지.'

'그런가. 아니, 그래서 홍차연이 누군데?'

'홍차연? 걔 아닌가. 전학생?'

나와 임석영, 강은호의 이름을 담은 그런 소문들이.

멍하니 정류장에 서 있는데 누군가 옆에 와서 섰다.

"홍차."

임석영의 목소리가 흘러들었다. 정류장에 있는 아이들이 우리를 쳐다보며 쟤들, 쟤가 전학생, 하고 소곤거렸다.

"화났어?"

"아, 아니."

"그런데 왜 그래? 사람을 막 없는 사람 취급 하고. 교실도 혼자 나가버리고."

"……."

"내가 아까 한 말 때문에 그래?"

임석영이 손을 내밀어 손목을 그러잡았다. 잡힌 손목을 뒤로 빼며 임석영을 보았다. 단지 소문이 도는 것뿐인데, 마치 현상수배범이 된 듯한 기분이 들었다. 모두가 우리를 주목하고 손가락질하는 것만 같은.

예고도 없이 무대로 끌려 나온 기분. 대본도 없이 연기를 해야 하는 암담한 상황. 배역이 뭔지, 결말이 뭔지, 아무것도 모른 채 말이다. 그래서인지 아무렇지 않게 임석영을 대하기가 어려

chapter 8. 선을 넘는다는 건

웠다.

"나 화 안 났어. 네가 아까 틀린 말 한 것도 아닌데, 뭐."

"그런데 왜 나랑 말도 안 해?"

"애들이 자꾸 우리 이야기를 해……."

"그런데……?"

"저번에 네가 그랬잖아. 조심해서 나쁠 거 없다고……. 찬영이 체육복 내가 입었을 때."

임석영의 얼굴이 한순간 멍해졌다. 얼빠진 사람처럼 나를 봤다.

"그래서 그러는 거야. 조심하려고."

조용히 내뱉은 말에 팔을 잡고 있던 손이 떨어져 나간다. 타야 할 버스가 들어왔다. 몇 발자국 걸음을 옮기는데 임석영은 요지부동 그 자리에 그대로 서 있었다.

"버스 왔는데."

조용히 뱉은 말에 반응이 없다.

"석영아."

차마 저러고 있는 애를 혼자 두고 갈 수 없어서 이름을 불렀다. 멍하게 서 있던 임석영이 느리게 고개를 들어 나를 본다. 임석영의 뒤로 하늘이 붉게 물들어갔다.

"아, 나 교실에 뭐 두고 왔다. 먼저 가."

얼굴을 쓸어내린 임석영이 그대로 등을 돌렸다. 노을로 얼룩진 거리를 걸어가는 뒷모습을 눈으로 쫓았다.

"안 타요?"

기사가 내게 묻고, 시선을 돌려 버스에 올라탔다.

△ ○ ☆

임석영과 나에 대한 소문이 학교에 돌기 시작했다. 김윤환처럼 왜 남의 일에 지랄이냐며 넘기는 애들이 있는가 하면 대놓고 수군거리거나 와서 물어보는 애들도 있었다. 그럴 때마다 나는 난감한 기색이 역력한 얼굴로 아닌데, 라는 거짓말을 하곤 자리를 피했다.

상황이 이렇다 보니 자연스레 의기소침해졌고 조용해졌다. 임석영과 말을 섞는 것도 어쩐지 불편한 마음이 되어 쉬는 시간마다 책상에 엎드려 누워 자는 척을 했다.

그런데 소문 때문에 쉬는 시간이 불편해진 사람이 나뿐만이 아니었다. 강은호가 툭하면 다른 애들과 싸웠다. 그가 하고 다니는 이야기를 곱게 안 들은 애들이 한마디씩 던지자 싸움이 붙은 거였다.

그러다 한 명과 싸움이 크게 붙었다. 아니, 그게 네가 도둑질하고 다니는 것보다 더 나빠? 그 말 때문이라고 했다. 말을 던진 애가 영리한 건가. 주먹 한 번 안 휘두르고 강은호가 때리는 대로 맞더니, 경찰에 신고를 했다고 했다. 상황이 꽤 심각하게 굴러가는 것 같았으나, 거기까지 신경 쓸 여력이 없었다. 내 걱정 하기도 바빴다.

소문의 싹을 어떻게 자르지, 고민하다가 사모님에게 메시지

chapter 8. 선을 넘는다는 건

를 보냈다. 소문에 대한 이야기는 빼고 곧 수학여행이라 그 전에 끝내는 게 좋을 것 같다고 말했다. 아무래도 다 같이 가는 여행이니 들킬 확률이 더 높지 않을까요? 하는 말을 덧붙이며.

지금의 상황을 벗어나기 위한 나름의 돌파구였는데, 사모님에게 연락이 왔다.

"차연이에게 안 좋은 소문이 났다지? 차 한잔 마시러 오렴."

놀랍게도 소문이 거기까지 흘러가 있었다.

큰 대문 앞에 서자 일순 긴장이 일어 가슴이 두근거렸다. 잠금이 풀리는 소리가 크게 울리며 문이 열렸다. 숨을 고르고 발을 들였다.

마당 한쪽에서 누군가 사다리를 밟고 올라가 나무의 가지를 치고 있었다. 가지치기 가위가 사각사각, 소리를 내며 입을 벌렸다 닫는 모양새가 꽤나 섬뜩했다. 양손으로 가위를 잡고 움직일 때마다 길게 뻗은 가지가 힘없이 아래로 추락했다. 사다리 아래로 잘려 나간 가지가 수북하게 쌓였다.

집에 가까워지자 잔잔한 클래식 선율이 들렸다. 우아하고도 묵직한 첼로 선율에 비위가 상했다. 넓은 통창으로 소파에 앉아 있는 홍차연의 모친이 보였다.

돌길을 따라 걷다가 눈을 올렸다. 2층 베란다에 몸을 기대고 있는 홍차연이 나를 내려다보고 있었다. 먹은 것도 없는데 속이 얹힌 것처럼 답답했다. 눈을 내리고 현관으로 들어섰다. 현관문이 열리자 희미하게 들리던 음악 소리가 막을 걷어낸 것처럼 크게 울린다.

신발을 벗고 발을 들였다.

"왔니?"

"안녕하세요."

꾸벅, 고개를 숙여 인사를 하고 소파에 앉았다. 다리를 꼬고 앉은 그녀가 손에 든 위스키 잔을 한 바퀴 빙글 돌렸다. 투명한 잔 안에 든 동그란 얼음이 그 방향을 따라 돈다.

"차연이한테 이야기는 전해 들었어."

손가락을 만지작거리다가 눈을 올렸다. 홍차연이 그녀에게 무언가 이야기를 했다는 사실에 당황했다.

"학교생활에 조금 문제가 있다고?"

"……네."

"차마 내 아들 이름에 붙여 두기에는 조금 불쾌한 소문인지라, 네 말처럼 이제 그만 정리를 해야 할 것 같아. 일주일 뒤에 전학 처리 될 거야. 너무 걱정하지 마렴."

마치 학교에서 일어나는 모든 일을 아는 사람처럼 여유롭고 느긋한 태도였다. 고개를 끄덕이지도 못하고 가만 앉아 있다가 느지막이 입을 열었다.

"그런데 왜 일주일 뒤죠?"

테이블 위에 잔을 내려놓은 그녀가 빤히 나를 보다가 희미하게 웃었다. 말을 못 하는 걸 보니, 어처구니없는 이유일 것이라 생각했다. 2층으로 향하는 계단 앞에 캐리어가 보였다. 여행이라도 가는 건가. 황당하다.

다음 주엔 수학여행이 있다. 어떻게 해서든 그 전에 홍차연 대역을 그만두고 싶은데. 싫다고 말하려는 순간 그녀의 입이 열린다.

"할머니가 기다리시는 것 같구나."

그녀가 문밖을 눈짓했다. 고개를 돌리고 보자 통창 너머로 마당 한쪽에 서 있는 할머니가 보였다. 나를 본 누군가가 할머니에게 내가 왔다는 소식을 알린 듯했다.

"일주일이야. 조금만 더 힘내주렴."

잔잔한 그 목소리가 얄팍하기 그지없다. 꾸벅, 고개를 숙여 인사를 하고 물러났다. 운동화에 발을 꿰어 넣고 현관문 손잡이를 잡았다. 문을 열기 전, 몰려온 한숨을 뱉고 표정을 갈무리했다. 우울한 낯은 귀신같이 잡아내던 할머니니까.

문을 열고 집을 나섰다. 할머니의 시선이 단번에 내게로 향한다.

"누리야."

"어, 할머니."

어색하게 웃으며 계단을 밟고 내려갔다.

"아, 나 할머니 보러 왔다가. 사모님이 잘 지내냐고 여쭤보셔서 잠깐 이야기 나눈 거야."

할머니가 묻기 전, 내가 먼저 이 집에서 걸어 나온 이유에 대해 설명했다. 입을 길게 찢어 다문 할머니가 숨을 내쉬더니 내 얼굴을 조목조목 훑었다.

"아니, 그런데 머리는 왜 그려?"

"아, 이거. 날도 덥고 해서."

훌러덩 드러난 목덜미를 쓸어내리며 어색하게 웃었다.

"덥다는 애가 옷은 왜 이렇게 껴입었어?"

할머니가 지퍼를 끝까지 올려 잠근 후드를 눈짓했다. 안에 입은 교복 셔츠를 숨기려고 입은 거였다.

"아, 바, 밤이 되면 또 쌀쌀하더라고?"

아하하, 하고 어색하게 웃자 할머니가 눈을 가늘게 뜨고 나를 보았다. 영 수상쩍다, 하고 생각하는 얼굴이었다.

"할머니, 나 약속이 있어서 먼저 가볼게."

"간다고?"

"응. 시간이 이렇게 된 줄 몰랐네."

"반찬은?"

"아, 걱정 마. 아직 있어. 할머니, 연락할게!"

더 있다가는 괜한 트집이라도 잡힐까 후다닥 마당을 벗어났다. 세게 닫은 문에 대문이 쾅, 소리를 내며 흔들렸다.

문 앞에 서서 몸을 돌리고 높은 담벼락을 보았다. 망할 놈의 집이 크기는 더럽게 컸다.

"빼도 박도 못하고 수학여행 가게 생겼네."

고개가 수그러들며 깊은 한숨이 입 밖으로 흘러나왔다.

△ ○ ☆

chapter 8. 선을 넘는다는 건

버스를 타고 학교로 가는 길, 여름이 성큼 다가온 것이 느껴졌다. 나뭇잎이 푸르고, 활짝 연 창문을 통해 들어오는 바람에 열기가 섞여 있었다.

버스에서 내려 교문 앞에 섰을 때 아이들의 두발과 교복을 점검하는 학생주임이 보였다. 교문을 들어서려다가 훑어본 교복에 명찰이 없는 것을 발견했다. 걸음을 멈추고 주머니를 뒤졌다.

"어디 갔지."

그러니까, 어제 홍차연 집에 가기 전에 혹여 할머니를 마주치고, 정말 재수가 없게 할머니가 후드를 벗으라고 할까 봐 명찰을 뺐다. 후드 주머니에 명찰을 넣었는데. 명찰을 본 게 그게 마지막이었다.

"아, 진짜."

한숨이 흘러나왔다. 눈을 질끈 감고 아무것도 들어 있지 않은 주머니에서 손을 뺐다.

타이가 없거나 명찰이 없는 아이들, 두발이 엉망인 아이들이 교문 앞에서 걸려 줄줄이 벌을 섰다. 벌 서는 것도 싫은데 아이들이 등교하는 시간, 교문 앞에 서 있는 게 제일 싫었다.

가방을 열어 포스트잇을 한 장 떼어냈다. 펜을 꺼내 포스트잇에 홍차연 이름 세 글자를 적었다.

[홍차연]

이름을 적은 포스트잇을 가슴팍에 붙이고 교문을 들어섰다. 고개를 최대한 숙이고 빠른 걸음으로 들어가는데 어, 거기, 포스트잇, 하고 부르는 소리가 들렸다.

"……어, 저, 저요?"

걸음을 멈추고 돌아보자 학생주임이 사랑의 매를 휘휘 흔들며 나를 불렀다.

"명찰이 되게 크십니다?"

학생주임의 눈이 가슴팍에 붙은 포스트잇에 꽂혔다.

"아, 네."

"네?"

"……아, 아니요."

"이거 봐라."

사랑의 매가 어깨에 가볍게 내려앉았다가 올라갔다. 순간 포스트잇을 붙인 가슴을 찌르는 줄 알고 몸을 흠칫 떨었다. 그 몸짓에 학생주임이 어쭈, 하며 인상을 썼다.

아, 그냥 명찰 없이 들어올 걸 그랬나. 포스트잇 따위를 가슴팍에 명찰이랍시고 붙이고 들어온 것을 후회하고 있는데 학생주임의 시선이 다른 곳으로 옮겨갔다.

"스톱. 스톱."

사랑의 매가 어딘가로 향한다. 매가 향한 곳을 돌아보았다.

"너 인마, 머리가 왜 그 모양이야?"

사랑의 매 끝에 입술을 꾹 다문 남윤수가 콧김을 뿜으며 서 있었다. 머리에 무슨 짓을 한 건지 왁스를 덕지덕지 발라 이마를 훤히 드러냈다. 하와이안 셔츠에 일수 가방 들면 딱 그건데. 건달인데.

chapter 8. 선을 넘는다는 건

"……선생님, 제 두발이 교칙을 위반한 것 같습니다."

남윤수가 우울한 낯으로 선생을 보다가 눈을 치켜뜨며 나를 봤다. 뭐지. 왜 나를 째려보는 거지.

"심각한 위반이다, 이건."

학생주임이 남윤수의 머리를 보고 헛웃음을 터트렸다. 교직 생활 몇 년 만에 이런 또라이를 다 만난다며 박수까지 쳤다. 박수를 받은 남윤수가 어깨를 축 늘어트리고 나를 노려봤다. 옆구리에 끼우고 있던 사랑의 매를 손에 쥔 학생주임이 나를 돌아봤다.

"내일은 명찰 달고 와라. 안 그러면 벌점이야."

"네."

학생주임이 사랑의 매를 휘휘 흔들며 들어가도 좋다고 했다. 꾸벅, 고개를 숙여 인사하고 돌아서다가 남윤수와 눈이 마주쳤다. 잔뜩 처진 어깨에 불만이 가득 올라가 있는 듯 보였다. 입을 댓 발 내밀고는 나를 노려보는데, 대체 왜 나를 노려보는지 모를 일이다. 머리는 저 지경을 하고서.

가슴팍에 붙은 포스트잇을 떼어내고 걸음을 돌렸다. 뒤에서 학생주임이 남윤수를 나무라는 소리가 들렸다.

동관으로 가자 나를 힐끔거리는 아이들이 몇몇 보였다. 2학년만 있는 동관이라 그런지 소문이 더 빨리 퍼진 것 같다. 고개를 푹 숙이고 교실로 들어갔다. 복도를 지나가던 아이들이 아, 쟤야? 전학 온 애? 하고 말하는 소리가 들렸다.

가방을 내려놓고 자리에 앉았다. 임석영은 아직 오지 않은 듯 자리가 비어 있다. 수업 종이 울리지도 않았는데 좁은 교실 안, 줄 맞춰 놓인 책걸상을 보자 가슴이 꽉 막혔다.

chapter 9
산을 넘어서는 일

수학여행 날이 되었다. 아침부터 온갖 긴장으로 얼굴이 창백했다.

날씨와 관계없이 두툼한 옷들을 챙겼다. 2박 3일 일정이었고 3일은 안 씻을 각오를 하고 버스에 올랐다.

가장 늦게 버스에 오른 탓에 혼자 앉을 수 있을 만한 자리가 없었다. 버스 내부를 둘러보다가 뒤쪽에 앉아 창밖을 내다보는 임석영을 보았다. 시선을 돌리고 반장 옆자리에 앉았다.

"너 어디 아픈 건 아니지?"

반장이 물었고, 고개를 끄덕였다.

"얼굴이 안 좋아서. 혹시 아프면 말해."

"응."

안전벨트를 모두 착용했는지 확인이 끝난 후 버스가 출발했다.

[옆자리 비워뒀는데]

버스가 출발한 후 내 위치를 확인했는지 임석영에게 메시지가 들어왔다.

[뒤에 앉으면 멀미해서]

되도 않는 변명이었다. 그냥 임석영 옆에 앉아 가는 게 불편했다. 그로 인해 따라오는 아이들의 시선이.

가방에서 엠피스리를 꺼내 이어폰을 귀에 꽂았다. 창문에 머리를 대고 창밖을 내다봤다. 도시의 풍경이 스쳐 가다가 고속도로 톨게이트를 지나자 끝없이 산의 풍경이 이어졌다.

우울한 음악을 들으면 기분이 더 낮게 꺼질까 싶어, 조금이라도 잔잔한 전주가 흘러나오면 다음 곡으로 넘겼다. 쿵짝쿵짝, 신나는 음악을 듣고 있다고 해서 어깨를 들썩이는 것은 아니었다. 멍한 얼굴로 음악을 들었다.

내가 한숨을 쉴 때마다 할머니는 아이고, 땅 꺼진다, 누리야, 하며 대체 어린 내가 왜 한숨을 쉬는지 이해할 수 없다는 듯 고개를 절레절레 저었다. 그럴 때마다 생각했다. 아마 내가 엄마의 배 속에서 몸을 웅크리고 있다가 세상으로 나온 날에도 한숨을 쉬지는 않았을까. 그렇게 태어난 순간부터 숨이 멎는 순간까지 한숨을 쉬다가 가는 건 아닐까, 하고.

작게 벌린 입술 사이로 한숨이 흘러 나갔다. 뱉은 숨이 창문에 닿은 듯 뿌옇게 자국이 남았다. 그러다 빠르게 사라졌다.

지금 이 순간의 실의도 언젠가 저 자국처럼 사라질까. 한숨처럼, 오래 머물지 않고. 그렇게 사라지고 생겨나기를 반복하는 걸까.

덜덜덜 진동하는 창문에 기대고 있던 머리가 흔들렸다.

점심을 먹고 박물관이다 뭐다 정해진 코스를 돌았다. 자다 깨다를 반복했다. 창문에 머리를 박고 자기도 하고, 자다가 눈을 떴는데 반장 어깨에 머리를 기대고 있기도 했다.

달리던 버스가 주차장에서 정차했다. 버스 앞문이 열리고 담임이 마이크를 잡는다.

"자자, 1반, 여기가 마지막 코스다. 한 시간 뒤에 여기 앞에서 모이는 거야."

아이들이 네! 하고 답했고 천천히 버스에서 내렸다. 아이들이 내리는 사이 나는 무언가를 찾는 척 허리를 숙이고 가방 안을 뒤적거렸다.

시끄럽던 버스 내부가 조용해졌다. 아이고, 하며 버스 기사가 내리는 소리가 들렸다. 허리를 숙인 채 눈을 깜박거렸다. 다 내린 건가?

슬그머니 고개를 들고 운전석을 보았다. 치익, 소리를 내며 버스 앞문이 닫혔다. 운전석은 비어 있었고, 밖에서 문을 닫는 기사가 보였다.

의자에 털썩 몸을 기댔다. 긴장이 풀려 숨을 몰아 뱉었다. 혹시라도 안에 있는 모습이 밖에서 보이면 나오라고 할까 봐 의자에 몸을 웅크리고 누웠다.

"시간 더럽게 안 가네."

팔을 베고 누워 자주색 의자 시트를 멍하니 바라보는데 인기척이 느껴졌다. 눈을 동그랗게 뜨고 고개를 돌렸다. 뒤쪽 자리에 나와 있는 발이 보였다. 버스 안에 나 말고도 한 사람이 더 있다.

"……어."

몸을 슬쩍 일으키자 발만 보이던 사람의 얼굴이 시야에 들어왔다. 팔짱을 낀 임석영이 의자에 몸을 기댄 채 나를 보고 있다. 무표정한 얼굴이 괜히 날이 선 것처럼 보였다. 임석영의 눈매가 원래 저렇게 날카로웠던가.

슬쩍 올렸던 몸을 다시 낮은 곳으로 내렸다. 버스 안에 둘이 있다는 걸 알게 되자 공기가 어색하게 느껴졌다.

의자 뒤에 몸을 숨기고 눈동자를 굴렸다. 아이들은 한 시간 뒤에나 돌아올 텐데, 일부러 둘이 남기 위해 안 내렸다고 오해를 받게 되면 어쩌지. 이럴 줄 알았으면 그냥 내릴걸.

입술을 말아 물고 얼굴을 쓸어내리는데 성큼성큼 걸어오는 소리가 들렸다. 벌어진 손가락 사이로 성큼 다가온 임석영이 보였다. 옆자리에 앉더니 커튼을 쳐서 창문을 가린다.

얼굴을 가리고 있던 손을 내리고 몸을 일으켰다. 갑작스러운 상황에 가슴이 두근 뛰었다.

"……어, 왜?"

임석영이 무표정한 얼굴로 나를 본다.

"나 좋아해?"

"……어?"

"나 좋아하냐고."

갑작스러운 질문에 말문이 막혔다. 무표정한 얼굴로 나를 보던 임석영이 말을 덧붙인다.

"나는 요즘 네가 헷갈려. 정말 좋아하면 헷갈리게 하지 않잖아. 나는 그래. 너는 어떤지 모르겠지만."

"……."

"너를 이해 못 하는 건 아니야. 아이들에게 네가 누구인지 들키면 안 되니까, 그러려면 주목받지 않는 게 좋으니까, 그런 건 이해해. 내가 나빴어."

"석영아."

"그런데, 나 진짜 네가 좋거든? 네가 아마 남자였다고 해도…… 너라면 좋아했을 거 같아."

임석영의 두 눈동자가 흔들림 없이 내게 꽂혔다. 심장이 떨어져 나갈 것처럼 뛰었다. 두근두근 뛰는 기운에 손끝이 저리다.

"그런데 네가 이러면. 네가 이런 식으로 선을 그어버리면."

임석영의 눈이 어쩐지 처연해진다.

"내가 너를 욕심내는 것 같아서, 좋아하면 안 될 것처럼 느껴져."

그건 내가 하고 싶은 말이었다. 내가 너를 욕심내는 것 같다고. 괜히 내가 네 반경에 들어가 너를 망치고 있는 것 같아서, 그렇게 느껴져서.

나는 전학 처리와 함께 학교에 안 나오면 끝이지만, 이 학교에 계속 남아 있는 임석영에겐 안 좋은 소문이 끝없이 붙어 다닐까 봐.

"애들이 너 남자 좋아한다고 그래."

"알아. 나도 다 들었어."

"괜찮아?"

"남자 좋아한다고 하면 오해가 맞는데, 너 좋아한다고 하면 그건 오해가 아니잖아. 그리고 나 그런 거 신경 안 써. 뭐라고 하든가 말든가."

가만 서로를 응시했다. 임석영의 눈동자에 내 얼굴이 비치는 듯했다. 내 눈동자에도 임석영의 얼굴이 비치겠지.

"말해봐."

"……뭐를."

"나만 너 좋아하는 거야?"

임석영이 내게 사귀자고 했던 날이 떠올랐다. 그 밤의 공기와 선선한 바람, 봄에서 여름으로 넘어가는 냄새와 임석영에게서 흩어지던 기분 좋은 비누 향. 어디선가 들려오는 것 같던 할머니의 음성까지.

불안에서 벗어나려고 선을 그었는데, 오히려 그 선 안에 갇혀 있는 건 아닐까 하는 생각이 문득 들었다.

"나도 너를 지키고 싶어서 그랬어."

"……."

"너만 나 좋아하는 거 아니야."

빈 좌석으로 가득한 버스가 유달리 크게 느껴진다. 세상에 아무도 없고 우리만 남은 것처럼.

학교에 퍼진 소문으로 아이들 입에 우리의 이름이 오르내릴 때 세상이 무너진 것처럼 느껴졌다. 와르르 무너져 잔해만 남은 그런 세상이 그려져서 절망적이었다.

그런데 지금 그게 전부가 아니라면, 하는 생각을 하게 됐다. 우리가 가진 세상이 하나가 아니고 무수히 많다면, 소문과 함께 무너진 세상이 우리의 전부가 아니라 일부일 뿐이라면.

"나도 네가 너무 좋아, 석영아."

▲ ○ ☆

버스로 돌아온 아이들이 우리를 힐끔거렸다. 모르쇠로 일관하며 애써 눈을 돌렸다.

"대박 빨리 왔네?"

김윤환이 버스로 들어오며 물었다.

"차연이랑 화해했냐."

김윤환이 임석영의 옆구리를 찌르며 물었다. 곁눈질로 보다가 애먼 창문만 뽀득뽀득 소리 나게 문질렀다.

"친구끼리 싸웠다가 화해하고 그러는 거지."

임석영의 목소리가 밝다. 다시 예전으로 돌아온 것 같은 느낌에 한결 마음이 편했다.

"그렇지."

"그렇지는 뭐가 그렇지야. 너 덕철이랑 작년에 싸웠는데 아직도 화해 안 했잖아."

김윤환의 옆에 앉아 있던 김태욱이 끼어들며 말했다. 그 말에 김윤환이 어어! 여기서 덕철이 새끼 이름이 왜 나와! 하며 큰

소리를 냈다. 모두가 다 아는 사건인 듯 아이들이 소리 내 웃었다.

"아이템 안 줬다고 피시방에서 멱살 잡고 싸우더니 절교함."

정은솔이 깔깔 웃었다.

"근데 웃긴 건 생일 파티는 같이 했어."

어디선가 또 목소리가 튀어나왔다. 아이들이 미친놈이라며 웃었다. 분위기가 물 흐르듯 자연스럽게 흘러갔다. 생각했던 것보다 심각한 분위기가 되지 않아 다행이다.

뽀득뽀득, 창문을 문지르고 있는데 누군가 밖에서 창문을 탕탕 두드렸다. 눈을 내리자 밖에 서 있는 남윤수와 김찬영이 보였다. 지나가다가 보고 온 듯 남윤수가 눈을 동그랗게 뜨고 손가락질을 했다.

"와! 뭐냐! 너희 둘! 절교 각 세우더니!"

남윤수가 입을 크게 벌리며 말했다. 눈을 마주 보다가 어색하게 고개를 돌렸다. 임석영이 휘이, 휘이, 손을 흔들더니 커튼을 치며 창문을 가린다.

"자, 이제 숙소로 이동합니다."

인원수를 확인한 담임이 마이크를 잡고 말했다. 남은 일정을 대충 설명하더니 내일 저녁에 장기자랑이 있으니 뭘 할지 생각해 보라고 했다.

버스가 천천히 움직였다. 한 시간 동안 같은 풍경만 담고 있던 창문에 다른 풍경이 들어왔다.

주머니에서 뭔가가 쏙 빠져나가는 느낌이 들었다. 고개를 돌리고 보자 이어폰 한쪽을 콩나물처럼 들고 있는 임석영의 손이 보였다.

"아니, 튀어나와 있어서."

임석영이 이어폰 줄을 잡아당기자 주머니에서 반쯤 튀어나와 있던 엠피스리가 쑥 빠져나온다.

이어폰 한쪽을 귀에 꽂은 임석영이 남은 한쪽을 내 귀에 꽂았다. 엠피스리 전원을 켜고 음악 목록을 살피더니 아아, 하며 탄식한다.

"노래가…… 다……."

다 자신이 모르는 곡인 듯 심각한 얼굴로 버튼을 계속 눌렀다.

"너 열여덟 살 맞냐."

"맞는데."

"불사의 몸 이런 거 아니지?"

"……."

"알고 봤더니 1960년생 아니야?"

"……장난하냐."

"아니면 됐어."

고개를 돌린 임석영이 다시 엠피스리 목록을 훑었다. 아무리 돌려도 아는 곡이 안 나오는지 아, 모르겠다, 하며 재생 버튼을 눌렀다.

귀에 꽂은 이어폰으로 음악이 흘러나왔다. 익숙한 전주에 흘긋 눈을 돌려 임석영을 보았다.

"제목이 마음에 들어서."

임석영이 엠피스리를 내게 건네주며 말했다. 임석영이 재생한 곡은 조갑경과 홍서범이 부른 '내 사랑 투유'였다.

"좋군."

임석영이 팔짱을 끼더니 눈을 감았다. 잠을 자려는 건가. 눈을 감은 얼굴을 몇 초간 보다가 고개를 돌려 창밖을 보았다. 의자에 머리를 기대고 음악을 들었다. 빠르게 스쳐 지나가는 나무를 보는데 웃음이 날 것 같아 입술을 꾹 물었다.

함께 이어폰을 나누어 끼고 같은 음악을 듣는 지금이 꽤 마음에 들어서 기분이 좋았다.

△ ○ ☆

숙소 앞, 담임이 손에 든 종이를 훑으며 아이들 이름을 호명했다. 부르다가 지쳤는지 아, 우리 반은 A동 3층이고 문 앞에 이름 붙어 있으니까 찾아서들 들어가라, 하고 말했다.

건물로 들어가 3층 복도를 걷다가 홍차연 이름이 붙어 있는 315호 앞에서 걸음을 멈췄다. 호실 번호 아래에 종이 한 장이 스카치테이프로 붙어 있다.

[수수고등학교 2학년 1반 김태욱 임석영 정은솔 홍차연]

대체 무슨 기준으로 짝을 정해준 거지. 가나다 순서도 아니고 번호순도 아니었다. 다만 뭔가 연관이 있다 싶은 게 있다면, 임석영은 옆 분단 같은 자리였고 내 앞자리가 정은솔, 임석영의

chapter 9. 산을 넘어서는 일

앞자리가 김태욱이라는 거였다. 그러니까 사각형을 이루며 우리의 자리가 붙어 있다는 건데.

"담임이 교탁에 붙어 있는 자리 배치도 보고 그냥 네 명씩 붙여서 짰대."

언제 왔는지 임석영이 문고리를 잡아 돌리며 말했다. 315호 문이 활짝 열리고 임석영이 먼저 들어가라는 듯 머리를 기울였다.

"어어! 우리 같은 방!"

정은솔이 손을 흔들며 뛰어왔다. 김태욱과 정은솔은 김윤환의 친구로, 아까 버스에서 김윤환을 놀리며 깔깔 웃던 아이들이다. 매번 교실에서 닭싸움을 할 때마다 안 빠지는 놈들이기도 했다.

잽싸게 달려온 김태욱이 열려 있는 문으로 들어갔다.

"내 침대!"

가방을 내동댕이치고 방으로 들어간 김태욱이 소리쳤다. 뒤따라 뛰어 들어간 정은솔이 김태욱의 옆자리를 차지하며 침대 자리 끝! 하고 소리쳤다. 한 놈은 가방을 바닥에 던져두고, 한 놈은 가방을 품에 꼭 안은 채 침대에 누워 나를 봤다.

"홍차연, 네 자리는 없다."

"침대 자리 끝남."

뒤이어 들어온 임석영이 내 뒤에 서서 방 안을 들여다본다.

"방 두 개잖아."

"응. 하나는 온돌이래. 침대 없어."

"침대 찜."

김태욱과 정은솔이 동지애를 다지듯 어깨동무를 했다. 그러고는 매트리스를 팡팡 두드렸다. 이 침대는 우리의 것이요, 이 방도 우리의 것이다, 너희들은 뜨끈한 온돌방으로 가라, 잘 가라, 하는 얼굴이었다.

"아, 그런 게 어디 있어. 가위바위보 해. 나 바닥에서 못 잔다고."

"그런 거 여기 있어. 먼저 온 사람이 임자야."

김태욱과 정은솔이 왜 그렇게 엉덩이에 불이 붙은 것처럼 뛰어오나 했더니, 다 이유가 있었다. 미리 들은 것이다. 방이 두 개인데 침대가 한 개밖에 없다더라, 하는 것을.

걸음을 돌려 맞은편에 있는 방으로 갔다. 고개를 쑥 들이밀고 방을 살폈다. 다른 방과 똑같은 구조인데 침대만 없었다. 방으로 들어가 한쪽에 있는 장롱을 열었다. 하얀색 이불이 두툼하게 개켜져 있다.

"아……."

나란히 포개져 있는 베개 두 개를 보고 있자니 이상하게 부끄러운 기분이 든다.

두 손으로 장롱 문을 잡은 채 고개를 돌려 방문을 보았다. 임석영이 방 안으로 발을 들이지 못하고 심각한 얼굴로 입술을 문질렀다.

"두, 둘이…… 자는 건가."

임석영이 혼잣말처럼 중얼거리더니 갑자기 두 손으로 뺨을 감쌌다. 그러더니 얼굴을 붉힌다. 뭐야, 왜 그래. 무슨 생각을 하기에.

"그래. 뛰어온 열정을 봐서 쟤네 둘이 저기 쓰라고 하자."

갑자기 임석영이 고개를 크게 끄덕이더니 김태욱과 정은솔이 들어간 방으로 성큼성큼 걸어갔다.

"야, 그래. 너희 둘이 여기 써라. 내가 양보한다."

김태욱과 정은솔이 박수를 쳤다. 평화롭게 끝난 방 선택에 대해 만족하는 분위기였다.

내가 여자라는 것을 알고 있는 임석영과 함께 방을 쓰게 되었으니 나에게도 나름 평화로운 결과인 듯했다. 김태욱과 정은솔의 박수 소리를 들으며 가방을 바닥에 내려놓았다.

뭐, 별일이야 있을까, 생각하면서.

짐을 풀고 자유 시간을 가졌다. 담임은 내일 있을 장기자랑 때 무엇을 할지 계획을 세우라고 했지만 어느 누구 하나 귓등으로도 안 들었다. 반장만 홀로 핸드폰을 붙들고 장기자랑을 검색하는 중이었다.

내가 이것을 어떻게 알았느냐. 불행하게도 반장을 포함한 아이들이 우리 방으로 몰려 들어왔기 때문이다. 열 명이 넘는 아이들이 거실을 점령했다. 누가 트럼프 카드를 챙겨 왔는지 원카드를 하는 중이었다.

"원카드!"

"원카! 아, 시발! 내가 먼저 말했다고!"

"꺼져. 내가 더 빨랐어."

"이 새끼 뭐지? 진짜 눈이 네 개야 뭐야, 겁나 빨라."

지금 이게 몇 번째 판이더라. 그러니까, 열여섯 번 정도 했으려나.

지치지도 않는지 원카드를 계속했다. 이다음에는 도둑잡기를 하자며 아이들이 입을 모았다. 자기들 방으로 돌아갈 생각은 없어 보인다. 눈치껏 누군가가 야, 시간도 늦었고 그만 가자, 했으면 좋겠는데 모두 눈치를 말아먹은 것 같다.

정은솔과 김윤환은 침대에 드러누워 핸드폰 게임을 했다. 김태욱은 방에 아이들이 있다며 임석영과 내가 쓰는 방으로 들어가 여자 친구와 통화를 했다. 장난 아니게 오래 했다. 아직도 안 나왔다.

그 탓에 나는 부엌 의자에 가만히 앉아 아이들이 카드를 내고 먹는 모습을, 반장이 심각한 얼굴로 장기자랑을 검색하는 모습을 보아야 했다.

"차연아, 내일 장기자랑 네가 나가서 노래하는 건 어때?"

맞은편에 앉은 반장이 물었다. 두 손으로 다리를 감싼 채 눈을 돌려 반장을 보았다. 지금 나보고 내일 무대에 나가서 노래를 부르라고 말하는 건가.

웃음기 없는 얼굴로 고개를 저었다. 세차게 저었다.

"왜? 너 아까 버스에서 노래 잘하던데."

숙소로 오는 길, 기사님이 노래방 기계를 틀어줬다. 갑자기 천장에서 조명이 번쩍번쩍 빛나더니 마이크가 앞자리에서부터

chapter 9. 산을 넘어서는 일

쭉 한 바퀴를 돌았다.

제발 마이크가 나에게 오기 전에 숙소에 도착했으면 했는데 차가 계속해서 달렸다. 앞에서부터 넘어온 마이크가 결국 나에게까지 전달됐고 아이들이 안 부르면 죽일 것같이 달려들어서 결국 한 곡을 뽑았다.

도시 아이들의 '달빛 창가에서'를 불렀다. 보나 마나 분위기 망할 거라고 생각했는데 예상 밖으로 아이들의 반응이 폭발적이었다. 오오오, 내 사랑, 하는 후렴구 가사를 아이들이 모두 따라 불렀다. 그래서 아는 노래인가 했는데 다들 모른다고 했다. 도시 아이들의 음악이 좋은 덕분이라고 생각했다.

"아니야. 나 무대 공포증 있어."

"음…… 안 그래 보였는데……."

반장이 아쉬운 얼굴로 고개를 돌렸다. 다시 핸드폰을 붙들어 잡더니 아, 뭐 하지, 하며 손가락을 움직였다.

제안만 받았을 뿐인데 입술이 바짝 말랐다. 그냥 걸어만 다녀도 쟤야? 소리를 듣는 판국에 무대 나가서 마이크 잡고 노래를 부른다? 한 소절 부르고 기절할지도 모른다.

테이블 위에 있는 생수통을 들었다. 뚜껑을 돌려 열고 입술에 닿지 않게 입구를 떨어트린 채 입 안으로 물을 들이부었다. 몇 모금 들이켜 마시다가 목구멍이 타들어가는 느낌에 젖혔던 고개를 세웠다. 인상을 쓰며 손에 든 생수통을 보았다.

아이시스. 아이시스 맞는데. 맛이 왜 이래.

얼굴을 찌푸리고 생수통을 쳐다보자 카드를 손에 쥐고 있던 애가 어? 하며 나를 손가락질한다.

"야, 너 그거 마셨어?"

생수통을 손에 들고 고개를 끄덕였다.

"맛이 왜 이래?"

"미친 새끼야, 그거 술인데."

둥그렇게 모여 앉아 카드를 하던 아이들이 모두 나를 돌아봤다. 얼굴을 찌푸리고 있다가 손에 든 생수통을 살폈다. 나 혹시 물 먹는 하마였던가. 생수통을 채우고 있던 액체가 절반이 사라지고 없었다.

"으, 소주 맛이 이래?"

맛이 이상하긴 했는데, 소주였단 말인가. 콧등을 찡그리며 생수통을 테이블 위에 놓았다.

카드를 바닥에 놓고 일어난 애가 이쪽으로 다가왔다. 테이블 앞에 서더니 반이나 비운 생수통을 발견하고 기함한다.

"등신아, 이거 고량주야."

"……응?"

남자애가 생수통을 내 얼굴 앞으로 들이밀며 페트병 뒤에 작게 써져 있는 글자를 가리켰다.

"여기 고, 고라고 써져 있잖아."

자세히 보니 고, 한 글자가 써져 있다. 아이시스 생수가 아니고 고량주다, 그런 표식이었던 것인가. 너희들만 알고 나는 모르는.

"와, 씨. 고량주를 단번에 이만큼 원 샷 했어. 대단한 새끼."

"삼다수는 소주고 아이시스는 고량주인데. 하늘보리는 양주, 밀키스는 막걸리."

말 안 해줬잖아, 새끼들아. 술 뷔페도 아니고 다양하게도 챙겨 왔네.

반장이 안쓰럽다는 듯 나를 보았다. 징조가 안 좋다. 갑자기 가슴도 조금 빨리 뛰는 것 같고. 가슴을 툭툭 때리며 앞에 선 남자애를 올려다봤다.

"고량주 그거 몇 도야?"

대답은 앞에 선 남자애가 아닌 반장의 입에서 튀어나왔다. 핸드폰으로 검색을 해본 듯 놀란 얼굴로 검색 결과를 읊었다.

"고량주는 도수가 40에서 63도로 높다……."

갑자기 딸꾹질이 넘어와 두 손으로 급하게 입을 막았다. 그걸 토하고 싶은 걸로 착각했는지 앞에 서 있던 아이들이 화들짝 놀라며 물러났.

"야! 토하면 뒈져!"

갑자기 원카드를 하던 애들이 카드를 회수하며 자리에서 일어났다.

"이 방은 이제 끝났어. 옆방으로 옮기자."

"얘들아, 술 잘 챙겨서 와라."

"야, 홍차연 취해서 토할지도 모르니까 귀에다가 비닐봉투 하나 걸어주고 와."

절대로 방을 안 나갈 것 같던 아이들이 우르르 방을 빠져나갔다.

"아, 우리 방 이제 토 방 되는 거야?"

침대에 드러누워 있던 정은솔이 울상을 하며 방에서 걸어 나왔다. 정은솔과 눈이 마주쳤다.

"야, 너 얼굴 졸라 빨개졌어."

"……나?"

이렇게나 빨리 얼굴이 빨개질 수 있단 말인가. 주머니에서 핸드폰을 꺼내 검은 액정에 얼굴을 비춰봤다. 액정이 검어서 그런가. 그렇게 안 보이는데.

핸드폰을 내려놓고 반장을 보았다. 진짜 내 얼굴 빨개? 하고 물어보려는데 반장이 슬그머니 자리에서 일어났다.

"차연아, 푹 쉬어."

그러더니 조용히 방을 빠져나갔다. 야, 반장. 너마저 이러기니?

내 얼굴이 그렇게 빨간가. 아이들이 모두 대피를 할 만큼. 한 손을 올려 뺨을 쓸었다. 뺨을 쓸다가 놀랐다. 손에 닿은 얼굴이 너무 뜨겁다.

세상에. 술기운이 이렇게 빨리 올라온다고?

벌컥, 방문이 열렸다. 통화를 끝내고 나온 김태욱이 세상에, 하며 나를 봤다.

"얘 얼굴 왜 이래?"

"고량주 원 샷 함."

"애들은 다 어디 갔어?"

"옆방으로 갔어."

chapter 9. 산을 넘어서는 일

"우리도 가자."

김태욱과 정은솔이 방을 빠져나갔다. 침대를 점령할 때처럼 어깨동무를 하고 나갔다. 왜 다들 가고 그래.

담임 심부름을 간 임석영은 돌아올 생각을 안 하고, 시끄럽게 떠드는 아이들로 바글거리던 315호에 홀로 남았다. 가슴이 폭주하는 것처럼 빨리 뛰었다. 얼굴에 뜨거운 기운이 끼쳐 왔다.

"느낌이 안 좋아."

손을 올려 뺨을 짚었다. 갑자기 머리가 핑 돈다.

"홍차야, 어디 있니."

임석영이 돌아온 건 머리 하나도 가누기가 힘들어 방으로 기어 들어간 후였다. 방문이 열렸다. 대충 장롱에 있는 이불을 끄집어내 바닥에 깔고 누워 있다가 눈을 돌렸다.

"벌써 자?"

먹을 걸 사 왔는지 편의점 비닐봉투를 흔들며 임석영이 들어왔다.

"……어, 임석여어엉."

가슴이 빨리 뛰어 숨을 가쁘게 내쉬던 찰나 뱉은 말이 어눌하게 흘러 나갔다. 말투가 이상했는지 임석영이 무릎을 쪼그리고 앉았다.

"어디 아파?"

임석영이 이마를 짚는다.

"헐, 열 나? 왜 이렇게 뜨겁지?"

이마 위에 얹어져 있던 임석영의 손이 얼굴 곳곳을 순회한다.

"야, 나, 심장이 너무 빨리 뛰어."

"심장? 왜? 어디가 안 좋은데? 어?"

임석영이 금방이라도 나를 업고 나갈 태세로 등을 받쳐 들었다. 옷을 얇게 입고 있을 수 없어 날도 더운데 후드 티를 입고 있었더니 등이 땀으로 젖었다.

"야, 우선 선생님한테."

임석영이 갑자기 말을 멈췄다. 내가 길게 뱉은 숨을 맡기라도 했는지 갑자기 얼굴을 가까이 대고 킁킁거린다.

"너 술 마셨어?"

임석영에게 등이 받쳐져 상체가 반쯤 허공에 뜬 상태로 고개를 끄덕였다. 목에 힘이 안 들어가 뒤로 확 젖히자 임석영이 제 다리 위에 내 머리를 놓았.

흡사 전쟁터에서 활 맞아 숨이 다하는 병사를 끌어안은 장군의 모습으로 임석영이 내 어깨를 잡았다.

"갑자기 왜? 누가 강제로 먹였어?"

내가 억지로 먹기라도 한 줄 아는지 임석영의 목소리가 사나워졌다. 눈앞이 핑핑 돌았다. 눈을 느리게 끔벅이다가 숨을 크게 몰아 뱉었다. 자꾸만 숨이 크게 쉬어졌다. 뱉은 숨에 앞머리가 팔락팔락 흔들린다.

"어? 석영이 왔냐?"

누군가 들어왔다.

"야, 홍차 왜 이래? 누가 술 줬어?"

"주긴 누가 줘. 자기 혼자 고량주 원 샷 했어."

"고량주?"

"응. 애들 다 옆방에 있어. 너도 와."

뭔가를 가지러 온 건지 목소리의 주인이 다시 나갔다. 김태욱 아니면 정은솔이겠지.

다 죽어가는 사람처럼 임석영의 다리를 베고 누워 앓는 소리를 냈다.

"사람 살려……."

내 목소리에 임석영이 한숨을 내뱉으며 낮은 목소리로 말했다.

"환장하겠네."

태어나 처음 마신 술이 고량주라니. 이대로 가다가는 머리가 유리처럼 와장창 깨질 것 같았다. 다행인지 뭔지 토기가 올라오지는 않았다.

"……가아. 너도 가서 놀아아."

임석영의 팔을 두드렸다. 그만 나를 놓고 가도 좋다, 그런 신호였다. 몸을 데구루루 옆으로 굴려 바닥에 깔아놓은 이불로 돌아갔다. 대자로 누워 입을 벌렸다. 정신을 잡고 싶은데 자꾸 안 잡혔다.

"살려주세요……."

벽을 향해 돌아누운 뒤 몸을 웅크렸다. 이불을 끌어안고 혼자 옹얼거렸다. 고량주가 이렇게 위험한 술이었던가. 다신 먹지 않으리.

"미치겠다."

등 뒤에서 임석영의 목소리가 들렸다. 야, 나도 미쳐 버리겠다. 내 정신이 내 정신이 아니다.

무릎을 배 쪽으로 끌어 모았다. 그런데 너무 더웠다. 더운 열기가 안에서부터 훅 끼쳤다.

"……더워."

끌어안은 이불을 내던졌다. 데구루루 굴러 맨바닥에 누웠다. 그런데 맨바닥이 더 뜨거웠다. 어지러운 와중에 이 방이 온돌방이라는 점을 상기했다.

"후드를 입고 있으니까 덥지."

"그치이. 더워 죽을 거 같애……. 여기 사막이에요? 찜질방인가?"

"너 안에 티 입었어?"

고개를 끄덕였다. 소매에서 팔을 당겨 뺐다. 한쪽 팔을 빼고 버둥거리다가 남은 한쪽 팔도 뺐다.

"아, 야, 자, 잠깐만."

후드를 벗는데 임석영이 말을 더듬으며 나를 말렸다. 엉? 하며 고개를 돌리다가 벗다 만 후드에 머리가 꼈다.

갑자기 힘이 빠져 팔을 내렸다. 아아, 미친 고량주, 옷 하나 벗을 힘도 주지 않는 것이냐.

후드를 머리에 걸어두고 돌아누웠다. 머리에 옷을 뒤집어쓰

chapter 9. 산을 넘어서는 일

고 있어 시야가 완전히 차단됐다. 갑자기 정신이 몽롱해지는 게 졸음이 몰려온다.

"뭐야, 왜 그래. 자?"

"어어, 너무 졸려……."

한 팔을 허공에 들고 파닥파닥 흔들었다.

"석영아, 푸후, 나 신경 쓰지 말고, 후, 가서 놀아아."

그때 갑자기 방문 닫히는 소리가 났다. 임석영이 나간 건가. 대답은 하고 나가지. 성격 급하네…….

"가라 잘 가라 가라 멀리 가버려……."

어디서 주워들은 노래를 흥얼거렸다.

"나 진짜, 미쳐 버리겠네."

임석영의 목소리다. 나간 거 아니었나. 가만히 누워 있다가 고개를 돌렸다. 목에 걸려 있던 옷이 위로 쑥 올라갔다. 까맣게만 보이던 시야가 트였다. 내 옷을 들고 있는 임석영이 보인다.

"안 가써어?"

"이제 말도 어눌하게 하네."

"아아…… 죽을 거 같아, 석영아."

임석영의 손목을 잡아 내 가슴 위에 올렸다.

"이거 봐. 이거 정상 맞아?"

"아, 자, 잠깐, 야."

임석영이 소스라치게 놀라며 팔을 뺐다. 이렇게 심장이 뛰는 게 정상인지 궁금했던 건데, 뭐가 잘못됐나.

"아, 잠깐. 야, 멈춰. 그만 와. 야, 너 가만히 좀."

몸을 꿈틀거리며 다가가자 임석영이 뒤로 물러나며 내 이마를 잡고 밀어냈다.

"술 냄새 나……?"

"아, 그게 아니라."

임석영이 작게 신음하며 눈썹 끝을 매만진다. 물러나 있는 임석영의 팔을 잡았다. 상체를 일으키려고 잡은 팔이 훅 당겨져 온다. 바로 앞에 드리운 임석영이 눈을 깜박인다. 숨이 느껴질 정도로 가까운 거리였다.

"양치……."

하러 가려고, 하는 뒷말이 들릴 듯 말 듯 작게 흘러 나간다. 코끝에서 비누 향이 맴돌았다. 조금만 거리를 좁히면 아래로 흐트러진 임석영의 머리칼이 얼굴에 닿을 것만 같았다.

"좋은, 냄새가 나."

고개를 살짝 들어 늘어진 머리카락에 코를 댔다. 임석영의 앞머리가 간지럽게 얼굴에 닿는다.

"너는…… 진짜, 나를 너무 곤란하게 만들어."

그 말을 뱉는 임석영의 얼굴이 조금 묘했다. 알 수 없는 표정을 하고 있었다.

내가? 하긴. 내가 너한테 도움이 된 적은 없지.

"미안."

바로 튀어나온 사과에 임석영이 짧은 한숨을 내뱉는다. 몸을 뒤로 물린 임석영이 내 팔을 잡아 일으켰다. 일어나는 순간 머리가 크게 울렸으나 바로 중심을 잡았다.

chapter 9. 산을 넘어서는 일

"나 씻고 올게."

가방을 뒤져 세면도구를 챙겨 들고 화장실로 갔다. 커버를 내린 변기 위에 앉았다. 치약 뚜껑을 돌려 여는데 자꾸만 손이 엇나갔다. 그렇게 뚜껑 하나를 가지고 씨름하고 있을 때 임석영이 화장실 문틈으로 고개를 내밀고 혀를 찼다.

"내 이러고 있을 줄 알았지."

슬리퍼가 하나뿐인 화장실 안으로 임석영이 맨발로 들어왔다.

"어, 여기."

급하게 내 발에 있는 슬리퍼를 벗자 됐어, 너 신어, 하며 내 손에 있는 치약과 칫솔을 뺏어 간다. 옷에 뭐 묻는 것도 안 좋아하는 임석영이 맨발로 화장실 타일을 밟다니. 내심 놀랐다.

두 손을 무릎에 모으고 앞에 선 임석영을 올려다봤다. 칫솔을 든 임석영이 허리를 숙이고 눈높이를 맞추더니 내 턱을 잡아 올렸다.

"이."

"이?"

벌린 입 안으로 칫솔이 들어왔다. 알싸한 치약 맛이 입 안으로 퍼진다.

"혼자 할 수 있어."

임석영의 손에 있는 칫솔을 뺏어 들었다.

"치약 뚜껑도 못 열면서."

"아, 그근, 응으."

칫솔을 입에 문 채 말을 뱉자 임석영이 눈가를 찌푸리며 알았어, 그만 말하고 양치해, 하며 내 말을 잘랐다.

앞니를 칫솔질하고 입을 벌려 어금니를 칫솔질했다. 양치를 하는 나를 가만 보던 임석영이 갑자기 픽 웃음을 터트렸다. 왜 웃지. 칫솔을 입에 물고 쳐다보자 임석영이 세면대를 탁탁 두드렸다.

"이제 그만 헹궈."

고개를 끄덕이고 일어나 세면대 앞에 섰다. 입에 든 거품을 뱉으려다가 가만 서 있는 임석영을 보았다. 지금 내 양치의 시작부터 끝까지 모두 관람하겠다는 건가. 임석영의 등을 떠밀었다.

"나가라고?"

고개를 끄덕이며 임석영의 등을 밀었다. 멀대같이 큰 임석영이 순순히 미는 대로 밀려났다. 화장실 밖으로 나가더니 어이없다는 듯 웃는다.

화장실 문을 닫았다. 거품을 뱉고 손바닥에 물을 받아 입을 헹궜다. 세수를 하니까 술이 좀 깨는 것 같기도 하고.

거울을 보다가 몸을 돌렸다. 수건걸이가 휑하다. 손바닥으로 얼굴을 문질러 닦고 화장실 문을 열었다. 아까 나갔던 모습 그대로 임석영이 문 앞에 서 있다.

"대체 어떻게 씻은 거야. 물을…… 뭐 쏟은 거야?"

몸통을 쭉 훑는 임석영의 시선에 고개를 숙였다. 분노의 세수를 한 것인가. 티셔츠가 물에 잔뜩 젖었다.

chapter 9. 산을 넘어서는 일

"아, 이게 왜."

손으로 젖은 티셔츠를 쓱쓱 문질렀다. 손으로 차가운 기운이 스미는데 벌컥 문이 열렸다. 정은솔이 들어오는 걸 확인한 동시에 임석영의 손에 의해 몸이 홱 돌아갔다.

"어, 석영이 왔냐?"

난데없이 임석영이 내 등을 두드렸다.

"아, 좀 작작 토해."

"아, 뭐야. 차연이 토해?"

정은솔이 질색하는 목소리를 냈다.

"아니…… 등 좀……."

가만히 놔두라고 하려는데 임석영이 퍽퍽, 힘주어 등을 두드렸다. 없던 토기도 올라오게 생겼네.

"지금이 세 번째야. 밤새 하게 생겼다."

"아, 미친. 화장실 하나잖아."

"그러게. 아까 바닥에 한 거 내가 대충."

"그만! 그만 말해!"

몸을 꿈틀거리자 임석영이 팔을 꽉 붙들어 잡았다. 얼마간 있다가 문 닫히는 소리가 났다. 등을 두드리던 임석영의 손이 멈춘다.

"이거 완전 죽음의 수학여행이네."

임석영이 한숨을 뱉으며 잡고 있던 팔을 놨다. 얼굴을 찌푸리고 몸을 돌렸다. 머리를 쓸어 넘긴 임석영이 제 옷소매로 내 얼굴을 문질러 닦았다.

"자야겠다, 너."

칫솔을 들고 고개를 끄덕였다. 화장실 밖에 선 임석영이 내 손을 잡아끌었다.

"내가 문 앞에서 잘게."

"응."

칫솔 케이스에 칫솔을 넣고 누웠다. 이불을 목까지 끌어 올려 덮었다가 더워서 두 팔을 이불 밖으로 빼냈다.

장롱 문을 닫은 임석영이 내 앞으로 와 쪼그리고 앉았다. 분노의 세수로 젖은 머리칼을 만지작거리더니 이마 위에 손을 얹는다.

"씻고 올게. 먼저 자."

"응, 석영아. 빨리 씻고 와."

가만 나를 내려다보던 임석영의 뺨이 갑자기 붉어졌다. 이마 위에 두었던 손을 거두어 가더니 어, 그래, 하며 후다닥 방을 나갔다. 문을 닫고 나가더니 다시 열고 들어와 불을 껐다. 방이 어두워지고 문이 닫혔.

불이 꺼진 방 안으로 갑자기 고요가 밀려든다. 너무 조용해서 심장 뛰는 소리가 들리는 듯했다. 술을 마셔서인지 나는 왜 살까, 하는 그런 덧없는 생각을 하게 됐다.

학교도 그만두고 철가방을 들고 다니며 돈을 벌긴 버는데, 왜 버는 걸까. 살기 위해서 버는데. 사는 건 뭘까.

새카만 천장을 바라보았다. 천장이 새카만 건지, 천장으로 도달하는 그 공간이 새카만 건지 모르겠다고 생각하며 어둠을 응시했다. 그게 꼭 내가 사는 곳의 색깔 같아서 조금 우울한 마음이 들었다.

무거워진 눈으로 어둠을 응시하고 있을 때 문이 열렸다. 고개를 돌리고 보자 누군가 문틈 사이로 고개를 들이밀었다. 젖은 머리칼이 축 처진 임석영이다.

"어, 안 자네."

임석영이 숙였던 허리를 세우고 들어왔다. 활짝 열린 문틈으로 거실 불빛이 쏟아져 들어오다가 문이 닫히며 잘려 나갔다. 빛이 새어 들어오던 방이 다시 어둠에 잠겼다.

정적이 흘렀다. 방 안이 어둡고 조용한 것은 변함이 없는데 혼자가 아닌 임석영과 함께 누워 있다는 사실이 위안이 됐다.

"석영아."

"어?"

"나 아마 다음 주면 끝날 거 같아. 홍차연 대신에 학교 다니는 거."

종결 소식에 놀란 듯 임석영이 벌떡 일어나 나를 본다.

"진짜? 드디어 그 새끼 학교 간대?"

"응."

"와, 진짜 오래도 걸렸다."

몸을 옆으로 돌려 베개 밑에 팔을 넣고 임석영을 보았다. 임석영이 나와 같은 모양새로 누워 나를 본다.

"축하해. 드디어 지긋지긋한 남고 생활 끝나네."

"응. 내 책상 보면서 울지 마."

내 말에 임석영이 작게 웃는다. 임석영은 지긋지긋하다고 표현했지만, 우리의 모든 추억이 학교 안에 있었다. 화장실에서 처음 만난 순간부터 지금까지. 홍차연이 아니었다면 임석영을 만날 일도 없었을 것이다.

"이제 네가 남자인 척 안 해도 돼서 좋기는 한데, 수업 시간에 눈 뜨고 자는 거 못 봐서 아쉽다."

"뭐 그런 게 아쉽고 그러냐."

그런데 나도 조금 서운한 마음이 들기는 했다. 끝나는 날만 고대했는데. 참으로 이상한 감정이었다.

"석영아."

"응?"

"우리 자주 볼 수 있겠지?"

자연스럽게 던진 질문이었는데, 어째 임석영이 말없이 나를 봤다. 뭐야, 아닌 건가.

"아, 맞다. 너 내년에 고3이지……. 놀면 안 되겠구나. 그러면, 내가 도서관 같이 가줄까?"

임석영은 여전히 대답이 없고, 나는 마음만 초조해져서 혼자 말을 덧붙이다 점점 기분이 상해갔다.

"뭐야, 너 나 안 만날 거야?"

빤히 나를 바라보던 임석영이 피식 웃는다.

"우, 웃어? 비웃냐, 지금?"

뭐가 그렇게 웃긴지 이마를 문지르며 웃음소리를 죽이더니 이내 손바닥으로 얼굴을 덮으며 아아, 하고 신음했다.

"진짜, 미치겠다. 너 오늘 왜 이렇게 사랑스러워?"

"······."

멀뚱히 임석영을 봤다. 묻는 말에나 대답할 것이지, 교묘하게 대답을 자꾸 피해 가네.

사랑스럽다는 말에 일말의 감동도 느끼지 못하는 표정을 하고 있었는지, 임석영이 작게 한숨 쉬며 내 옆으로 왔다.

"너 지금 내가 묻는 말에 대답 안 했다고 짜증 났지?"

어느 정도 적중했다. 그래서 대꾸 없이 베개에 머리를 묻었다.

머리를 받치고 누운 임석영이 삐죽 튀어나온 내 입술을 찌른다.

"아니, 너무 당연한 걸 묻잖아."

"그게 당연해?"

"그럼 아니야? 네가 홍차연 대역 끝날 때 나 만나준다고 해서 기다렸는데."

임석영의 손이 눈썹을 훑고 지나간다. 피부로 스며드는 그 온도가 좋았다.

"너 약속 지켜라. 도서관 같이 가준다는 거."

이번엔 내가 입을 다물었다. 말없이 시선을 돌리자 눈썹 끝에 머물러 있던 녀석의 손가락이 볼을 꼬집어 잡는다.

"아아, 지켜. 지킬게."

알람이 울리지도 않았는데 눈이 떠졌다. 머리가 반으로 쪼개지는 느낌이 태어나 처음 겪는 종류의 고통이다. 손을 올려 머리를 짚으려는데 팔이 안 움직였다. 몸을 누르는 무거운 느낌에 찌푸린 눈을 바르게 떴다. 바로 앞에 임석영의 얼굴이 있다.

"어……."

벌어진 입을 급하게 다물었다. 흐트러진 머리칼 사이로 가만 감긴 눈꺼풀이 보인다. 곧은 콧대와 두툼한 입술. 어떻게 된 애가 얼굴에 잡티 하나가 없다.

새근새근, 숨소리가 넘어왔다. 눈동자를 굴려 현재 우리의 상태를 살폈다. 어떻게 된 일인지 임석영과 한 이불을 덮고 있었다. 내 머리는 임석영의 팔 위에 있고 임석영은 품 안에 나를 꼭 안고 있다.

머리가 깨질 것 같은 건 둘째 치고, 하나도 기억이 나지 않았다. 아니 그러니까, 애들이 원카드를 하고 있었는데. 애들은 대체 언제 갔고 이불은 언제 폈으며 왜 임석영과 나는 이런 꼴로 누워 있는 것인가.

눈을 깜박거리며 임석영의 얼굴을 보는데 그의 눈썹이 꿈틀 거리는 게 보였다. 나도 모르게 눈을 감았다. 숨을 죽이고 자는 척을 했다.

아, 세상에. 신이시여. 임석영도 일어나 우리가 이렇게 누워 있는 꼴을 본다면 퍽 당황할 텐데. 대체 이 자세는 어떻게 형성된 것인가. 내가 자다가 굴러 들어온 것인가, 임석영이 자다가 굴러 들어온 것인가.

눈을 감은 채 머리를 굴리고 있는데 임석영이 말한다.

"얘 어제 분명 양치했는데. 술 냄새 엄청 나네."

기억이 났다. 맞다. 나 어제 아이시스 생수를 들이켜 마셨는데 고량주라고 그랬다.

미친, 술 냄새가 나다니. 눈을 감은 채 입술을 꾹 다물었다. 그러다가 계속 입술을 다물고 있었다는 사실을 상기했다. 그럼 지금 이 냄새는 콧바람에서도 난다는 것인가. 숨을 안 쉴 수는 없는 노릇이라 꾸물거리며 고개를 슬쩍 내렸다.

"그런다고 술 냄새가 안 나냐고."

얘 왜 자꾸 혼잣말하는 거지.

"좋은 아침이야."

임석영의 손이 이마로 올라왔다. 앞머리를 쓸어 넘기더니 쪽, 소리를 내며 이마에 입술이 닿았다. 그 바람에 번쩍 눈을 떴다. 임석영과 눈이 마주쳤다. 창문으로 쏟아져 들어온 햇빛이 임석영의 얼굴을 밝힌다.

"자는 척하는 거 내가 모를 줄 알지?"

아닌데, 나 진짜 지금 눈 떴는데, 하고 말하려다가 술 냄새가 더 날까 싶어 입을 안 열었다. 고개를 뒤로 빼고 거리를 벌렸다.

"너 자면서 혼잣말 엄청 하더라."

"내, 내가?"

"응."

"뭐라고? 또 만두 좋아한다고 그랬어?"

임석영이 무표정한 얼굴로 고개를 저었다. 뒤로 물러난 내 어깨를 잡아당기더니 제 품 안에 넣고 머리를 쓰다듬었다.

"아니. 임석영 좋다고. 간만에 옳은 소리를 하던데."

제가요?

임석영의 가슴에 얼굴을 묻은 채 거짓말, 하고 말했다. 머리를 쓸고 내려온 임석영의 손이 목덜미에 닿았다. 따뜻한 체온이 옮겨 온다.

"석영아아, 나 버리몬 진짜 죽능다아아."

"장난하지 마……."

"장난 같지?"

가만히 있다가 고개를 저었다. 꼭 붙은 임석영의 몸이 따뜻하다. 그의 체온을 느끼다가 몸을 꿈틀거리며 뒤로 뺐다.

"왜?"

임석영이 팔에 힘을 풀지 않은 채 묻는다.

"아니, 갑자기 문이라도 열리면."

"잠갔어."

헐, 하는 소리가 새어 나갔다.

"야, 그러면 애들이 완전 오해하지!"

둘이서 한 방에 들어가 문을 잠그고 있었다, 하는 이야기까지 퍼지면 빼도 박도 못하고 무슨 짓 하는 애들 되는 거 아닌가, 걱정이 됐다.

"태욱이랑 은솔이 옆방에서 잤어."

"……아, 진짜?"

그거 다행이군, 생각하는데 임석영이 뒷말을 이었다.

"네가 거실 구석구석에 토했다고 하니까 안 오더라."

chapter 9. 산을 넘어서는 일

"……."

그 부분은 다행이라고 할 수 없을 것 같은데.

"내가 어제 그랬어?"

"아니, 안 그랬어."

"그런데 왜……."

방법이 그것밖에 없었니. 정녕 나를 토쟁이를 만드는 것밖에는 수가 없었던 것이니, 하는 얼굴로 임석영을 보았다. 임석영이 씩, 입술을 늘여 웃으며 뺨을 꼬집었다.

"애들 오기 전에 빨리 먼저 씻어."

△ ○ ☆

"영역 표시의 장인, 홍차연 선생님 들어오십니다."

"모두 박수!"

버스에 오르자 먼저 타 있던 김태욱과 정은솔이 박수를 유도했다. 김윤환을 비롯한 아이들이 박수를 쳤다.

"내가 닭싸움은 너한테 져도 술은 안 진다."

김윤환이 의기양양하게 말했다. 다들 옆방에서 모여 잤다더니, 거기서 술을 마신 모양이다.

"……대단하구나."

대꾸는 해줘야 할 것 같아 김윤환을 향해 엄지를 펴고 작게 흔들었다.

수학여행 둘째 날이 되었다. 버스를 타고 가다가 내려 삼나무 길을 걷고 버스를 타고 가다가 내려 점심을 먹었다. 문학관에 들러 강의를 듣기도 했다. 날이 화창했다. 문학관 강의가 끝난 뒤 다시 우르르 버스에 올랐다.

한참을 달린 버스가 해변에서 섰다. 푸르게 펼쳐진 바다에 아이들이 함성을 내질렀다. 해변에서 아이들의 성화에 못 이겨 김윤환과 닭싸움을 한판 붙었고 내가 이겼다. 모래사장에 엎어진 김윤환이 내 언젠가 너를 꼭 이기리라! 하고 소리쳤다.

임석영과 남윤수, 김찬영과 함께 모래사장에 앉아 모래성 깃발 뺏기를 했다. 두꺼비집처럼 모래성을 쌓은 뒤 그 가운데 나뭇가지 하나를 꽂아 순서대로 돌아가며 모래를 파내고 깃발을 쓰러트린 사람이 지는 게임이었다.

"야, 벌칙이 있어야지."

남윤수의 말에 김찬영이 뭐? 하고 물었다.

"진 사람 바다 입수."

"안 돼."

"안 돼."

남윤수의 말에 임석영과 김찬영이 동시에 말했다. 남윤수가 둘을 이상하게 쳐다보고, 임석영과 김찬영이 묘한 시선을 주고받았다.

"그냥 아이스크림 쏘기나 해."

"겨우 아이스크림?"

"돈 많아? 요즘 아이스크림이 얼마나 비싼데."

김찬영의 말에 남윤수가 입술을 삐죽였다.

"누가바 이런 걸로 퉁 칠 생각 말아라. 하겐다즈 먹을 거니까."

깃발을 꽂기만 하고 게임은 시작도 안 했는데 남윤수는 이미 이긴 것처럼 굴었다. 꼭 네 돈으로 네가 비싼 걸 사 먹었으면 좋겠구나, 생각하며 의지를 다졌다. 내 꼭 이 게임에서 이기고 말리라.

나, 임석영, 남윤수, 김찬영 순서로 돌아갔다. 모래성 아래를 한 바퀴 크게 긁어내자 남윤수가 와, 이게 뭐라고 겁나 떨리네, 하며 두 손을 모았다.

다음 순서인 임석영이 손가락으로 모래를 조금 긁어냈다. 아이들이 황당하다는 듯 보자 임석영이 손가락에 묻은 모래를 털어내며 말했다.

"안전제일."

"비겁하네. 나 하는 거 봐라."

코웃음을 친 남윤수가 거의 포크레인 수준으로 모래를 긁어냈고 가운데 꽂아놓은 나무 막대가 휘청 기울었으나 쓰러지진 않았다. 김찬영이 난감한 얼굴로 모래성을 보았다.

"아, 얼른 하라고. 내가 봤을 때는 너 아니면 홍차연이야."

남윤수가 손가락을 꼼짝도 안 하는 김찬영을 재촉했다. 모래성을 보던 김찬영이 나를 봤다. 눈이 마주쳤다. 가만 보다가 뭐라도 해야 할 것 같아 주먹을 쥐고 흔들었다. 파이팅, 뭐 그런 의미로.

남윤수가 너 아니면 나라는데, 우리 이 위기를 넘겨 남윤수가 나무 막대를 쓰러트리게 만들자!

김찬영의 시선이 모래성으로 향했다. 손을 내밀더니 밑부분이 깊숙하게 파인 곳으로 쑥 넣었다. 모래가 부슬부슬 떨어져 내리더니 기울어 있던 나무 막대가 뚝 떨어졌다. 남윤수가 깔깔 웃으며 김찬영을 손가락질했다.

"바보 아니냐? 거기 모래를 손대면 당연히 무너지지."

"생각 못 했어."

김찬영의 말에 남윤수가 입술을 터트리며 웃었다. 갑자기 주변이 시끄러워졌다. 김태욱이 정은솔을 잡아 바다에 빠트렸고, 정은솔이 악다구니를 퍼부으며 김태욱을 잡으러 다녔다. 그러다 뜬금없이 반장이 물에 빠졌다. 정은솔의 짓이었다.

반장이 물이 뚝뚝 떨어지는 옷을 돌돌 말아 짜며 은솔이 너 정말 대책 없는 애구나, 하더니 김윤환을 바다로 떠밀었다. 김윤환이 물에 빠졌다.

그때에서야 아 뭔가 여기 있으면 안 되겠다, 하는 생각이 들어 모래사장에서 일어났다. 엉덩이에 묻은 모래를 털고 걸음을 옮기려는데 덥석 손목이 잡혔다.

손목으로 옮겨 오는 차디찬 느낌에 눈을 동그랗게 뜨고 돌아보자 김윤환이 헤헤 웃으며 나를 봤다.

"어, 아니, 잠깐만."

김윤환이 내 손목을 잡아당겼고 김윤환의 팔을 임석영이 잡았다. 김윤환이 의아하다는 얼굴로 임석영을 보고, 임석영이 표정을 갈무리하며 김윤환을 들쳐 업는다.

"억! 쓰바! 뭔데!"

김윤환이 소리쳤고, 임석영이 성큼성큼 바다로 걸음을 옮겼다.

"던져줄까, 날려줄까."

"시바! 그게 그거잖아! 내려줘!"

김태욱이 깔깔 웃으며 뛰어오더니 임석영의 어깨 위에서 버둥거리는 김윤환의 두 다리를 잡았다. 임석영이 김윤환의 두 팔을 잡았고, 그네처럼 크게 움직인 김윤환의 몸이 바다로 날아갔다.

아아악! 하는 김윤환의 외침이 물에 빠지기 전까지 크게 울렸다.

해변에서 2학년 1반 단체 사진을 찍었다. 담임이 아이들을 모았고, 지나가던 학생이 담임의 카메라로 사진을 찍었다. 쫄딱 젖은 아이들이 대부분이었다. 그중에는 임석영도 있었다. 김윤환을 빠트리고 돌아오는 길에 김태욱, 정은솔한테 잡혀 끌려갔기 때문이다.

바닷물에 젖은 옷이 임석영의 몸에 딱 붙었다. 흰 티셔츠에 살갗이 다 비쳤다. 젖은 머리칼에서 물이 뚝뚝 떨어졌.

임석영의 뒤로 푸른 바다가 그림처럼 펼쳐졌다. 수평선에 임석영의 머리가 걸렸다. 파란색 배경에 선 임석영의 모습이 멋있었다. 부서진 햇빛이 수면 위에 별처럼 박히고, 그 아름다운 풍경을 멀거니 바라보았다.

"찍을게요!"

카메라를 든 학생이 말했다. 물기가 덜 마른 임석영이 젖은 어깨를 내게 쓱 붙였다. 고개를 돌리고 보자 임석영이 정면을 향해 웃고 있었다. 나도 학생이 든 카메라를 보았다.

"하나, 둘, 셋."

학생이 말했고, 무표정한 얼굴로 정면을 보다가 입꼬리를 올렸다. 홍차연으로 산 나의 모습이 기록되는 순간이다.

▲ ○ ☆

밤이 됐다. 저녁을 먹은 뒤 슬리퍼를 질질 끌고 숙소 뒤편에 있는 야외무대로 향했다. 반별로 줄을 맞춰 섰다. 낮에는 그렇게 뜨겁더니, 밤이 되자 불어오는 바람이 꽤 쌀쌀했다.

차렷을 하고 가만 서 있는데 갑자기 무릎 뒤쪽을 누군가 쿡 찔렀다. 그 바람에 절로 무릎이 구부러졌다. 휘청거리다가 중심을 잡고 서서 뒤를 돌아봤다. 바람막이 후드를 올려 쓴 임석영이 무표정한 얼굴로 먼 곳을 응시했다.

"하지 마라."

임석영이 고개를 돌려 나를 봤다. 그러곤 의아한 얼굴로 고개를 기울였다.

말해 뭐 하나. 한 걸음 더 앞으로 나가 섰다. 임석영과 거리를 벌리고 가만 서 있는데 뒤에서 누군가 내 어깨를 두드렸다. 귀찮은 얼굴로 고개를 돌렸다. 어깨 위에 손을 얹은 임석영이 검지를 길게 빼고 있었다. 그 검지가 내 볼을 찔렀다.

chapter 9. 산을 넘어서는 일

"……."

눈을 올려 흘겨보자 임석영이 입술을 말아 물며 웃음을 참는다.

"알았어. 안 할게."

임석영이 뺨을 꾹 찌른 다음에 손을 거두어 갔다.

몇 분 지나지 않아 장기자랑이 시작됐다. 어제 심각한 얼굴로 장기자랑을 검색해보던 반장은 결국 몇몇 아이들과 함께 나가 코리아나의 '손에 손잡고'를 불렀다.

오늘 아침에 반장이 "차연아, 무슨 좋은 노래 없을까?" 하고 묻기에 "코리아나 어때?" 하고 그냥 던져봤을 뿐인데 정말 이 곡을 부를 거라고는 생각지도 못했다.

반장과 함께 나간 아이들이 연결고리처럼 서로 손을 꼭 잡은 채 높이 들고 흔들었다. 손에 손잡고 벽을 넘어서 우리 사는 세상 더욱 살기 좋도록, 하는 가사가 밤하늘에 쩌렁쩌렁 울렸다.

"이거 노래가 완전 홍차 취향인데."

뒤에 앉아 있던 임석영이 어깨 위에 팔을 두르며 귓속말을 했다.

"너지?"

"……."

"네가 반장한테 이거 부르라고 했지?"

말없이 무대를 바라봤다. 그래, 나다. 내가 이 곡을 추천했다.

잔잔한 노래를 부른 건 우리 반뿐이었다. 대부분 랩을 하거나 춤을 췄다.

학교 부숴! 세상 부숴! 돈 빼고 다 좆까! 뭐 이런 식의 가사를 무대 위에서 부르는 학생들을 보며 선생들은 입을 다물지 못했다.

우리 반 아이들이 '손에 손잡고'를 부를 때 자리에서 일어나 두 팔을 흔들던 5반 담임은 자기 반 아이들이 욕이 섞인 랩을 할 때 귀를 막았다. 그래서일까, 우리 반이 장기자랑 일등을 했다.

이기는 거 좋아하는 반장은 팔짝팔짝 뛰며 좋아했다. 상품으로 도미노피자 쿠폰을 받았다. 쿠폰을 받아 온 반장이 내게 와 손바닥을 내밀었다. 멀뚱히 그 손을 보다가 짝, 소리가 나게 쳤다.

장기자랑이 끝난 뒤에는 뜬금없이 우울한 노래를 크게 틀고 눈을 감으라고 하더니 마이크를 잡은 국사가 가족 이야기를 꺼냈다.

"지금 여러분의 집에 계신 부모님은! 여러분의 빈 방을 보며! 여러분을 생각하고 있을 것입니다!"

구슬픈 노래에 가족 이야기가 더해지자 여기저기서 울음이 터졌다. 미친 뭐냐, 하며 웃는 아이들도 있었다.

고개를 숙이고 슬리퍼 밖으로 튀어나온 발가락을 멍하니 보는데 등으로 손가락이 닿았다. 점을 찍은 듯 닿은 손가락이 글자로 이어졌다. 쭉쭉 이어지는 직선과 곡선을 느끼며 글자를 가늠했다.

울지 마.

가늠해본 글자는 그거였다. 고개를 숙인 채 뒤를 보았다. 분명 선생이 모두 눈을 감으라고 했는데, 눈을 뜬 임석영이 나를 보고 있었다.

소리 없이 입을 벙긋거렸다. 안 울어. 그렇게 말하자 임석영이 고개를 작게 끄덕이며 머리를 쓰다듬었다.

부모님에게 잘하자, 그런 메시지를 끝으로 레크리에이션이 끝났다. 숙소로 돌아가는 길, 저편에서 남윤수와 김찬영이 손을 흔들며 걸어왔다.

"야, 너 머리가 왜 그래?"

장기자랑에 쓰려다가 만 건지, 남윤수가 징그러운 모양새로 가발을 쓰고 있었다.

"나 어울려?"

"당장 벗어. 안 그러면 주먹 나간다."

남윤수가 어깨 아래로 늘어진 머리카락을 넘기며 장발이나 해볼까, 하고 말했다.

"아니."

김찬영이 무표정한 얼굴로 고개를 저었다. 단호한 거절에 남윤수가 입술을 삐죽였다.

둥그렇게 넷이 마주 보고 섰다. 아이들이 미련 없이 퇴장한 탓에 무대 앞이 한산했다. 가발을 쓴 남윤수의 얼굴이 조금은 우스워서 웃는 낯으로 그를 올려다보고 있는데, 남윤수가 가발을 잡아 내리더니 갑자기 내 머리에 씌웠다.

손을 올려 쳐내려는데 남윤수가 한발 더 빨랐다. 앞에 선 남윤수의 눈이 동그래진다.

"헐?"

갑자기 머리카락이 어깨 아래로 내려온 느낌에 순간 얼었다. 김찬영과 눈이 마주쳤다가 임석영과 눈이 마주쳤다. 놀란 얼굴을 한 임석영이 늘어진 가발의 머리카락을 낚아채 갔다. 그 바람에 훅, 바람을 일으키며 가발이 벗겨졌다.

"야, 너, 누가, 누가 맘대로."

임석영이 말을 더듬으며 손에 든 가발을 남윤수의 품으로 던졌다. 남윤수가 두 손으로 가발을 받은 채 동그랗게 뜬 눈을 깜박였다.

"와, 차연아. 너 머리 길러봐."

"꺼져. 아무 말도 하지 마, 너."

남윤수가 내게 말하고, 임석영이 남윤수에게 말했다.

"왜 아무 말도 하지 말래?"

"하지 마. 아무 말도."

"아니, 야 찬영아, 너도 봤지? 홍차연 장발 개 잘 어울려!"

남윤수가 팔꿈치로 김찬영을 툭툭 쳤다. 김찬영이 멍한 얼굴로 나를 보다가 고개를 돌렸다.

"네가 쓴 것보다 낫긴 하다. 가자."

김찬영이 걸음을 돌려 나아갔다.

"뭐야. 왜 다들 나를 무시하는 거 같지? 어엉?! 야, 김찬영 같이 가!"

남윤수가 가발을 흔들며 김찬영을 따라갔다. 짧은 시간, 대

chapter 9. 산을 넘어서는 일

체 무슨 일이 일어난 건지. 멍하니 멀어지는 둘의 모습을 보다가 옆에 선 임석영을 올려다봤다.

"어울렸어?"

남윤수의 반응이 꽤 폭발적인 듯해 얼마나 괜찮았는지 궁금해서 물었다. 주먹을 쥐고 선 임석영이 바닥을 바라보며 얼굴을 붉혔다.

왜 이러지. 내 말도 못 들은 것 같아 임석영의 옷소매를 잡아당겼다.

"야."

"……어? 어."

임석영이 뒤늦게 반응을 보이더니 제 뺨을 감싸며 한 걸음 물러났다.

"하, 미친."

"미친놈이라고?"

"아, 아니. 너한테 욕한 거 아니야."

왜 저래.

임석영이 뺨을 감싼 손을 쭉 내려 얼굴을 늘어트렸다. 그러더니 흘긋 눈을 돌려 나를 본다.

"너……."

"어?"

"너무 예쁘다……."

손가락을 움직여 입을 가리더니 먼저 등을 돌리고 가버린다.

"나만 봐야 되는데. 남윤수 개새끼."

2박 3일 일정이 끝이 났다. 오후가 되어서야 학교에 도착했다. 피곤한 탓에 꼬질꼬질한 모습으로 버스에서 내렸다. 버스 앞에서 담임이 인원수를 파악했고 종례를 했다.

임석영과 함께 버스를 타고 집으로 갔다. 나란히 앉아 이어폰을 나눠 꼈다. 내 엠피스리로 음악을 듣는데 이지연의 '난 사랑을 아직 몰라'가 나왔다. 음악을 듣는 임석영이 음? 으으음? 하더니 눈을 찌푸리고 나를 봤다.

"나는 사랑을 아직 몰라."

임석영이 노래 가사를 말하듯 읊었다.

"왜?"

"이게 노래 가사였어?"

"응?"

무슨 말이지. 말을 조금 더 제대로 해줄래.

임석영이 허, 하고 헛숨을 뱉더니 세상에, 하며 이마를 짚었다. 머리를 쓸어 넘기고 혼자서 와, 하는 소리를 뱉더니 갑자기 두 손을 올려 내 뺨을 꼬집었다.

"어, 모, 모야."

뺨이 늘어나 발음이 어눌하게 흘러나갔다.

"이게 노래였어. 나는 그것도 모르고."

"으어?"

"진짜 기다렸는데."

"어어?"

임석영의 두 손에 뺨이 잡힌 채 눈을 찌푸렸다.

"그래서 알아 몰라."

"므얼?"

"사랑."

아니, 갑자기 무슨 사랑이냐. 고개가 안 돌아가 눈동자를 굴렸다. 다행히 주위에 학교 애들은 없었는데, 옆에 앉은 할머니가 우리를 이상하게 쳐다봤다.

"야, 이그, 놔줄래."

손을 올려 임석영의 손가락을 잡았다. 뺨에서 떨어트리려는데 임석영이 손에 힘을 주고 안 놨다.

"따라 해봐."

얼굴을 찌푸리고 임석영을 봤다. 임석영이 무표정한 얼굴로 입을 연다.

"석영아."

"……."

"따라 해봐."

콧김을 뿜으며 따라 했다.

"석영아."

임석영이 주위를 두리번거리다가 귀에 대고 낮게 속삭였다.

"사랑해."

"……."

임석영이 내 얼굴을 작게 흔들며 재촉했다. 가슴이 쿵 뛰었다. 얼굴이 뜨거워지는 느낌에 시선을 돌렸다.

"어어, 안 따라 하지."

"······."

"어어?"

"석영아."

임석영이 기대하는 얼굴로 나를 봤다.

"······사."

용기를 쥐어 짜보았지만 도저히 남은 두 글자를 입 밖으로 뱉을 수 없어 다른 소리를 했다.

"죽을 사······."

녀석의 얼굴이 굳는다.

"사람 인······."

"······."

손에 힘을 주고 임석영의 손을 잡아 떼어냈다.

"그 말은 내가 말하고 싶을 때 할 거야."

임석영이 아쉽다는 얼굴로 나를 본다. 뾰로통한 얼굴로 고개를 돌렸다가, 순간 웃음이 터져 픽 웃었다. 이어폰을 꽂은 귀에서 여전히 이지연의 목소리가 흘러나왔다.

△ ○ ☆

아침부터 뭔가 이상했다.

교복 셔츠를 입고 단추를 끼우는데 배꼽 부근에 있는 단추 하나가 뚝 떨어져 나갔다. 너덜너덜하게 튀어나온 실밥을 보다가 바닥으로 떨어진 단추를 주웠다. 시간이 없어 단추는 학교에 와서 꿰맸다. 고개를 푹 숙이고 바느질을 하는 나를 임석영이 턱을 괴고 쳐다봤다.

점심을 먹고 교실로 돌아왔을 때 의자를 뒤로 빼다가 의자 다리에 정강이가 부딪쳐 멍이 들었다. 5교시 수업 도중 교과서를 넘기다가 손이 베었다.

오늘 진짜 왜 이러지. 아무리 생각해도 재수가 너무 없었다. 오늘의 운세라도 봐볼까 싶어 핸드폰을 꺼냈다. 인터넷 검색창에 오늘의 운세, 다섯 글자를 입력했을 뿐인데 핸드폰이 개수대로 떨어졌다. 임석영이 수도 레버를 돌리고 콸콸 쏟아지는 물에 손을 씻고 있을 때였다.

"뭐야!"

녀석이 다급하게 수도 레버를 잠갔지만 졸졸졸 물이 늦게 빠지는 개수대에 핸드폰이 반신욕을 하는 것처럼 몸을 담그고 있었다. 임석영이 젖은 손으로 핸드폰을 꺼내 제 교복에 문질러 닦았다.

"우선 전원을 꺼야 돼."

버튼을 꾹 눌러 핸드폰을 종료시켰다. 꼼꼼하게 물기를 닦아낸 핸드폰을 울상이 된 내 손에 꼭 쥐여주었다.

"……멀쩡하기를 기도하겠습니다."

"……아멘."

임석영과 함께 핸드폰을 잡은 채 짧은 시간 기도를 했다. 물 먹은 핸드폰이 제발 고장 나지 않게 해달라고.

수학여행 이후로 아이들의 수군거림이 줄어들었다. 반 아이들이 임석영과 내 이야기로 수군거리는 다른 반 애들을 진압하고 다니기도 했고, 수행 평가 기간이라 다들 바빠진 탓도 있었다. 자연스럽게 소문이 잦아들었다. 신기하게도 더 이상 우리를 신경 쓰지 않는 듯했다.

짧은 기도를 마치고, 임석영과 함께 운동장을 걸어 나갔다.

7교시 수업이 시작됐다. 교과서 여백에 그림을 그렸다. 그냥 동그라미 안에 눈 두 개 찍고 그 아래 선을 짧게 그었더니 사람 얼굴처럼 보였다. 그게 꼭 임석영 같아 혼자 웃었다.

낙서를 하고 있는데 책상 위로 쪽지가 날아왔다. 고개를 돌리자 임석영이 손에 든 연필을 돌리며 책상 위에 둔 쪽지를 눈짓했다. 반듯하게 접혀 있는 쪽지를 펼쳤다.

[내일 우리 집 와]

집, 우리 집. 그러니까, 임석영 집. 집이란 글자를 빤히 보다가 고개를 돌려 임석영을 봤다.

안 가본 것도 아닌데 이상하게 기분이 묘했다. 임석영이 손가락 사이에 연필을 끼우고 턱을 괸 채 나를 봤다. 그러곤 소리 없이 입을 벙긋거렸다. 적어, 그렇게 말하는 듯했다.

연필을 쥐고 답장을 적었다.

[왜?]

접힌 자국을 따라 반으로 접은 쪽지를 임석영의 책상으로 넘기고, 얼마 안 있어 쪽지가 다시 내 책상으로 넘어왔다.

chapter 9. 산을 넘어서는 일

[아빠 출장 엄마 여행]

그러니까, 이것은 임석영 집이 빈다는 소리. 연필을 쥐고 쪽지를 가만 보다가 답을 적었다.

[빈 집에서 뭐 하게…….]

쪽지를 확인한 임석영이 턱을 괸 채 피식 웃었다.

임석영이 웃는 낯을 하고서 답장을 적는 모습을 곁눈질로 보고 있는데 누군가 교실 앞문을 두드렸다. 똑똑, 하는 소리에 아이들도 수업 중인 선생도 모두 고개를 들었다. 드르륵 소리를 내며 교실 앞문이 열렸다.

"실례하겠습니다. 이 반에 홍차연 학생 있나요?"

홍차연 이름에 문으로 향해 있던 아이들의 시선이 내게로 쏠린다. 눈을 동그랗게 뜨고 나를 찾는 사람을 보았다.

"아버님이 오셔서, 잠깐만 밖으로……."

"아, 네. 차연이 나가봐라."

수업 중이던 선생이 나를 보며 말했다. 연필을 쥔 손에 순간 땀이 쫙 배었다. 눈동자가 불안하게 흔들렸다.

아버지라니. 대체 무슨. 나를 보고 서 있는 선생을 보다가 옆을 보았다. 임석영이 의아한 얼굴로 쪽지를 손에 든 채 작게 물었다.

"무슨 일이야?"

"……모르겠는데."

"전학 그거야?"

글쎄. 왠지 모르게 불안했다. 전학 절차라면 다행이지만, 그

일이라면 아마 홍차연의 모친이 진행할 것이다. 홍 회장 몰래 이루어진 계약이니까. 다른 누가 홍차연의 부친 행세를 하는 것일 수도 있다. 그런데 왜 이 시간에 나를 찾는 거지.

손에 밴 땀을 바지춤에 닦으며 자리에서 일어났다. 선생이 다시 수업을 시작했고, 아이들의 시선이 교과서로 향했다.

임석영만이 교실 뒷문을 열고 나가는 나를 걱정스러운 얼굴로 봤다. 문을 지날 때 임석영이 손을 뻗어 내 손목을 잡았다. 내 불안을 읽기라도 했는지 손목을 잡은 채 내 얼굴을 응시했다.

별일이야 있을까. 엷게 웃은 뒤 걸음을 뗐다.

나를 찾아온 선생을 따라 교무실로 향했다. 교무실 안으로 들어서자 창가 쪽에 검은색 슈트를 빼입은 남자 두 명이 보인다.

"어……."

순간 사색이 되어 다리에 힘이 빠져 넘어질 뻔했다. 한 명은 홍 회장이고, 한 명은 홍 회장의 비서였다.

뒷짐을 지고 서 있던 홍 회장이 인기척을 느꼈는지 몸을 돌렸다. 그러곤 눈이 마주쳤다. 살벌한 시선이 내게 꽂힌다.

"갑자기 학교를 옮겼다기에 오자마자 들렀다."

홍 회장이 느린 걸음으로 내게 다가왔다. 거리가 가까워질수록 그의 얼굴이 묘하게 굳는다. 홍 회장의 시선이 내 얼굴에서 가슴으로 옮겨 가는 게 보였다. 명찰을 잃어버려서 며칠 전에 새로 샀는데, 그냥 사지 말걸, 하는 후회가 일었다.

"도련님, 잘 지내셨습니까."

홍 회장의 비서가 웃으며 인사했다. 얼굴이 점점 창백해지는 느낌에 시선을 발끝으로 떨어트렸다.

한 발자국, 홍 회장이 다가왔다. 시야로 들어온 홍 회장의 구두를 보았다. 분명 누군가 신발을 벗고 들어오라고 했을 텐데, 무시하고 걸음을 옮겼을 것이다.

"홍차연."

"……."

묵직한 음성이 머리 위에서 울렸다. 다리가 자꾸 후들거렸다. 가슴이 답답한 게 금방이라도 터질 것만 같다.

"오랜만에 만난 아버지를 보고 한 마디도 안 하는구나."

그림자가 드리우더니 홍 회장의 손가락이 턱에 닿았다. 턱을 들어 올리는 힘에 속절없이 고개가 올라갔다.

아무런 감정도 안 느껴지는 홍 회장의 눈이 내 얼굴을 쭉 훑었다. 홍 회장의 눈을 애써 피하는데도 사나운 기운이 그대로 전달됐다.

"하."

홍 회장의 입에서 한숨 같은 웃음이 터졌다. 순간 가슴이 철렁 내려앉았고, 두툼한 손바닥이 뺨으로 날아들었다.

"회장님!"

홍 회장의 비서가 내 뺨으로 날아든 홍 회장의 팔을 잡으며 말렸다. 저가 보기에도 너무 뜬금없는 폭력이었을 것이다. 뺨을 내려치는 힘이 얼마나 셌는지, 몸이 돌아갔다. 입 안이 터지는 듯한 통증에 두 손으로 맞은 곳을 감싸고 시선을 돌렸다.

홍 회장이 걸음을 돌려 교무실을 나갔다. 홍 회장의 비서가 어쩔 줄을 모르고 서 있다가 내 어깨를 토닥이고는 홍 회장을 따라갔다. 비서는 내가 홍차연인 줄 아는 모양이고, 홍 회장은 내가 홍차연이 아니라는 걸 알아차린 모양이다.

다리에 힘이 풀려 쪼그려 앉아 뺨을 문질렀다. 맞은 곳이 점점 뜨거워졌다.

너무 놀라 아무런 말도 못 하고 있던 선생이 다가와 나를 일으켰다.

"아, 아니……. 괘, 괜찮니?"

아버지라고 찾아온 작자가 때리고 간 것이니, 경찰을 부를 수도 없는 노릇일 것이다.

선생이 안절부절못하며 나를 의자에 앉혔다. 2학년 담임들만 쓰는 교무실인지라 교무실엔 나를 데려온 선생 한 명뿐이었다. 그녀는 홀로 이 상황을 어떻게 해결해야 할지 답이 안 서는 듯 가만히 있지를 못했다.

학교에서 사건이 일어나면 집에 알리는 게 우선일 텐데, 아버지라는 사람이 아들을 때리고 갔으니 선생으로서도 대책이 없는 게 당연할 것이다.

"선생님, 괜찮아요."

"혹시 집에서도 자주 이러니?"

고개를 저었다.

"정말 괜찮아요. 걱정하지 않으셔도 돼요. 제가 잘못한 일이

chapter 9. 산을 넘어서는 일

있어서 그래요…….”

계속 앉아 있다가는 나에게도 선생에게도 난감한 상황이 생길 것 같아 의자에서 일어났다. 꾸벅, 고개를 숙여 인사하고 교무실을 나서려는데 선생이 조심스레 팔을 잡았다.

"차연아, 혹시 도움이 필요하거든 담임 선생님께 도움을 구하고, 그게 힘들면 선생님한테 와도 좋아."

"네. 그럴게요. 감사합니다."

고개 숙여 인사하고 교무실을 나섰다. 문을 닫고 나와 복도에 섰다.

아무도 없는 복도는 긴 터널처럼 비었고, 교실에서 흘러나온 목소리들이 알아들을 수 없게 울려 퍼졌다. 고개를 돌려 창밖을 보았다. 하늘이 푸르고, 목화솜 같은 구름이 속도를 가늠할 수 없게끔 느리게, 아주 느리게 흘러갔다.

교실로 바로 들어가지 못하고 복도를 서성이다가 화장실로 향했다. 거울에 얼굴을 비추어 보는데 뺨이 붉다.

"힘도 좋으시네."

거울 가까이 얼굴을 내밀고 입술을 벌렸다. 어금니라도 나간 건 아닌가, 하고 살펴본 치아가 멀쩡했다. 이가 하나라도 빠졌으면 미친 척 폭행으로 고소해볼까 했는데, 소용없다는 걸 알고 있다. 내가 한 짓도 고소당할 짓이긴 했으니까.

홍차연은 홍 회장이 7월이나 되어야 돌아온다고 했는데, 아마 말없이 일찍 들어온 모양이다. 어떻게 된 일인지는 모르겠지만 사모님이 전학 절차를 밟기 전에 학교로 찾아온 걸 보면, 어쩌다 이야기가 새어 나간 것 같았다.

집으로 바로 가지 않고 홍차연이 다닌다고 들은 학교로 온 거겠지. 거기서 나를 봤고, 제 아들이 아닌 것을 안 것이다.

"홍차연 오늘 엄청 맞겠네."

물끄러미 거울 속 나를 바라보다가 수도 레버를 올리고 세수를 했다. 뺨에 물이 닿을 때는 통증 때문에 얼굴이 찌푸려졌다. 고개를 들고 거울을 봤다. 턱에 맺힌 물이 뚝뚝 떨어졌.

바가지를 뒤집어쓴 것 같은 머리, 빨갛게 부은 뺨, 가슴에 붙은 홍차연의 명찰, 내 것이 아닌 교복.

홍 회장이 돌아왔으니, 이제 정말 끝이다. 홍차연 명찰을 달고 있는 것도.

▲ ○ ☆

운동장을 가로지르며 걸었다. 나를 찾아온 사람은 누구인지, 무슨 일인지, 임석영이 재차 물었지만 별일 아니라고 답했다.

"진짜 말 안 해줘?"

"말해줄 게 없다니까 그러네."

임석영이 눈을 가늘게 뜨고 나를 보더니 포기한 듯 어깨에 팔을 두르며 몸을 당겼다.

"안 믿지만 믿어줄게."

"……학교인데, 좀 떨어져줄래."

팔을 올려 임석영의 옆구리를 밀어냈다. 그러자 임석영이 헤

드록을 걸었다. 임석영의 팔에 얼굴이 걸린 채 끙끙거렸다.

"야, 놔라!"

팔을 잡고 버둥거리자 임석영이 소리 없이 웃으며 장난을 쳤다. 놔라, 좋은 말로 할 때 놔라, 하는 말을 반복해서 뱉다가 교문에 가까워져서야 고개를 들었다. 낯익은 얼굴에 눈이 동그래졌다가, 사색이 됐다.

"뭐야."

임석영이 교문 앞에 서 있는 재민을 발견했는지 불만스러운 목소리를 뱉었다. 내 머리를 감싸고 있던 팔이 느슨해지자 자세를 고치고 섰다.

"……누리…… 아니, 어……."

재민이 난감한 얼굴로 나를 봤다. 내 이름을 부르려다가 내 이름을 부르면 안 될 상황에 말을 잃어버린 사람처럼 입술을 달싹였다.

"저 형 그때 그 형이지?"

임석영이 물었고, 나는 얼었다.

"전화했는데. 왜 안 받아……."

재민이 이마를 문지르며 고개를 숙였다. 핸드폰이 물에 빠진 후 전원을 꺼놔서 재민의 전화가 온 걸 전혀 몰랐다.

"아니, 전화를 안 받을 수도 있지. 학교 앞까지 찾아올 건 뭐야."

임석영은 불만 가득한 목소리로 혼잣말을 했다.

홍 회장 일이 있기 전부터 운세를 찾아볼 만큼 오늘 하루가 이상하긴 했다. 손이 종이에 베어 데일밴드를 붙였고, 다리엔 멍이 들었다. 오늘 가장 최악인 일은 홍 회장의 방문이라고 생각했는데, 하루가 아직 남았음을 인지하지 못한 탓이다. 가장 괴롭고도 슬픈 일은 왜 항상 마지막을 장식하는 걸까.

재민의 옆에 키가 작은 한 사람이 서 있었다. 할머니였다.

"······누리, 너."

할머니가 나를 불렀고, 나는 걸음을 떼지도, 입을 벌리지도 못한 채 할머니를 봤다. 힘없이 퍼진 할머니의 손에서 무언가가 떨어졌다. 톡, 하고 한 번 튀어 올랐다가 떨어진 물건을 봤다. 명찰이다. 그 명찰에 새겨진 이름은 안 봐도 알 것 같았다.

할머니의 시선이 교문에 붙어 있는 현판으로 향했다가 다시 내게 돌아왔다. 휘청거리는 할머니를 재민이 부축하듯 잡았다.

할머니를 향해 한 걸음 다가갔다가, 멈췄다.

"······네가, 어떻게."

할머니가 하얗게 질린 낯으로 나를 봤다.

뭔가가 망한다는 건 이런 걸까. 단추를 잘못 꿰어 잠근 옷을 발견했을 때, 버스 정류장에 다다랐는데 버스 카드가 없다는 걸 알아차렸을 때, 그러니까, 뭔가가 이미 많이 진행된 후에 잘못되었다는 것을 알게 되었을 때.

모든 게 망했다는 생각이 들었다.

할머니와 함께 사는 집, 그 집을 떠올릴 때면 모든 불행이 해소될 것 같은 예감이 들었다. 멀쩡한 집이 없는 나로서는 그것만이 이 팍팍한 삶에 환기구가 될 것 같은 느낌이 들었다. 그랬는데, 나를 보는 할머니의 표정이 낯설다. 할머니 또한 나를 그렇게 느끼고 있겠지. 이런 내가 낯설다고.

갑작스러운 파도나 폭풍우에도 꿋꿋하게 항해를 이어가던 배가 목적지를 잃고 망망대해를 표류하는 것만 같다. 구름 한 점 없고, 하늘을 가로지르며 날아가는 새 한 마리 없는 잔인한 고요 속에서. 떠 있는 것 외에는 아무것도 할 수 없는 배 위에서 나는 울먹였다.

홀로 남지 않기 위해 아등바등 이 시간을 버텨왔는데, 그게 누구를 위한 일이었는지, 갑자기 모든 게 무의미해졌다.

△ ○ ☆

재민과 함께 집으로 돌아왔다. 할머니가 뒤도 돌아보지 않은 채 가자고 했다. 교문 앞에 세워져 있는 재민의 차로 향하더니 나를 살피지도 않은 채 올라탔다.

재민을 보고 불만스러운 표정을 지었던 임석영은 내 이름을 부른 할머니를 보고서는 상황을 대충 파악한 듯 걱정스러운 얼굴로 나를 봤다. 집으로 올 거지? 하고 임석영이 물었다. 임석영이 말하는 집은 홍차연의 모친이 구해준 집이었다. 할머니는 그 집에 대해서 모르고, 나조차도 오늘 내 행방에 대해 예측할 수 없었지만, 고개를 끄덕였다.

할머니는 홍 회장의 집으로 갔고, 내가 따라 들어가려고 하자 눈을 부릅뜨며 막았다.

네 집으로 가 있어.

그게 홍 회장의 집으로 들어가기 전, 할머니가 내게 뱉은 말이었다.

계단을 오르자 몇 달간 찾지 않았던 옥탑이 나왔다. 문 앞에 보자기로 싼 물건이 있었다. 쪼그려 앉아 보자기를 풀었다. 반찬통이었다.

"할머니가 너 집에 안 들어오는 것 같다고, 혹시 요즘 뭐 하고 지내는지 알고 있냐고 전화해서 물어보셨어."

"……오늘?"

"아니. 그건 며칠 전에. 그런데 오늘 갑자기 만나자고 하셔서 너한테 전화했는데 꺼져 있더라. 오늘 그 집 발칵 뒤집어졌나 봐. 걔 아빠한테 들킨 거지?"

"……응. 할머니가 뭐래?"

"몰라. 그 집 아들이고 엄마고 울고 난리도 아니었다던데. 할머니한테 말을 한 건 아닌데 느낌이 이상했대. 그래서 만나자고 하셨나 봐. 만나자마자 갑자기 여기 학교로 가자고 하시더라. 어떻게 아셨는지는 모르겠지만."

보자기를 내려놓고 고개를 푹 숙였다. 무릎에 얼굴을 묻고 한숨을 뱉자 재민이 머리를 쓰다듬는다.

"미안해. 도움이 못 됐어."

"……아니야. 오빠가 도와줄 게 뭐가 있어. 내가 미안."

집으로 들어가지 않은 채 옥상에 있는 평상에 앉았다. 재민과 나란히 앉아 있다가, 평상에 드러누워 하늘을 봤다. 하늘이 보랏빛으로 물들어갔다.

"아까 옆에 있던 애, 같은 반 친구라고 했던가?"

재민이 평상에 누워 있는 나를 내려다보며 물었다.

"응."

"걔는 네가 여자인 거 알지?"

왜 그렇게 생각하는 거지. 임석영 눈에 나는 김누리의 정체를 알고 있다, 라고 써져 있기라도 한가.

말없이 쳐다보자 재민이 시선을 돌리며 말했다.

"너 좋아하는 거 같던데."

정면을 보던 재민의 시선이 다시 내 얼굴로 돌아온다.

"아니야?"

"아…… 왜 그렇게 생각하는데?"

내 표정이 어색하기라도 했는지 재민이 싱겁게 웃었다.

"걔 얼굴이 거짓말을 못 하던데."

임석영 얼굴이 어땠기에? 내가 봤을 때는 재민을 못마땅하게 노려보고만 있었는데. 누가 봐도 성격 더러운 고등학생 얼굴을 하고서.

"누리 너도 그 친구 좋아해?"

재민이 물었다. 임석영 얼굴에는 표가 나고 내 얼굴에는 아무런 표도 안 났던 모양인가. 끔벅끔벅, 재민을 보다가 상체를 일으켜 앉았다. 재민과 마주 보는 눈의 위치가 엇비슷해졌다. 입술을 잘근잘근 물다가, 고개를 끄덕였다.

"응. 좋아해."

재민의 시선이 물끄러미 내 얼굴에 닿는다.

"어이없지? 남들 속이면서 학교 다니는 주제에."

갑자기 내가 한심하게 느껴져 고개를 숙였다. 재민도 아마 나를 그렇게 보지 않을까, 생각하고 있는데 그의 손이 머리 위에 가볍게 닿았다. 동그란 머리통을 쓱쓱 문지르더니 손을 거두어갔다.

"누구를 속였다고 너무 자책하지 마."

"……."

"아마도 학교 친구들은 너를 귀엽고 성격 좋았던 친구로 기억할 거야. 이름은 그냥 그때의 너를 지칭하는 표일 뿐이잖아."

고개를 들어 재민을 보았다.

"거기에 네 진심이 없었던 건 아닐 거 아니야. 친구들을 대하는 너는 너였을 테니까."

재민이 엷게 웃더니 하늘을 올려다봤다.

"누리야, 다 잘될 거야."

재민의 옆모습을 보다가 고개를 올려 하늘을 봤다. 하늘이 더 짙은 보라로 물들어 있었다.

할머니가 집으로 돌아온 건 보라색으로 물들던 하늘이 완전한 어둠에 잠긴 후였다. 말없이 집으로 들어간 할머니는 방 안을 살펴보더니 구석에 박혀 있는 이민 가방을 꺼냈다.

"할머니, 뭐 하려고?"

할머니가 무표정한 얼굴로 가방 지퍼를 열고 그 안에 내 물건을 쓸어 담기 시작한다. 거침없는 손짓에 당황한 채 서서 보기만 하다가 달려가 할머니의 팔을 잡았다.

"할머니, 뭐 하는 거야? 어? 갑자기 짐은 왜."

할머니의 손짓이 멈췄다. 단단히 화가 난 얼굴로 나를 본다. 실망과 분노가 섞인 표정에 가슴이 쿵쿵 뛰었다.

"회장님 댁 일 관뒀다."

"……어?"

"개 같은 집구석. 감히 누구 손녀한테."

할머니가 심한 욕을 삼키는 듯 입술을 굳게 다물고 숨을 내뱉었다. 멈췄던 손을 움직여 다시 물건을 옮겨 담으며 입을 연다.

"같이 내려가."

"어디를 가……?"

"어디긴 어디야. 집에 가지."

"여기가 내 집이잖아."

내 말에 할머니가 서늘한 시선을 보냈다. 그런 일을 당하고도 여기 남아 있고 싶으냐, 그런 얼굴이었다.

할머니는 홍 회장 집 내부에 있는 관리인 숙소에서 살았으니, 일을 그만뒀다는 건 거처를 잃었다는 말과 같았다. 홍차연 대신 학교생활을 몇 달을 했는데, 홍차연 모친이 준다는 집은 어떻게 된 건지, 이 와중에 그게 가장 궁금하고 걱정됐다.

주머니에서 핸드폰을 꺼내 버튼을 눌렀다. 전원을 아무리 눌러도 핸드폰이 안 켜졌다. 임석영과 함께 고장 나지 말라고 기도도 했는데, 안 통한 모양이다.

"누리야."

할머니가 내 손을 잡으며 낮은 목소리를 흘렸다. 가슴속으로 무언가 차오르는 느낌에 목이 메었다.

"나는 못 가. 할머니. 여기가 내 집이고 친구들도 다 여기 있어."

"어떤 친구. 도련님 흉내 내면서 만난 친구들?"

"……아니야. 내 친구들이야."

"걔들은 네가 누구인지도 모르잖아!"

"아, 아니야. 흐으, 아니라고."

"정신 차려."

울음에 목이 꽉 막혀 터질 것만 같다.

"사모님이 너에게 약속했다는 그 집은, 받아서는 안 되는 거야."

할머니의 말에 고개를 떨어트렸다. 내가 사모님과 약속한 일을 모두 알고 있었다.

"집은 몸과 같은 거다. 네가 깃드는 곳이야. 그런 불순한 의도로 넘겨받은 집에 네가 터 잡고 살게 할 수 없다."

"……할머니."

그건 그냥 집이 아니야. 여기저기서 얻어터지고 버티면서 기다린 집이야. 그 집에서 새롭게 시작할 수 있다는 희망을 키웠단 말이야.

입술을 꾹 물고 울먹이자 할머니가 내 손등을 부드럽게 쓰다

들었다.

"회장님 댁은 지금 난장판이 됐어. 누구 돈으로 누구 집을 사주냐며. 그 집에서 아직 성인이 되지도 않은 너를 두려워하기나 할 것 같아? 안중에도 없다고. 할미는 네가 그 사람들을 마주치는 상상만으로도…… 가슴이 무너져."

할머니의 목소리가 힘없이 떨린다.

"할미랑 같이 시골로 가자."

"……."

"길을 잘못 들었으면 돌아서 나와야지."

할머니의 거친 피부가 손등을 따갑게 쓸었다.

"아무것도 욕심내지 말고 우선 가. 할미랑 같이 가. 나중 일은 그다음에 생각하자."

할머니의 손이 다시 분주히 움직였다. 내 옷가지를 가방 안에 넣는 할머니의 얼굴이 단호했다.

문 앞에서 말없이 기다리던 재민이 반도 못 채운 가방을 대신해서 들었다.

"저 내려가서 기다리고 있을게요."

가방을 든 재민이 먼저 계단을 내려갔다. 대충 집을 훑은 할머니가 부동산에는 자신이 말해 놓겠다며 신경 쓰지 말라고 했다.

해가 넘어간 하늘이 어두웠다. 옥상을 밝히는 전구로 날벌레들이 모여들었다. 은은하게 흩어지는 빛 속에서 우울한 얼굴로 할머니를 보았다.

"꼭 가야 돼?"

나를 보는 할머니의 얼굴이 엄해졌다. 시선을 떨어트리고 망설이다가 조심스럽게 물었다.

"친구한테 인사도 못 했어. 인사만 하고 올게. 인사만. 잠깐만 보고 오는 것도 안 돼? 어?"

말없이 나를 보던 할머니가 내 손목을 잡는다.

"나중에. 나중에 해. 심장이 떨려서 여기 도저히 있을 수가 없어."

할머니가 가슴을 두드리며 한숨을 뱉었다.

"오늘 보기로 했단 말이야……. 기다릴 거야, 분명."

"왜 너를 기다리는 할미 생각은 안 해……."

"……."

"도저히, 지금 여기 있을 수가 없단 말이야."

할머니의 목소리가 조금 떨렸다. 그래서 더 이상 어떤 말을 할 수가 없었다.

걸음을 돌린 할머니가 손목을 잡아당기며 계단으로 향한다. 할머니를 따라 계단을 내려가는데 얼굴이 점점 울상이 됐다.

임석영 생각에 가슴이 뛰다가도, 앞에 선 할머니를 보면 마음이 낮게 꺼졌다. 할머니도 임석영도 내게 너무 소중해서, 마음이 자꾸 고장 난 시소처럼 기울었다.

할머니가 먼저 재민의 차에 올라탔다. 문 앞에 서서 망설이고 있는데, 창문 너머로 눈물을 훔치는 할머니의 모습이 보였다. 한 번 터진 울음이 좀처럼 멈추지 않는지, 할머니가 가슴을 부여잡으며 울었다. 그 모습을 차 밖에 서서 멍하니 바라보았다.

홍 회장의 집에서 무슨 일이 있었는지는 모른다. 할머니가 이렇게까지 하는 걸 보면, 홍 회장이 할머니에게 모진 말을 한 것일 수도 있다. 원래 남의 기분 따위 생각 안 하고 말하는 사람들이다. 할머니가 그 사람들 앞에서 받았을 모욕을 생각하자 가슴이 꽉 막혀왔다.

좀처럼 발이 안 떨어졌다. 할머니를 보면서도 창문으로 임석영의 얼굴이 어른거렸다. 그럴수록 내가 참 못된 애처럼 느껴졌다.

밖에 서서 기다리던 재민이 내 어깨를 두드린다. 고개를 돌리고 보자 조수석 문을 열어준다.

"탁수 사장님한테는 내가 잘 말할게. 곧 방학이니까 내가 대신 해도 되고."

재민이 걱정 말라는 듯 고개를 작게 끄덕였다.

"다시 와서 만날 수 있겠지?"

석영이를 떠올리며 한 말이었다. 주어는 없었지만 아마 재민도 그 뜻을 알아들은 것 같았다.

"아까 그 친구?"

재민의 물음에 고개를 끄덕였다. 그러자 재민이 머리를 가볍게 쓰다듬는다.

"당연히 만날 수 있지."

재민이 말했다. 그 말에 이상하게 조금 안심이 됐다. 정말 그릴 수 있겠다는 생각이 든 탓일지도 모른다.

힘없이 웃은 뒤 조수석에 탔다. 탁, 소리를 내며 차 문이 닫히고, 차체를 돌아온 재민이 운전석에 올라탔다.

나 이렇게 가도 되는 건가.

다리 위에 올린 가방을 꼭 쥐었다. 뜬금없이 나를 향해 이 가방을 던져 날리던 임석영이 떠올랐다. 그날 받은 건 어쩌면 가방이 아니라, 눈에 보이지 않는 다른 것이었을지도 모른다.

고개를 돌려 창밖을 보았다. 느리게 나아간 차에 점점 속도가 붙었다. 빠르게 스쳐 지나가는 밤풍경을 보는데 마음이 좀처럼 진정이 안 됐다. 갈피를 잡지 못하고 이리저리 헤매다가, 아무것도 잡지 못했다.

어두운 밤풍경 속에서, 임석영에 대한 생각이 하늘에 뜬 달처럼 멀어지지 않고 계속해서 따라왔다. 석영이가 너무 보고 싶다고, 어두운 풍경을 보며 계속 생각했다.

△ ○ ☆

재민이 집까지 데려다준다는 걸 할머니가 극구 사양했다. 결국 터미널에서 내려 재민과 인사를 나눴다. 바리바리 싸 온 짐을 버스 트렁크에 넣고 할머니와 버스에 올라탔다. 목적지로 가는 막차였다.

할머니의 고향은 이리도라는 섬이다. 동해 바다 어딘가에 점 찍어진 작은 섬. 할머니가 살던 집은 사람이 살지 않은 지 몇 달이 됐다고 했다. 육지에서 섬으로 넘어온 여자가 월세를 내고 살다가 올해 초 이직을 하면서 나갔단다.

아무도 살지 않는 집이었지만 값이 너무 싸서 할머니는 그 집을 팔지도 못하고 그냥 가지고 있었다. 부동산에 내놔도 사는 사람이 없다나.

지금 우리가 가는 곳이 그곳이다. 해가 뜰 때까지 기다렸다가 배를 타고 들어가야 하는 여정이었다. 야반도주를 하는 심경이 이러할까. 새카만 밤이 먹먹하기만 했다.

버스에서 내려 택시를 타고 항구로 왔다. 할머니는 오는 내내 울더니 지쳤는지 까무룩 잠이 들었다.

첫 배를 기다리며 멍하니 앉아 있다가 주머니에서 핸드폰을 꺼냈다. 전원 버튼을 꾹 눌렀으나 액정에 불빛 하나 스치지 않는다.

검은 액정에 내 얼굴이 비쳤다. 아무런 표정도 없는데, 그 낯이 괜히 우울하게 보였다.

여객 터미널 안으로 파도 소리가 희미하게 밀려든다. 켜지지 않은 핸드폰이 열어볼 수 없는 편지처럼 느껴졌다. 차갑고 딱딱한 그 물건을 손에 꼭 쥐고서 여객 터미널의 창문을 바라보았다.

문득 임석영의 번호라도 외우고 있었더라면 얼마나 좋았을까, 하는 생각이 들었다.

여객 터미널 구석에 있는 공중전화의 수화기를 집어 들었다. 주머니를 뒤져 동전을 넣고 번호를 고민했다. 자신 있게 누른

번호는 010이 전부였다. 어렴풋이 떠오르는 번호를 눌러보았다. 정확하지 않다는 걸 알았으나 혹시나 하는 기대를 했다.

— 여보세요?

수화기 너머로 묵직한 여자 목소리가 넘어왔다.

"……혹시, 석영이 번호 맞나요?"

— 아닙니다.

뚝, 전화가 끊겼다.

주머니를 뒤져 동전 하나를 더 넣었다. 아까 눌렀던 번호에서 뒷자리의 번호 하나를 바꾸어 눌렀다.

— 네. 김민우입니다.

수화기 너머로 낯선 남자의 목소리가 넘어오고, 모르는 이름에 수화기를 잡은 채 고개를 떨어트렸다.

"죄송합니다. 전화를 잘못 걸었어요."

— 네. 알겠습니다.

짧은 통화가 끝이 났다. 주머니에 손을 넣었다. 동전이 하나 잡혔다. 주머니에 남은 동전의 전부였다. 동전을 꺼내 투입구에 넣었다. 망설이다가 내 핸드폰 번호를 눌렀다.

— 전원이 꺼져 있어 음성 사서함으로 넘어가오며 통화료가 부과됩니다.

삐, 하는 소리가 귀에 울렸다. 임석영이 내게 전화를 걸었다면 이런 소리를 들었겠구나. 아무 소리가 안 들리는 수화기를 붙잡고 알 수 없는 그 너머를 상상했다. 나와 같은 음성을 들었을 임석영을 떠올리며.

"석영아⋯⋯."

전할 수 없는 말인 줄 알면서도.

"나 오늘 못 가."

부디 전해지기를 바라며 말했다.

수화기를 내려놓았다. 어렴풋이 떠오른 숫자들을 조합해볼 수 없을 정도로 기억이 불확실했다. 내가 얼마나 그런 것들에 무관심했는지, 임석영에 대해 아는 게 없는지 실감이 났다.

"오늘따라 밤이 기네."

해가 뜨지 않는 밤을 바라보며 혼잣말을 했다. 문득 임석영은 어떤 밤을 보내고 있을지 걱정이 됐다.

같은 하늘을 보고 있으려나. 아파트 주변의 풍경이 하나씩 떠올랐다. 아늑하게만 느껴지는 그 풍경이 내가 앉아 있는 여객터미널의 풍경과 사뭇 다르다는 느낌이 들었다. 어떻게 된 게 홍차연의 명찰을 떼자마자 나를 품은 배경이 바뀌었다.

맞아. 항상 이랬는데.

옥탑에서 듣던 사람들의 싸우는 소리, 지저분하게 얽힌 전신줄, 무심코 바라본 창밖에서 마주치는 시선들.

고개를 돌려 할머니를 보았다. 불편한 자세로 몸을 웅크린 채 자고 있다. 할머니가 어디에 있는지만 알았지, 그곳에서 어떤 풍경을 보는가 하는 것에는 관심이 없었다. 서 있는 곳, 그 위치에서 보는 것, 보고 느끼는 것, 그러면서 어떤 심정이 되는지.

고개를 숙이고 무릎 위에 가지런히 내려놓은 나의 두 손을 보았다. 버스를 타고 오는 길, 불안한 마음에 자꾸만 손가락을 만지작거렸더니 손톱 주변 껍질이 일어나 있었다. 거스러미를 잡아 툭 떼어내자 피가 비친다.

생각해보면 임석영이 나를 어떻게 보는지도 상상해본 적이 없었다. 임석영의 시야에 내가 어떤 모습으로 담기는지. 걔가 어떤 마음으로 나를 좋아하는지.

"집으로 올 거지?"

임석영이 했던 마지막 말이 이명처럼 남았다. 집, 집이라는 한 글자에 너무나 많은 의미가 내포되어 있었다.

걸음을 옮겨 창문 앞에 섰다. 창문 너머로 보이는 풍경이 검기만 하다. 어둠의 경계에서 사라져버린 바다의 수평선을 찾다가 하늘을 올려다봤다.

나를 내려다보는 하늘이 너무 커서, 내가 얼마나 작은 존재인지, 얼마나 많은 일들에 무력한지 깨닫게 된다.

우리는 아직 어리고, 덜 자랐다.

chapter 10
뜨거운 날에 홍차 한 스푼

 매미가 목을 놓아 운다. 높이 뜬 것만 같은 하늘이 푸르고, 하얀 구름이 듬성듬성 하늘을 채웠다. 흙길 옆으로 아득한 바다의 수평선이 보였다. 햇빛이 바다 위로 부서지고, 반짝인다.
 여름이 됐다.

 "사장님, 파 한 단 주세요."
 텅 빈 슈퍼에 들어서 외치자 안쪽에서 누군가 부채를 펄럭이며 고개를 내민다. 손님이 온 것을 확인한 슈퍼 주인이 슬리퍼를 신고 나와 파 한 단을 건넸다.
 "오늘도 걸어왔어?"
 "네."
 "자전거를 사라니까?"
 슈퍼 주인이 부채질을 계속하며 돈을 받았다. 부채질에 꼬부라진 머리칼이 펄럭인다. 계산대로 걸어가 돈 통을 열고 받은 지폐를 넣더니 거스름돈을 꺼내 내게 내밀었다. 손바닥 위로 동전이 짤랑이는 소리를 내며 떨어지고, 그것을 그대로 주머니에

집어넣었다.

"안녕히 계세요."

꾸벅, 고개를 숙여 인사하고 슈퍼를 나왔다. 슈퍼 주인이 날도 더운데, 자전거를 사라니까, 하며 혀를 찼다.

슈퍼에 들어서며 벗었던 선 캡을 다시 머리에 썼다. 커다란 챙에 얼굴로 그늘이 졌다. 파 한 단을 품에 안고 걸음을 뗐다.

할머니는 섬으로 들어와 감자 재배를 시작했다. 혼자 하겠다며 너는 네 할 일이나 알아보라고 했지만 섬에서 내가 할 수 있는 일이 있을 리가 없었다.

그래서 할머니의 일을 돕기 시작했다. 새벽에 일어나 밭에 난 잡초를 뽑고, 물을 주고, 할머니 대신 감자를 들고 시장에 나가 팔았다.

섬으로 온 바로 다음 날, 섬에 딱 하나 있는 이동 통신점에 갔다. 내 핸드폰을 살펴보더니, 이건 수리 업체에 가야 한다고 했다. 그게 어디에 있는데요, 묻자 섬에는 없다는 답이 돌아왔다.

날이 늦어 바로 그다음 날 할머니 몰래 배를 타고 육지로 갔다. 길을 묻고 물어 수리 업체에 갔고, 메인보드가 나갔다는 말을 들었다.

그럼 어떻게 해야 하는데요, 수리비가 많이 드나요? 묻자 못 고친다는 답이 돌아왔다. 하나 새로 사세요, 하는 직원에게 안녕히 계시라는 인사를 하고 돌아왔다.

안녕히 계세요, 그건 헤어질 때 하는 인사인데. 정말 모든 게 이별의 급물살을 타고 흘러갔다. 핸드폰에 든 모든 것들이 그냥

chapter 10. 뜨거운 날에 홍차 한 스푼

가버렸다. 안녕히 간 건지는 모르겠지만.

안 켜지는 핸드폰을 붙들고 잠들기 전마다 전원을 눌러봤다. 그러던 어느 날 전원이 켜지면 어쩔 건데, 하는 생각이 들었다. 임석영은 이제 고3이 될 테고, 나는 할머니를 이 섬에 두고 나갈 수가 없다.

석영아, 안녕. 나 누리. 나는 지금 섬에서 감자를 재배하고 있어, 너는 잘 지내고 있니? 우리는 이제 만날 수가 없겠구나, 잘 지내고, 잘 지내. 뭐 그런 인사를 하게 되려나.

그날 밤, 빨랫줄에 널어져 있는 내 바지를 보았다. 꽃무늬가 촘촘하게 박힌 일 바지. 내일도 저 바지를 입고 할머니와 함께 밭에 나갈 내 모습을 생각하다가, 핸드폰을 서랍 깊숙한 곳에 넣었다. 그 뒤로는 시간이 어떻게 흘렀는지 모르겠다.

슈퍼가 있는 동네를 벗어나 둘레길에 접어들었다. 바다를 옆에 끼고 걷는 길이 한적했다. 슬리퍼를 질질 끌자 흙먼지가 날린다. 밀려든 파도가 갯바위에 부딪치며 하얗게 부서지는 모습을 보았다.

선착장을 지나서 길을 틀었다. 바다를 등지고 길을 걷는데 마을 어귀에 있는 정자에 모여 있는 사람들이 어수선했다.

"뭐라고? 안 들려!"

"누리요, 누리. 김누리! 키 요만해 가지고, 어린 여자애요. 몇 가구 없어서 물어보면 바로 알 거라던데?"

"여기 마을에 사는 사람이 몇인데, 내가 다 알아?"

느려지던 걸음이 멈췄다. 정자에 모여 있는 사람 중 한 명의 키가 유난히 크다 싶었는데, 모자를 깊게 눌러쓴 사람의 목소리가 낯설지 않았다.

"저쪽에 가서 한번 물어봐."

"어디요?"

"저기, 저 선착장 사람들. 배 타고 드나드는 사람들 매일 보니까."

"아, 네. 감사합니다."

꾸벅, 고개를 숙인 남자가 걸음을 옮기며 모자를 벗는다. 눌린 머리칼을 손으로 헤집으며 흐트러트리더니 다시 모자를 쓰려는 듯 머리를 반듯하게 뒤로 쓸어 넘긴다. 앞머리가 그의 손에 쓸려 넘어가며 가려져 있던 얼굴이 시원하게 드러났다.

임석영이다. 예상치 못한 인물에 가슴이 두근두근 뛰었다.

"아, 졸라 덥네. 진짜."

모자를 눌러쓴 임석영이 선착장을 향해 걸었다. 베이지색 반바지에 파란색 티셔츠, 색깔도 튀어 눈에 훤히 들어왔다.

너무 놀라 몸이 얼었다. 눈동자를 굴려 그의 걸음을 좇았다. 선착장을 향해 걷던 임석영이 시선을 느꼈는지 고개를 돌렸다.

파 한 단을 품에 안고 서 있다가 급하게 선 캡의 챙을 내려 얼굴을 가렸다. 너무 다급하게 챙을 내린 탓에 챙이 완전히 얼굴을 가리는 모양새로 내려왔다. 시야 확보가 안 될 정도로.

아니, 나 왜 숨었지.

스스로도 이유를 몰랐다. 가슴이 쿵쾅거리며 뛰고, 어디로 걸어야 할지를 몰라 망설이고 있는데 그림자가 드리웠다. 톡톡,

chapter 10. 뜨거운 날에 홍차 한 스푼

얼굴을 가린 챙을 앞에 선 사람이 손가락으로 튕기듯 두드렸다.

"여보세요."

"……."

"김누리 씨."

"……."

"연락도 없이 사라지셔서 살아 있나 확인하러 왔는데요."

두 손에 파를 꼭 들고 숨을 죽였다. 너무 듣고 싶던 음성이 바로 앞에서 흩어지자 이상하게 목이 메었다. 이 섬 안으로 임석영이 들어오는 상상은 해본 적이 없는데. 하필 이런 모습일 때 만나게 될 건 뭐람.

고개를 숙이자 녀석의 손이 얼굴을 가린 선 캡의 챙으로 올라왔다. 챙을 잡더니, 천천히 들어 올린다.

"보고 싶어 죽는 줄 알았어. 얼굴 좀 보여주면 안 될까."

파를 꼭 끌어안은 채 고개를 들었다. 챙이 올라가 확 트인 시야로 임석영의 얼굴이 보인다.

허공에서 시선이 맞물리고, 서로의 얼굴을 물끄러미 보았다. 핑 눈물이 돌아 울상이 되자, 엷게 웃는 임석영의 눈망울에 눈물이 맺힌다.

"네가 드니까 파도 꽃 같다."

임석영의 말에 픽 웃음이 터졌다. 내가 웃으니 임석영도 따라 웃고, 눈이 접히면서 녀석의 뺨으로 눈물이 떨어진다. 손을 올려 임석영의 눈가에 맺힌 눈물을 훔쳐 닦았다.

"너는 왜 울어."

내 말에 임석영의 미간이 조금 찌푸려졌다. 울음을 참는 얼굴은 처음 보는 것 같다.

"나보고 너 버리면 죽여 버린다고 할 때는 언제고, 나를 버려, 왜."

"내가 언제 너를 버렸어……."

"버린 거지."

울컥 올라오는 울음에 입술이 휘어 내려갔다. 입술을 꾹 다문 채 임석영을 보았다. 임석영이 눈가를 문지르는 척 제 눈에 그렁그렁 맺힌 눈물을 닦았다.

"임석영 우네."

"안 울어."

"우는데?"

눈가를 문지르던 임석영이 주먹을 쥐고 가볍게 꿀밤을 놓더니 내 어깨를 그러안았다.

"이건 우는 것도 아니야. 너 그렇게 가고 나서는 밤마다 존나 울었어."

"……내가 뭐라고 밤마다 우냐."

손을 올려 임석영의 등을 토닥였다.

"대역 끝나면 만나 준다더니. 지킨 약속이 하나도 없어, 김누리."

"……"

"한 번만 더 말없이 사라지면 가만 안 둬."

답이 없자 임석영이 꼭 붙였던 상체를 뒤로 물리며 나를 내려다봤다. 어? 하고 묻는 말에 고개를 작게 끄덕였다.

"모자도 예쁜 걸로 골라 썼네."

임석영이 내가 쓴 선 캡을 보더니, 두 손으로 턱을 잡아 올렸다. 물끄러미 나를 내려다보더니 고개를 숙이며 다가온다. 입을 맞추는 건가 싶었는데 모자챙이 내 이마에 탁 부딪쳤다. 다가오던 얼굴이 멈췄다. 마주 보는 간격이 좁다.

눈을 깜박거리자, 임석영이 민망한 듯 히죽 웃으며 상체를 뒤로 물렸다.

"더운데."

"응?"

"냉수 한 잔 주면 안 될까."

선착장에서 배가 떠나는 소리가 들렸다. 햇볕이 머리를 뜨겁게 데우고, 가까이 붙어 선 임석영에게서 비누 향이 은은하게 흩어졌다.

△ O ☆

기름 냄새가 퍼졌다. 할머니는 묵묵히 파전을 부치고, 노릇노릇 익어가는 전을 임석영은 무릎을 꿇고 앉아 쳐다봤다. 기름에 번들거리는 뒤집개를 든 할머니가 임석영을 곁눈질했다.

"거, 편하게 앉으라니까."

"지금 완전 편합니다!"

임석영이 무릎 위에 둔 주먹을 불끈 쥐며 허리를 곧게 펴고 말했다.

종지에 간장을 따르고 참기름과 고춧가루를 부어 상 위에 놓았다. 할머니가 다 부친 전을 그릇에 옮겨 담았다. 젓가락을 양손에 쥐고 동그란 파전을 찢었다.

갈기갈기 찢어진 파전 한 조각을 젓가락으로 집어 할머니의 입에 넣어주었다. 할머니가 열이 오른 프라이팬에 파전 반죽을 둥그렇게 부으며 입을 오물거린다.

이제 내가 파전을 한 입 먹으려는데 임석영이 젓가락을 든 채 나를 빤히 봤다.

"왜."

내 물음에 임석영이 아기 새처럼 입을 벌린다. 그 모습을 할머니가 봤다.

"손 뒀다가 어디다 쓰냐."

할머니의 목소리에 임석영이 민망한 듯 입을 다물고,

"한 입 줘라, 그냥."

뒤따라온 말에 얼굴에 화색이 돌더니 내 무릎을 툭툭 건들며 입을 벌렸다.

"아."

"손 있잖아, 너."

내 말에 입을 다문 임석영이 가까이 다가와 귓속말을 했다.

"너희 할머니도 손 있으시잖아."

이 무례한 새끼를 봤나. 눈을 가늘게 뜨고 흘겨보자 임석영이 입술을 말아 물고 눈을 동그랗게 뜨더니 저 혼자 알아서 파전을 집어 먹었다.

할머니가 부친 파전이 열 장이 넘었다. 임석영은 탑 쌓듯 올라간 파전을 보며 아직도 많이 남았네, 하며 젓가락질을 느리게 했다.

반죽 그릇을 깨끗하게 비운 할머니가 뒤집개를 내려놓고 자리에서 일어나더니 냉장고에서 막걸리를 꺼내 왔다.

"억지로 안 먹어도 돼. 누리 혼자 열 장은 먹어."

할머니가 막걸리 뚜껑을 돌리며 말했다. 임석영의 느려진 젓가락질과 다르게 점점 속도가 빨라지던 나의 젓가락질이 멈췄다.

"열 장 아니라니까."

내 말에 할머니가 얼토당토않다는 듯 웃었다.

"한 잔 줄까?"

할머니가 나를 보며 물었고 고개를 저었다. 할머니의 시선이 임석영에게로 옮겨 가고, 임석영이 넙죽 두 손을 내밀며 주십시오, 하고 말했다.

"할머니, 얘 고등학생이야."

"아니야. 어른이랑 마시는 술은 괜찮다고 그랬어."

할머니한테 한 말인데 임석영이 잽싸게 답했다. 임석영의 대답이 마음에 드는 듯 할머니가 소리 내 웃었다.

할머니와 임석영이 막걸리 잔을 짠, 하고 소리 내며 부딪치는 광경을 보게 될 줄은 상상도 못 했다. 임석영이 밥그릇 가득 채워진 막걸리를 한 번에 들이마셨다.

얼굴을 찌푸리고 크으, 하는 소리를 내더니, 계속 할머니의 술 상대가 되려는 건지 빈 그릇을 할머니 앞으로 내밀었다. 할머니가 의미심장하게 웃으며 임석영이 내민 그릇에 막걸리를 따랐다.

"그나저나 돌아가는 배는 끊겼겠네?"

할머니의 말에 임석영이 고개를 끄덕였다.

"한 밤만 재워주세요."

"집에 말씀은 드렸고? 부모님이 걱정하셔."

"친구 만나러 간다고 말씀드리고 왔어요."

"집이 좁아. 방이 두 개밖에 없어. 하나는 창고처럼 쓰는데."

"괜찮습니다. 그 방이라도 내어주시면 조용히 자고 갈게요."

할머니가 알아서 하라는 듯 고개를 끄덕이며 막걸리 잔을 들었다. 그러자 임석영이 빠르게 잔을 들어 건배를 하고 막걸리를 마셨다.

어쩌려고 저렇게 마시나, 했는데 콧등을 찡그리며 술을 넘긴 임석영이 나를 보며 씩 웃었다. 괜찮다는 신호로 받아들였다.

임석영과 함께 마당 평상에 누워 하늘을 봤다. 고층 건물이 없고 늦은 밤이 되면 섬 내부에 있는 집의 불이 대부분 꺼져 밤하늘이 유독 어둡고 별이 잘 보였다.

"와……."

평상에 누워 하늘을 보는 임석영이 감탄하듯 소리를 뱉었다.

"별 많지."

chapter 10. 뜨거운 날에 홍차 한 스푼

"응. 이런 하늘 처음 봐."

어두운 밤하늘이 푸르렀다. 그렇게 보였다. 누군가 흘리고 간 것만 같은 별이 선명하게 빛났다. 그 빛이 조금 꿈처럼 느껴졌다. 지금 내 옆에 함께 있는 임석영처럼.

아득하게 파도 소리가 밀려왔다. 별이 촘촘하게 박힌 밤하늘에 파도 소리가 섞이고, 어디선가 풀벌레가 울었다.

평상에 누워 있는 우리를 보고 잠자리에 들기 전 할머니가 모기향을 피워주고 들어갔다. 모기향 냄새에 막걸리 냄새가 섞였다. 옆에 누운 임석영에게서 술 냄새가 진동했다.

바닥에서부터 피어올라 온 연기가 멀리 올라가지 못하고 흩어졌다. 평상에 모로 누워 하늘을 보는데 손가락 끝에 무언가 툭 닿았다.

시선을 내려다보자 대자로 누운 임석영의 손이 내 손가락 끄트머리에 닿아 있다. 약지 손톱을 살포시 누른 임석영의 손가락을 보다가, 손을 움직여 임석영의 손가락을 살며시 잡았다. 손에 잡힌 임석영의 손가락이 조금 차다.

하늘을 보던 임석영의 고개가 내 쪽을 향해 내려왔다. 물끄러미 녀석의 얼굴을 보았다. 술기운이 도는지 뺨이 붉고 나를 보는 눈이 조금 나른해 보였다. 평상에 누워 흐트러진 머리칼이 이따금씩 불어오는 바람에 흔들렸다.

그러다 한 번, 세찬 바람이 허공을 스쳐 지나갔다. 쏴아아, 하는 소리를 내며 나뭇잎이 저들끼리 부닥치고, 바람을 이겨내지 못한 나뭇잎들이 나뭇가지에서 떨어져 흩날렸다. 바람에 밀린 수면이 더 크게 일었는지 파도 소리가 더 크게 울린다.

저만치 떨어져 있는 가로등 빛이 희미하게 마당을 밝히고 임석영은 나른해진 시선으로 나를 계속 응시했다.

여름 냄새가 났다. 한낮의 더운 열기가 식고, 새벽을 지나가는 시간의 선선한 바람이 옷깃에 스몄다.

"나 없이 잘 지냈어?"

한동안 침묵하던 임석영이 말했다.

"나는 진짜 학교고 뭐고 다 때려치우고 싶었어. 처음엔 너무 황당해서 진짜 네가 너무 어이없고 안 봐도 그만이다 생각했는데…… 아니었어."

다소 낮은 목소리가 부드럽게 귀에 감겼다.

"네가 콩콩콩 걸어 다니던 모습이 자꾸 생각나고, 입에 설탕 묻히고 핫도그 먹던 거 생각나고, 너랑 같이 버스 타고 집에 가던 거, 걸어 다닌 길, 그냥 온통 다 너무 소중한 기억뿐이라 누가 훔쳐 간 것도 아닌데 돌려달라고 기도도 했어."

물끄러미 나를 보던 임석영이 몸을 돌리며 자세를 바꿨다. 평상에 한쪽 어깨를 붙이며 몸의 방향을 내 쪽으로 놓더니 잡고 있는 내 손을 자신의 가슴 위에 올렸다.

임석영이 이끄는 대로 따라간 손이 그의 가슴에 닿았다. 쿵쿵 뛰는 심장 박동이 느껴진다.

"너는 여기 있어."

임석영의 목소리가 낮게 울린다.

"여기서 네가 자꾸 뛰어."

평상에 등을 붙이고 누워 있다가, 몸을 돌려 임석영을 바라보았다. 잡혀 있는 손을 빼서 흐트러진 그의 머리칼을 쓸어 넘겼다. 살짝 스친 이마가 뜨겁다.

"너 몸이 뜨겁다."

"너 때문이야."

"술 때문이겠지."

"인정."

툭, 웃음이 터졌다.

"심장 빨리 뛰는 것도 술 때문 아니냐."

"……어, 그런가. 아닌데. 이건 너 때문인데."

임석영이 눈을 끔벅거렸다. 그러곤 제 손을 가슴에 올리고 심장 박동을 느끼더니 눈썹을 찌푸리고 집중했다.

"누리, 누리, 하고 뛰는데."

지금 내가 무슨 말을 들은 것인가. 무표정한 얼굴로 임석영을 보았다.

"야, 그런 말 하지 마. 징그러워."

"징그럽다고?"

임석영이 태연하게 제 가슴을 문질렀다.

"진짜인데. 들어볼래? 누리, 누리, 하고 뛰어."

"하지 마."

임석영이 몸을 일으키더니 내 머리를 잡아당겨 제 가슴에 파묻는다.

"들어봐. 진짜야."

"아, 아, 하지 마라. 놔라."

몸을 버둥거리며 떨어지려고 하자 임석영이 머리를 더 단단히 잡고 당겼다.

"아, 놔. 놓으라고 했다."

힘을 주며 버티자, 임석영이 작게 웃으며 내 머리를 놓았다. 그러더니 상체를 일으킨 채 물끄러미 나를 내려다봤다.

내 위로 드리운 임석영을 보다가, 뭔가 자세가 심상치 않음에 꼴깍 침을 삼켰다. 묘한 분위기에 내가 어색해하는 것을 눈치챘는지 임석영의 손이 이마 위로 내려왔다.

"아!"

짝, 소리가 나게 붙은 손바닥에 얼굴을 찌푸렸다. 이마 위에 얹은 손을 임석영이 부드럽게 쓸어 올려 앞머리를 넘겼다.

"누리야."

"왜?"

"나 사랑해?"

갑자기 뜬금없이 무슨.

직설적인 단어에 얼굴이 뜨겁게 달아올랐다.

"네가 그렇게 사라지고 생각해 봤거든. 너를 영영 못 보는 게 무서운 건지, 네가 나를 안 좋아하는 게 무서운 건지. 둘 다더라고."

"……"

"영영 못 보는 줄 알았는데, 지금 이렇게 너를 보고 있으니까. 해결 못 한 궁금증은 네 마음, 그거 하나야."

chapter 10. 뜨거운 날에 홍차 한 스푼

살짝 말아 문 입술이 임석영의 긴장을 보여주는 듯했다. 두근두근 가슴이 뛰었다. 눈을 깜박거리다가 고개를 돌려 녀석의 시선을 피했다.

"누리야, 나 좋아해?"

평상에 한쪽 뺨을 붙이고 평상 너머의 풍경을 바라보다가 입술을 뗐다.

"좋아하지."

평상과 뺨 사이로 임석영의 손이 들어오고, 내 얼굴을 잡아 돌려 눈을 맞춘다.

"내 눈 보면서 말해주라."

"……"

"내 얼굴 보면서 말해줘."

이게 뭐라고 이렇게 말문이 막히고 가슴이 요동치는지 모를 일이다. 바람 때문인가. 우리를 내려다보는 밤하늘의 별 때문인가. 쏴아아, 하고 흔들리는 나뭇잎 때문인가. 저 멀리서 일렁이는 바다 때문인가. 은은하게 흩어지는 가로등 불빛 때문인가.

임석영의 시선이 빤히 닿는다. 무표정한 그 얼굴을 보다가, 입을 열었다.

"좋아합니다, 임석영 씨."

좋아한다고 했는데, 내 대답이 영 딱딱했는지 임석영의 눈썹이 살짝 찌푸려진다.

"다른 버전은 없어?"

"……뭐."

"석영아, 라고 부를 수도 있잖아."

임석영 씨, 그것도 네 이름인데. 뭐가 문제지.

"아이 러브 석영······."

내 말에 임석영이 아, 아니, 그게 아니라, 하며 인상을 썼다. 좋아한다고 말하면 말할수록 임석영의 얼굴이 일그러진다. 웃음이 터지려는 걸 꾹 참았다.

"원하는 게 대체 뭔데? 그럼 네가 먼저 말해봐."

내 말에 임석영이 어쭈, 하며 뺨을 꼬집었다. 뺨이 늘어난 채 장난스러운 얼굴로 임석영을 보았다. 아마 임석영이 듣고 싶은 말은 저번에 버스에서 따라 해보라고 한 석영아 사랑해, 그 말일 것이다.

생각해보면 임석영도 내게 누리야, 사랑해, 라고 말한 적이 없는 것 같아 괜히 심술이 났다. 네가 원하는 대로 내가 해줄 거라 생각했다면 오산이다. 그렇게 생각하며 입술을 삐죽이는데 임석영이 꼬집은 뺨을 놓고 내 뒤통수를 잡아 올렸다.

"어?"

눈을 동그랗게 뜨고 임석영을 보는 동시에, 임석영의 상체가 낮게 내려왔다. 간격을 좁혀 오는 얼굴에 눈을 크게 뜨다가 질끈 감았다.

입술 위로 생경한 느낌이 내려앉았다. 한 번도 닿아본 적 없는 임석영의 입술이 내 입술에 닿았다. 뜨거운 숨이 닿는다. 순간 얼어버린 몸에 호흡이 멎었다.

가만 붙어 있던 입술이 떨어지는가 싶더니 임석영이 내 아랫

입술을 포개어 물었다. 계속 숨을 참기가 어려워 조심스레 뱉었다. 호흡하며 살짝 벌어진 입술로 임석영이 입술을 더 깊게 맞물려왔다.

발끝에 힘이 잔뜩 들어갔다. 멱살을 잡은 것처럼 임석영의 옷깃을 힘주어 쥐고 눈을 꾹 감았다. 멀어진 숨결에 슬그머니 눈을 떴다. 상체를 뒤로 물린 임석영이 달뜬 숨을 뱉으며 나를 봤다.

"……."

말없이 시선이 맞물렸다. 앞에 있는 녀석의 얼굴이 터질 것처럼 붉다.

임석영이 구깃구깃해진 옷을 펴지도 않은 채 뒤로 물러났다. 자기가 해놓고도 당황스러운지 마른세수를 했다.

"아……."

그러곤 혼자 괴로운 신음을 뱉으며 나를 등졌다.

"졸라 흥분되네……."

임석영의 목소리가 낮게 울렸다. 혼잣말처럼 뱉은 말이 귀에 쏙 박혔다. 흥분, 흥분이라니요. 너무나 낯선 단어에 얼굴이 달아올랐다.

그러다가 우리가 한 게 키스는 아니지 않나 생각했다. 따지고 보면 입술만 닿았는데.

상체를 일으켜 앉았다. 달래 주기라도 해야 하는 건가 싶어 조심스레 임석영의 너른 등을 토닥였다. 내 손이 닿자 임석영이 몸을 움찔 떨며 나를 돌아봤다.

"아니. 너 괜찮은가 해서……."

임석영이 빤히 나를 본다. 뺨은 터질 것처럼 붉어 가지고는. 제 등을 토닥이는 내가 저와는 다르게 태연하다고 보는 듯했다. 그게 조금 억울한지 눈썹이 살짝 찌푸려진다.

나를 등지고 앉아 있던 임석영이 무릎의 방향을 틀었다. 꿇어앉은 자세로 나를 보더니 두 손으로 내 얼굴을 감쌌다.

"눈 감아봐. 다시 해볼게."

임석영이 천천히 내게 가까워지고.

"야, 뭐, 뭘 다시 하는데?"

"방금 한 거. 내가 너무 서툴렀어."

서슴없이 가까워지는 거리에 한 손을 잽싸게 올려 임석영의 이마를 빡 때리며 막았다.

"아악! 잠깐만!"

"왜."

호흡이 가빠진다. 가슴이 크게 부풀어 올랐다가 내려앉았다.

"아니, 떨려서. 호흡 좀."

내 말에 임석영이 눈을 끔벅이다가 입술을 꾹 문다.

"이제 해도 돼?"

후, 하고 호흡을 가다듬은 뒤 고개를 끄덕였다. 쓸데없이 비장하다.

숨결이 가까워지더니, 입술이 닿았다. 눈을 감았다. 임석영이 포개어 문 아랫입술을 천천히 빨아들이더니 윗입술을 포개어 물었다.

뺨을 쓰다듬던 임석영의 손이 목덜미를 감쌌다. 깊게 맞물리는 입술에 호흡이 점점 가빠졌다. 달뜬 숨에 어깨가 올라가고, 맞붙은 임석영의 몸이 뜨겁게 느껴졌다.

얼마간 입술을 비볐는지 모르겠다. 얼굴을 떨어트리고 눈을 떴을 때, 어딘가 휘몰아치는 눈동자가 앞에 있었다.

"너는 나한테 너무 소중해."

살짝 떨어진 입술 사이로 임석영의 목소리가 낮게 울렸다. 임석영의 손이 내 눈을 덮는다. 시야가 캄캄해지고, 눈가로 임석영의 체온이 옮겨 왔다.

"나도 너에게 그런 사람이고 싶어."

어떤 답을 내놓기 위해 달싹이는 입술 위로 임석영의 입술이 닿았다. 서로의 입술이 맞물린 채 생각했다.

너는 이미 내게 유일한 사람이 되었다고.

△ ○ ☆

아침, 작은방 문을 슬그머니 열었다. 이불을 머리끝까지 뒤집어쓴 임석영의 몸이 꿈틀거리는 게 보였다.

"……임석영."

문고리를 잡은 채 임석영을 불렀다. 이불 위로 불쑥 손이 튀어나오더니 이불을 잡아 아래로 내린다. 내려온 이불 위로 임석영의 얼굴이 드러났다. 머리가 부스스했다. 게슴츠레 뜬 눈에 졸음이 가득했다. 잠이 아직 덜 깬 모양이다.

"아침 먹어."

"나 아침 안 먹는데."

"내가 너 먹이려고 볶음밥 했어."

"……그럼 먹어야지."

임석영이 몸을 일으켜 앉아 흐트러진 머리칼을 꾹꾹 눌렀다. 그러곤 벌떡 일어나 이불을 반듯하게 개켜 정리하고 방을 나왔다.

밥상이 단출했다. 김치볶음밥에 냉장고에 있는 반찬이 전부였다. 숟가락을 든 임석영이 두 손을 모으고 잘 먹겠습니다, 하고 말했다. 할머니는 새벽 일찍 밭에 나가 둘만 먹는 식사였다.

임석영이 한 수저 가득 밥을 떴다. 별로 대단한 요리를 한 것도 아닌데 괜히 긴장이 됐다. 맛이 없으면 어쩌지, 걱정이 되어 힐끔 임석영을 보았다.

맛있다거나 짜다거나 싱겁다거나 무슨 반응을 보일 줄 알았는데 임석영이 말없이 밥만 먹었다. 접시에 코 박은 듯 수저질을 계속하는 임석영을 보다가 그의 수저 위에 소시지 하나를 올렸다. 그제야 임석영이 고개를 들어 나를 본다.

"맛있어?"

내 물음에 임석영이 고개를 끄덕인다.

"나는 떡국 잘 끓여. 내가 다음에 만들어줄게."

"떡국? 그런 것도 할 줄 알아?"

"응. 할머니가 알려줬어. 설이 됐는데도 떡국 주는 사람 없으면 스스로 챙겨 먹으라고."

chapter 10. 뜨거운 날에 홍차 한 스푼

물끄러미 임석영을 보다가 웃었다.

"기대하고 있을게."

소시지를 입에 집어넣은 임석영이 입술을 붙이고 씩 웃었다.

해가 중천에 떴을 때 할머니가 돌아왔다. 내 손에 지폐 몇 장을 쥐어주더니 친구 가는 길을 배웅해 주라고 했다.

감자 한 박스를 임석영에게 주려고 하기에 할머니, 이 무거운 걸 어떻게 들고 가, 라고 하자 할머니는 아, 그렇지, 하며 박스를 놓고 임석영의 주소를 받았다.

멀리 안 나가, 라고 한 할머니는 마당까지도 안 나왔다. 마루를 밟고 서서 손을 흔들었다. 더 많이 못 챙겨줘서 미안하네, 하면서.

신발을 꿰어 신고 마당으로 나온 임석영이 할머니를 보며 꾸벅 고개 숙여 인사를 했다.

"다음에 또 와. 누리 친구. 이름이 뭐라고 했더라. 영달이?"

"……석영입니다. 임석영이요."

"아, 그렇지. 석영이 또 누리 보러 오게."

"네. 재워주셔서 감사합니다. 저 조만간 또 올 거예요. 진짜 올게요!"

임석영이 할머니를 보며 활짝 웃었다. 그 모습을 대문 앞에 서서 건너다보았다. 부서진 햇살 때문인지, 눈이 부셨다. 빛이 걸린 임석영의 머리칼이 반짝 빛났다.

임석영과 함께 집을 나서 선착장으로 향했다. 철썩철썩, 갯바위를 때리는 파도 소리가 시원하게 울려 퍼진다. 하늘이 푸르고 하얀 구름이 크게 덩어리 지어 피어올랐다.

선착장으로 가기 전, 바다가 내려다보이는 언덕에 올라갔다. 언덕에 임석영과 나란히 앉았다. 무릎을 모으고 앉아 바다와 하늘이 닿아 있는 수평선을 보았다. 임석영은 배를 타고 저 너머로 사라지겠지.

"그런데 너 나 여기 있는 줄 어떻게 알았어?"

"빨리도 묻는다."

임석영을 처음 봤을 때에는 경황이 없어 묻지 못했고, 냉수 한 잔 주겠다며 집에 임석영과 함께 갔다가 할머니를 마주친 이후로는 그 질문을 새카맣게 잊어버려 묻지 못했다.

"말하자면 길어. 그 고난과 역경을 말하려면 일주일은 잡아야 돼. 듣고 싶으면 일주일간 내 옆에 붙어 있어."

일주일씩이나? 헛웃음이 터졌다. 실없이 웃으며 고개를 돌리자 나를 보고 있던 임석영과 바로 눈이 마주쳤다.

임석영의 뒤로 갈매기가 부지런히 날개를 움직이며 날아간다. 언덕으로 불어오는 바람에 이마를 덮고 있던 임석영의 앞머리가 흐트러지듯 나부낀다.

"누리야."

"응?"

"학교…… 다시 다니는 건 언제?"

말없이 임석영을 보았다. 잠시 말이 멈춘 우리 사이로 파도 소리가 밀려들었다. 어디에서부터 밀려왔을지 모를 파도가 갯바위에 부딪치며 하얗게 부서졌다.

"네 이름으로."

"……."

"알아봤는데 복학할 수 있대."

임석영을 보다가, 시선을 발끝으로 떨어트렸다. 두 손으로 발목을 잡고 문질렀다.

학교에 다니기 싫은 것은 아니었다. 다닐 상황이 아니라고 판단했던 것뿐이다.

"네가, 싫은 게 아니라면."

임석영이 말을 고르는 듯 망설인다.

"네 나이에 할 수 있는 것들을 놓치지 않았으면 좋겠어."

임석영의 손이 발목을 문지르는 내 손 위에 겹쳐졌다. 고개를 돌려 임석영을 보았다. 눈이 마주쳤다. 가는 눈매에 동그란 눈동자. 임석영의 두 눈이 깊게만 느껴진다. 편평한 들판도, 한없이 큰 바다도, 광활한 하늘도 임석영의 두 눈에 담겨 있는 것만 같다.

빤히 보고 있는데 임석영이 난데없이 얼굴을 조금 붉히며 말을 뱉는다.

"너랑 같이 학교 다니고 싶기도 하고."

"대학교?"

내 물음에 임석영이 고개를 끄덕인다. 모두가 평범하게 생각하는 대학은 정말 생각해 보지도 않았는데. 임석영과 함께 있으면 희망이란 글자가 너무나도 섣부르게 온다.

"네가 가고 싶지 않다면 상관없는데, 그냥 생각해 보라고."

가고 싶지 않다고 생각해본 적은 없다. 다만, 그런 미래를 상상해본 적 없을 뿐이다. 임석영과 함께 다니는 대학교라. 그 풍경이 막연하기만 했다. 막연한데, 상상만으로도 기분이 조금 들떴다.

임석영이 내 얼굴을 뚫어져라 응시하더니, 바람에 날린 머리칼을 조심스레 집어 귀 뒤로 넘겨주었다.

"머리 많이 길었다."

"……그치. 빨리 기는 것 같아."

머리를 쓸어 넘기며 귀 아래로 내려온 머리칼을 잡아당겼다.

선착장으로 배가 들어오는 소리가 들렸다. 임석영이 타야 할 배였다. 임석영과 나의 시선이 동시에 선착장으로 돌아간다.

"배 왔네."

"여기 들어올 때는 더럽게 안 오더니. 나갈 때는 뭐 이렇게 빨리 와."

투덜거리던 임석영이 두 팔을 벌려 내 몸을 끌어안았다. 임석영의 어깨에 턱을 댄 채 가만히 있자 아쉬움이 밀려든다.

"헤어지기 싫다."

임석영이 말했다. 같은 마음이었던 모양이다.

"또 만나면 되지."

"이럴 때는 어, 나도, 라고 하는 거야."

"그런 게 어디 있어."

내 답이 마음에 안 드는 듯 임석영이 장난스럽게 귀를 물었 다가 놨다. 그러곤 작게 속삭였다.

"또 올게, 김누리."

"응."

"벽에다가 임석영 이름 쓰면서 나 잊지 말고 있어."

어이없는 말에 입술을 터트리며 가볍게 웃었다.

"어라, 웃네. 진심으로 하는 말인데. 너 우리 집 와볼래? 내 방 벽에 네 이름밖에 없어."

그 말에는 참지 못하고 소리 내 웃었다.

"진짜인데. 왜 웃어."

"웃기잖아. 벽에 내 이름 쓰지도 않았으면서. 거짓말 잘도 하 네."

임석영이 내 뒤통수를 가볍게 쓸어내렸다.

"나 가지 말까?"

"뭐래. 집에 가야지."

"네가 하루 더 있다 가라고 하면 그럴 수 있는데."

"부모님이 걱정하셔."

"왜. 집에 안 와서?"

"그렇지."

"그렇게 잘 아는 애가."

"……뭐?"

"집에 온다는 네가 안 와서, 내가 네 집 앞에서 새벽까지 덜 덜 떨었던 건 진짜 비밀이다. 알았어?"

"……응."

"너는 내 걱정 안 했냐."

"했지."

선착장에서 임석영의 번호가 정확하게 떠오르지 않아 자꾸 모르는 사람들에게 전화를 걸었던 기억이 났다.

그날의 밤, 그날의 바다. 모든 게 선명하다.

"금방 또 올게."

"응."

"여기 꼭 있어."

임석영의 목소리가 낮고 다정하다.

"응. 어디 안 가고 있을게."

꼭 안겨 있는 품이 따뜻했다. 벗어나고 싶지 않을 만큼.

△ ○ ☆

임석영이 가고 다음 날, 밭에 가려고 일어나 일 바지에 티셔츠, 남방을 걸쳐 입고 밀짚모자를 쓰는데 할머니가 평상복을 입고 나왔다.

"어? 오늘 밭에 안 가?"

내 물음에 할머니가 약수통을 들고 흔들었다.

"물 받으러 갈 거야."

할머니와 뒷산을 올랐다. 약수통을 들고 가는 우리의 목적지는 뒷산 중턱에 있는 약수터였다. 산이 낮아 힘들지는 않았지만, 할머니가 속도를 줄이지 않고 빨리 걷는 탓에 점점 숨이 찼다.

"아, 할머니, 좀, 천천히 가면 안 돼?"

할머니가 손뼉을 앞뒤로 짝짝 소리가 나게 부딪치며 씩씩하게 걸었다.

"이게 뭐가 힘들다고 천천히 가자는 겨. 얼른얼른 와."

할머니가 발을 더 빨리 굴렸다. 믿을 수 없는 체력이다.

약수통을 손에 들고 헉헉거리며 할머니의 뒤를 쫓았다. 나보다 몇 미터 먼저 나아간 할머니가 약수터 앞에 있는 벤치에 앉아 나를 기다렸다.

산 중턱에 올랐을 때 나는 이미 몸이 녹아내리다 못해 땅에 붙은 사람처럼 기어가는 모양새였다.

"와, 죽을 거 같아."

약수통을 바닥에 내려놓고 벤치에 드러누웠다. 할머니가 혀를 차며 나를 봤다.

"이게 뭐가 힘들다고."

"힘들어. 완전 힘들어."

"약수나 채워."

벤치에서 일어난 할머니가 근처에 있는 나무로 걸음을 옮겼다. 나무기둥에 등을 붙이고 서더니 툭툭, 등을 부딪쳤다.

약수통 뚜껑을 돌려 열고 약수터로 가 약수를 받았다. 약수가 타다다, 소리를 내며 통을 때리더니 어느 정도 물이 차자 그

소리가 안 들렸다.

뚜껑을 돌려 닫고 약수통을 두 손으로 잡아 올리는데 무게가 장난이 아니었다. 절로 얼굴이 찌푸려지고 윽, 하는 신음이 새어 나갔다.

낑낑거리며 약수통을 들고 벤치로 걸어갔다. 으으윽, 하는 소리를 흘리며 벤치 위에 약수통을 올렸다. 물이 묻은 손바닥을 바지춤에 문질러 닦으며 할머니를 보았다.

나무 기둥에 등을 부딪치고 있던 할머니가 천천히 이쪽을 향해 걸어왔다.

"그게 뭐가 무겁다고 그렇게 인상을 써."

"할머니, 완전 무거워."

할머니가 한 손으로 약수통을 번쩍 들었다. 너무나 가볍게 올라간 약수통에 눈이 동그래졌다. 내가 들 때만 해도 쌀 한 포대 느낌이었는데.

"누리야, 이것뿐만이 아니다."

할머니가 약수통을 내려놓더니 갑자기 풍차 돌리기를 했다. 흙먼지를 일으키며 굴러가는 할머니를 보며 벌어진 입을 손으로 가렸다.

"하, 할머니!"

혹여 어디 다치기라도 했을까 걱정이 앞서 달려가자 할머니가 안전하게 착지를 하며 손바닥을 털었다.

"하, 할머니, 할머니 괜찮아?"

험한 산에서 풍차 돌리기라니. 혹여 어디 생채기가 난 곳은 없는지 살폈으나, 할머니는 태연하게 손바닥에 묻은 흙을 털며 나를 봤다.

"누리야, 할미가 이렇게 건강해. 내가 봤을 때는 너보다 더 건강한 것 같아."

"아, 아니…… 아니 풍차, 풍차 이건 나도 돌릴 줄 알아."

할머니가 호탕하게 웃으며 내 머리를 쓰다듬는다.

"풍차를 돌리라는 말이 아녀."

돌멩이 자국이 남은 할머니의 손을 꼭 잡은 채 눈을 올렸다. 할머니가 넌지시 나를 바라보며 입을 열었다.

"할미 걱정 말고 이제 네 공부 하면서 살아."

"……어?"

"너를 위해서 살라고. 할미 말고."

"나를 위해서 살고 있어."

"학교 관둔 건 너를 위해서가 아니었잖어."

할머니가 자신의 손을 잡고 있는 내 손 위로 다른 한 손을 겹쳐 올렸다. 할머니의 거친 손이 내 손등을 매만진다.

"여기서 감자 재배하는 게 누리 네가 하고 싶은 일은 아닐 거 아니냐."

갑자기 목이 꽉 메었다. 울먹이자 할머니가 웃음을 터트린다.

"울긴 왜 울어?"

"……아, 안 울거든?"

할머니가 손을 올려 내 눈가를 문질렀다. 눈가로 닿는 손길에 눈을 감았다 떴다. 할머니가 웃음기 섞인 얼굴로 내 얼굴을 쓰다듬는다.

"도련님 대신해서 학교에 다닌 것도 다 할미 때문이잖아. 함께 사는 집을 갖고 싶어서."

"……"

"너는 너무 어려. 누군가를 배려하면서만 살기에는 네가 너로 살아온 시간이 너무 없어. 아직은 아니야. 너무 이르게 뭔가를 포기하면, 그걸 후회하는 시간이 너무 길어진다. 삶이 끝나는 날까지 후회로 남는 거야. 할미는, 누리 너에게 후회로 남고 싶지 않아."

"……할무니."

목이 꽉 메어 흘러나온 목소리가 불안정하게 떨렸다. 할머니가 엷게 웃으며 내 손을 잡는다.

"나는 여기서 감자 팔아다가 비엠따블유 타고 다닐 거니까. 걱정 말고 너는 네 인생 살아."

울상이 되어 울먹이다가 눈썹을 찌푸렸다. 방금 내가 제대로 들은 게 맞는 건가.

"뭘 탄다고?"

"비엠따블유."

BMW. 할머니 지금 그거 말하는 거 맞나.

"할머니 면허도 없잖아."

"까짓것 따면 되지."

"초보가 그렇게 비싼 차를 어떻게 몰아."

"내가 운전을 왜 해. 기사 써야지."

"감자 팔아서?"

"그래, 이 녀석아."

할머니가 손을 놓고 걸어가더니 약수통을 탁탁 두드렸다.

"그만 내려가자."

걸음을 뗀 할머니가 성큼성큼 멀어졌다. 멍하니 있다가 벤치로 가 약수통을 들고 끙, 소리를 내며 할머니를 뒤따라갔다. 앞서가는 할머니가 손바닥을 앞뒤로 부딪치며 공기가 좋다고 콧노래를 흥얼거렸다.

△ ○ ☆

[차조고등학교 입학을 축하합니다!]

교문 앞에 서서 현수막을 올려다봤다. 개학날, 신입생을 환영하는 문구였다. 고개를 숙여 옷차림을 살폈다. 회색 치마에 흰 셔츠, 회색 조끼, 다홍색 타이에 진회색 재킷. 한쪽 가슴에는 학교의 심벌마크가 금색 자수로 놓여 있다.

손을 내려 치맛자락을 만지작거렸다. 다시 교복을 입게 될 줄은 몰랐는데.

주머니에 넣어둔 핸드폰이 진동했다. 교문을 들어서기 전, 핸드폰을 꺼내 메시지를 확인했다.

[석영원한사랑: 1학년 애들이 까불면 가만두지 마 특히 찝쩍 거리는 애들은 더욱 가만두면 안 된다 초장에 잡아야 돼]

내 학교가 남녀공학이라는 사실에 공학은 없어져야 돼, 하고 혼자서 중얼거리던 임석영이었다. 뭐가 그렇게 걱정인지 아침부터 이 난리다.

임석영의 메시지를 확인했는데도 새로 들어온 메시지가 많았다. 대화창을 나가 목록을 보았다. 너무 자주 울려서 알람을 꺼둔 임석영, 김찬영, 남윤수의 대화방에 읽지 않은 메시지가 100개가 넘었다.

[남윤수: 오늘 김누리 학교 가는 날 아니냐]

[김찬영: 너도 가는 날이거든]

[남윤수: 가고 있거든 ㅜㅜㅜ????? 버스에 사람 개 많음]

[김찬영: 아무튼 다시 학교 다니게 된 거 축하해 누리야]

[남윤수: 으 그게 무슨 축하할 일이냐 3년을 다녀야 되는데]

[남윤수: 김누리 불행 시작]

[남윤수: 중간고사랑 기말고사를 몇 번 더 봐야 되는 거냐]

[석영원한사랑: 남윤수 저거 이 방에서 어떻게 내쫓을 방법 없냐]

[석영원한사랑: 아 나랑 누리가 나가면 되겠군]

[석영원한사랑: 나가자 누리야]

[김찬영: 왜…… 나가지 마]

[남윤수: 나가봐라 다시 만들 거다]

[남윤수: 전화하지 마 이 새끼야]

[남윤수: 거절]

[남윤수: 계속 거절할 거다]

chapter 10. 뜨거운 날에 홍차 한 스푼

[남윤수: 카톡 좀 하게 전화 걸지 말라고]

들어온 메시지를 읽다가 말았다. 읽어도 그만 안 읽어도 그만인 내용이었다. 남윤수가 이모티콘을 남발하고, 임석영이 반격하고, 어느 순간부터 김찬영은 반응하지 않았다.

핸드폰을 주머니에 찔러 넣고 걸음을 뗐다.

내 나이 열아홉, 고등학생 1학년이 되었다.

고작 두 살 차이가 날 뿐인데도 반 아이들의 패기가 감당이 안 됐다. 뭐 이렇게 목소리가 크고, 안에 또 화는 얼마나 많은지. 등교 첫날부터 서로 눈을 부라리고 기 싸움을 하고 난리도 아니었다.

학교에 강은호가 한 명만 있는 것도 부담스러운데, 이건 뭐, 각 중학교의 강은호들이 한 살 더 먹고 모인 광경 같다고나 할까. 어떤 모습으로 학교를 다니든 험난한 건 같구나, 생각하며 조용히 눈을 깔았다.

쉬는 시간에 교실 뒤에서 닭싸움을 하는 애들이 없는 것이 조금 아쉬웠다. 쉬는 시간마다 옥상으로 대피하지 않아도 되는 것은 편했지만.

점심시간, 식판을 들고 아무도 없는 빈자리에 앉았다. 식단표를 확인하지 못하고 왔는데 떡국이었다. 김 가루가 뿌려진 떡국을 보고 있자니 언젠가 떡국을 만들어 주겠다던 임석영이 떠올랐다.

핸드폰을 꺼내 떡국을 사진 찍어 임석영에게 전송했다.

[오늘의 급식]

오래 지나지 않아 임석영에게 답장이 왔다.

[나는 카레 먹었어]

[이미 먹고 나와서 사진은 없는데]

[내 후식 사진이라도……]

메시지 뒤로 사진 한 장이 올라왔다. 양파링을 입에 물고 있는 임석영의 얼굴이 네모난 사진 안에 담겼다. 임석영의 뒤로 양파링으로 귀걸이를 만들어서 하고 있는 남윤수가 보인다. 장소를 보아하니 운동장 앞 계단이었다. 피식, 가볍게 웃고는 핸드폰을 집어넣었다.

숟가락을 들고 떡국을 한 숟가락 크게 퍼서 입에 넣는데, 웬 무리들이 내 주위에 탁, 탁, 탁, 식판을 놓고 앉았다. 왠지 낯설지 않은 풍경에 꼴깍, 침이 넘어갔다. 비어 있던 테이블에 검은 무리들이 자리를 차지하고 앉았다.

"아, 미친. 설날도 아닌데 무슨 입학 첫날부터 떡국이냐."

"내 말이. 고등학생 된 것도 징그러워 죽겠는데. 세 그릇 먹으면 대학생 되냐?"

"대학은 갈 수 있고?"

"닥쳐라, 새끼야."

힐긋, 아이들의 얼굴을 살피는데 괜히 심장이 쪼그라들었다. 무슨 1학년 얼굴이 저렇게 험악해. 얼른 식판 비우고 나가야지, 생각하며 밥 먹는 속도를 높였다.

빠르게 식판을 비우고 있는데 앞에서 시선이 느껴졌다. 젓가락 하나에 소시지를 쿡쿡쿡 꽂은 뒤 하나씩 빼 먹고 있을 때였다. 소시지를 꽂은 젓가락을 든 채 흘긋 눈을 올렸다.

앞에 앉은 남자애가 턱을 괸 채 나를 빤히 쳐다보고 있었다.

"……."

뭐지. 혹시 다른 곳을 보는 건가, 싶어 두리번거렸다. 주위를 살피고 다시 남자애를 보았다. 두 눈이 똑똑히 나를 겨누고 있었다. 왜지. 괜히 민망해져 눈을 내리깔고 소시지를 두 개씩 빼 먹었다.

"김누리?"

갑자기 내 이름을 부르는 목소리에 내리깐 눈이 절로 올라갔다. 내 명찰을 보던 남자애와 눈이 마주쳤다.

"우리 친척 형이랑 이름이 똑같네."

아, 그렇구나, 누리가 흔한 이름이긴 하지, 하고 답하려다가 말해 뭐 하나 싶어 입을 다물었다.

"넌 어디 중 나왔어?"

"차조중학교."

남자애의 얼굴이 언뜻 찌푸려지더니, 이내 웃음기가 돈다.

"나도 거기 나왔는데. 왜 처음 보지?"

그야 너는 올해 졸업했고, 나는 몇 년 전에 졸업했으니까.

딱히 대답하고 싶지는 않아 말없이 고개를 숙였다. 얼마 안 남은 떡국을 싹싹 긁어 먹는데 내 말 씹어? 하고 남자애가 말했다. 숟가락을 내려놓고 남자애를 보았다.

처음 볼 수도 있지. 나도 너 처음 보는데. 그리고 밥 먹을 때는 개도 안 건드려, 하고 생각했으나.

"아…… 잘 안 들려서."

이걸 변명이랍시고 했다. 남자애가 미간을 찌푸리더니 어이없다는 듯 웃는다. 남자애의 가슴에 달린 명찰을 보았다. 서우영.

그의 옆에 앉은 애들이 입학 첫날 서우영과 말을 섞고 있는 나를 힐끔거렸다.

갑자기 홍차연 명찰을 달고 학교에 갔던 첫날의 급식실 광경이 떠올라 식판을 정리하고 자리에서 일어났다. 그날과 비슷한 일이 일어날지도 모른다는 불안이 든 탓이다.

퇴식구에 식판을 반납하고 급식실을 나왔다. 급식실 앞으로 나무가 줄줄이 심어져 있었다. 겨울을 버틴 나뭇가지가 휑했다.

급식실 앞에서 바라본 학교의 풍경이 익숙하면서도 낯설었다. 느낌이 이상했다. 전에는 급식을 먹고 나오면 공을 차는 아이들의 모습이 한눈에 보였는데.

저편에서 아이들이 깔깔거리며 웃는 소리가 들렸다. 숨을 크게 들이마시곤 교실을 향해 걸었다.

마지막 수업이 끝나고, 가방을 챙겨 교실을 나섰다. 휘적휘적 운동장을 가로질러 교문을 나서는데 누군가 내 가방을 잡아당겼다. 갑자기 잡힌 가방에 몸이 휘청거리며 걸음이 뒤로 갔다.

"누, 누구세요?"

가방이 잡혀 몸이 완전히 안 돌아갔다. 몸을 최대한 틀어 뒤를 보았다. 올려다본 곳에 급식실에서 봤던 얼굴이 있었다.

"서우영?"

"어, 내 이름 아네?"

툭, 힘주어 몸을 틀자 가방을 쥐고 있던 서우영의 손이 떨어져 나갔다. 손가락으로 재킷에 박힌 명찰을 가리켰다.

"아는 게 아니고 보인 거."

서우영이 눈을 내려 내 손가락이 향한 곳을 확인했다. 아, 하며 정황을 이해한 듯 고개를 끄덕였다.

"그런데 왜?"

"잘 안 들린다고 해서. 부르려다가 잡은 건데. 너 이거 놓고 갔더라."

서우영이 뭔가를 내밀었다. 그의 손에 있는 것을 보았다.

"바나나 우유?"

내가 언제 이걸 놓고 가. 산 적도 없는데, 하고 생각하는 찰나 급식이 생각났다.

생각해보니 후식으로 나온 우유를 챙겼는데 먹지는 않았다. 급하게 식판을 정리하고 나오면서 놓고 온 모양이었다. 그걸 이렇게 챙겨준 건가. 쓸데없이 친절하네.

"아, 고마워."

내가 놓고 간 거라는데 안 받기도 뭣해서 건네받았다. 이제 볼일이 끝났으니, 각자 갈 길을 갑시다, 생각하며 걸음을 돌리는데 서우영이 따라왔다. 곁눈질로 훔쳐보다가 거리를 벌리는데 서우영이 간격을 다시 좁히며 붙어 섰다.

"야, 같은 중학교 나왔는데 너 나 몰라?"

"모르는데."

"어떻게 몰라?"

"모를 수도 있지."

옆에 선 서우영이 뚫어져라 내 얼굴을 응시했다. 뭔데 부담스럽게 저래. 불만스럽게 쳐다보자 서우영이 고개를 기울였다.

"말이 안 되는데."

서우영의 눈이 가늘어지는 동시에 어디선가 임석영의 목소리가 울렸다.

"김누리!"

눈을 휘둥그레 뜨고 소리가 난 곳을 보았다. 재킷 안에 후드를 껴입은 임석영이 멀리서 보아도 매우 못마땅한 얼굴을 하고 걸어오고 있었다.

성큼성큼 다가온 임석영이 가까워지자마자 내 어깨에 팔을 둘렀다.

"뭐야? 어떻게 왔어?"

"어떻게 오긴. 버스 타고 왔지."

무표정한 얼굴로 앞에 선 서우영을 노려보던 임석영이 고개를 낮게 숙이더니 내 귀에 대고 속삭였다.

"나 지금 여기서 너한테 뽀뽀해도 돼?"

팔꿈치로 임석영의 옆구리를 툭 쳤다.

"죽을래?"

"안 되는구나."

서우영이 무표정한 얼굴로 나와 임석영을 번갈아 봤다.

"뭐야? 너 남자 친구 있어?"

"있어? 이써어어? 누나한테 말이 좀 짧다."

서우영이 미간을 찌푸리고서 임석영을 봤다. 갑자기 나타나서는 무슨 소리를 하는 건가, 하는 표정이었다. 저가 보기에는 오늘 같이 입학한 친구인데 누나라고 부르라니 이상할 만도 하다.

"……뭐라는 거야."

그러더니 말없이 걸음을 돌렸다. 멀어지는 서우영의 모습을 임석영이 활활 타는 눈으로 좇았다.

"그만 노려봐……."

임석영의 얼굴 앞으로 손을 올리고 휘휘 흔들었다. 서우영의 뒷모습에 고정되어 있던 임석영의 시선이 내게로 온다.

"여기 앞에 현수막이라도 걸까?"

"뭐라고."

"김누리 하트 임석영."

"……."

"임석영의 영원한 동반자 김누리의 복학을 축하합니다."

"……."

"여기 임석영의 사랑 김누리가 다닌다."

"내가 죽었냐. 여기 잠들다도 아니고. 뭐야, 그게."

임석영이 끙, 하고 콧등을 찡그리더니 한 팔로 내 목을 감았다. 뒤에서 나를 안은 채 부스럭거리더니 갑자기 내 머리에 뭔가를 꽂았다.

"어, 뭐야?"

핸드폰을 들어 올린 임석영이 전방 카메라를 켜고 화면에 우리 둘의 모습을 담았다. 카메라에 비친 머리에 노란색 머리핀이 꽂혀 있다.

"복학 선물."

물끄러미 화면에 비친 모습을 보았다. 모나게 꽂긴 했어도 옆머리를 잘 쓸어 올려 꽂은 게 귀여웠다. 핸드폰을 들고 선 임석영이 얼굴을 가까이 붙이더니 혼자서 씩 웃었다. 왜 웃지, 생각하는 찰나 찰칵하고 사진이 찍혔다.

"뭐야!"

분명 내 두 눈 흐리멍덩했는데. 이렇게 갑자기 사진을 찍기가 있나. 홱 몸을 돌려 핸드폰을 뺏으려고 하자 임석영이 팔을 높이 들며 웃었다.

"이건 네가 나한테 주는 선물."

"아, 다시 찍어. 다시."

"싫은데?"

임석영이 팔을 높이 든 채 고개를 젖히고 혼자서 사진을 확인했다. 그러더니 입술을 벌리고 웃었다. 임석영의 한쪽 볼에 보조개가 깊게 파였다.

"김누리, 진짜 귀여워."

임석영이 웃는 낯으로, 사진 속의 우리를 보며 말했다.

△ ○ ☆

수업 끝종이 울렸다. 선생의 퇴장과 함께 교실이 소란스러워졌다. 두 팔을 쭉 펴고 기지개를 켰다. 창가 옆자리라 그런지 넘어온 햇살에 자주 졸음이 몰려왔다. 이번 시간도 잠이 와서 죽는 줄 알았다.

멀뚱히 앉아 있다가 엠피스리를 꺼냈다. 자리에서 일어나 창문 앞에 섰다. 창틀에 몸을 기대고 이어폰을 귀에 꽂는데 교문 앞에 서 있는 사람이 보였다.

"음?"

귀에 꽂으려던 이어폰을 손에 쥐고 창문을 내다봤다. 뭔가 익숙한 모습에 눈이 가늘어지는 순간 핸드폰이 진동했다. 주머니에서 핸드폰을 꺼내 들어온 메시지를 확인했다.

[잠깐 교문으로 나와봐]

임석영이다. 메시지를 보다가 고개를 들어 창밖을 보았다. 저 사람, 왠지 내가 아는 사람 같은데.

엠피스리를 집어넣고 교실을 나섰다. 빠른 걸음으로 계단을 내려가 본관을 나서려다가 멈칫 섰다.

나아간 걸음을 뒤로 물려 유리에 비친 얼굴을 살폈다. 앞머리를 쓸어내리고 흐트러진 머리를 귀 뒤로 단정하게 넘겼다. 턱 밑으로 내려온 머리칼을 만지작거리다가 주머니에서 립밤을 꺼냈다.

립밤 뚜껑을 여는데 여학생 두 명이 본관을 향해 걸어왔다.

"야, 교문 앞에 봤냐?"

"봤지. 완전 봤지. 겁나 잘생겼더라."

"개 잘생김."

"누구 만나러 온 거 같지 않냐."

"누구인지 볼까?"

본관으로 들어가려던 아이들이 걸음을 멈추더니 후다닥 뛰어 벽 뒤에 숨었다. 숨는 모습을 내가 다 봤다. 입술에 아무것도 바르지 못한 채 뚜껑을 돌려 닫았다. 갑자기 민망해진 탓이다.

애써 귀 뒤로 넘긴 머리칼을 빼내 얼굴을 가리고 교문으로 걸어갔다. 연청바지에 남색 맨투맨을 입은 임석영이 보였다. 맨투맨 아래로 삐죽 튀어나온 스트라이프 티셔츠가 귀엽다.

눈가를 문지르고 있던 임석영이 천천히 고개를 돌렸다. 눈이 마주치자 씩 미소를 짓는다.

오늘 수수고등학교는 개교기념일이다. 그래서 김찬영, 남윤수와 셋이서 도서관에 간다고 그랬는데.

"무슨 일이야?"

"줄 거 있어서."

임석영이 메고 있던 가방을 내게 건넸다.

"뭐야?"

"선물이야."

임석영이 잡고 있는 가방을 보다가 눈을 올렸다. 내 표정을 읽었는지 임석영이 내 팔을 잡아 올려 손수 내 어깨에 메여줬다.

chapter 10. 뜨거운 날에 홍차 한 스푼

"갑자기?"

임석영이 반대쪽 팔도 들어 가방끈을 올린다. 선물이면 이게 가벼워야 하잖아. 그런데 왜 자꾸 어깨가 아래로 처지는 느낌이 드는지. 꽤나 묵직했다.

"이거 완전 그거잖아. 가방 셔틀."

"너한테 주는 건데 어떻게 셔틀이냐?"

"안에 뭐 들었는데? 네 짐 아니야?"

"다 네 거야."

시작종이 울렸다. 임석영이 어, 종 쳤다, 하고 말하더니 한 걸음 다가와 상체를 숙였다.

불시에 내 이마로 임석영의 입술이 가볍게 닿았다. 이마로 낯선 감촉이 스며들고, 임석영의 맨투맨이 얼굴에 닿을 듯 말 듯 했다. 순간 온몸이 뻣뻣하게 굳었다. 지그시 이마를 누른 임석영의 입술이 떨어졌다.

"끝나면 연락해."

멀어지는 임석영을 보다가 조용해진 학교가 느껴져 재빠르게 교실을 향해 달렸다. 선생보다 한발 빠르게 교실로 들어왔다. 자리에 앉아 가방을 보는데 기분이 이상하다.

뜬금없이 웬 선물······.

수업이 끝나고 가방을 열어봤다. 노트나 문제집이 들어 있을 줄 알았던 가방 안을 채우고 있는 건 사탕이었다. 청포도, 프루팁스, 호올스, 멘토스, 츄파춥스. 그 개수가 못해도 100개는 넘어 보였다.

"이게 다 뭐야."

손을 넣어 사탕을 한 움큼 쥐었다. 한 손에 잡힌 사탕은 고작 다섯 개였다. 사탕 하나를 까먹은 뒤 임석영에게 메시지를 보냈다.

[사탕 장사 해?]

그러자 얼마 안 있어 답장이 들어왔다.

[석영원한사랑: ㅋㅋㅋ 바보냐]

누구보고 바보래.

왼쪽 뺨에 있던 사탕을 오른쪽으로 굴려 넣은 뒤 키패드를 두드렸다.

[뭔 군것질 거리를 이렇게 많이 샀어 나는 만두 좋아해 만두]

[석영원한사랑: 알지 김누리 만두 좋아하는 거]

[석영원한사랑: 자기가 사탕을 왜 받은 줄도 몰라]

[석영원한사랑: 내가 왜 너한테 사탕을 준 줄도 몰라!]

"뭐래……."

오도독, 사탕을 씹으며 핸드폰 화면을 껐다. 앞자리에 앉은 경주가 눈을 동그랗게 뜨고 나를 봤다.

"뭐야? 고백받은 거야?"

"응?"

경주가 사탕이 잔뜩 든 가방을 눈짓했다.

"오늘 화이트데이잖아."

"화이트데이?"

중학교 때에야 무슨 데이다, 뭐다 해서 남자애들이 우르르 몰려가고, 여자애들도 우르르 몰려가는 그런 풍경이 있었는데, 몇 년 사이에 까맣게 잊어버렸다. 그런 이벤트 따위.

"부럽다."

경주가 입술을 삐죽 내밀며 고개를 돌렸다.

어, 이 사탕, 그래서 일부러 학교까지 와서 주고 간 건가. 부리나케 핸드폰 화면을 켜고 임석영에게 답장을 써서 보냈다.

[알아! 네가 나 좋아하니까 준 거잖아!]

메시지를 전송하고 나서 느낌표는 왜 썼지, 그런 생각이 뒤늦게 들었다. 멀뚱히 앉아 있다가 사탕을 한 움큼 쥐어 경주에게 주었다. 경주가 눈을 동그랗게 뜨고 사탕을 받았다.

"화이트데이면, 그런 거잖아. 좋아하는 친구한테 사탕 주는 거."

"어…… 그렇지."

"네가 내 앞자리라서 좋아. 앞으로도 잘 지내자, 경주야."

경주는 수업 시간에 조는 법이 없었다. 그래서 꾸벅꾸벅 졸 때도 경주를 방패 삼아 걸리지 않을 수 있었다. 경주가 내 앞자리라서 좋다는 건 100퍼센트 진심이었다.

두 손바닥을 붙여 사탕을 들고 있던 경주가 씩 웃었다. 경주를 보다가 나도 따라 웃었다.

사탕 하나를 더 까서 먹는데 핸드폰이 진동했다.

[석영원한사랑: 그래]

꽤나 간결한 답장에 뭔가 기분이 상했다. 뭐야, 답장이 이게 다야? 별것도 아닌데 괜히 꿍해지려고 하는 찰나, 뒤이어 메시지가 들어왔다.

[석영원한사랑: 내년에도 줄 거야]

뒤이어 들어온 메시지에 피식, 웃음이 나왔다. 임석영에게 보낼 이모티콘을 고르는데 메시지가 또 들어왔다.

[석영원한사랑: 내후년에도 줄 거고]

[석영원한사랑: 평생 줄 거야]

멍하니 메시지를 들여다봤다. 평생이라는 두 글자에 괜히 뭉클해진 탓이다.

"뭐야……."

평생 안 주기만 해봐라.

히죽 웃으면서 답장은 딱딱하게 보냈다.

[기대하마]

△ ○ ☆

복학 기념으로 비상금을 털어 임석영에게 갈비를 사줬다.

내가 살게! 많이 먹어! 말하고 들어간 식당에서 임석영은 열심히 굽고 나는 열심히 먹었다. 석영아, 왜 너는 안 먹어? 너도 먹어, 하고 말했지만 쌈 하나 싸주지 않는 나를 보며 임석영은 불판을 갈아달라고 했다.

식당에서 나와 밤길을 걸었다. 고기를 굽는 연기에 갇혀 있다가 나온 탓에 밤공기가 선선하니 좋았다. 길옆으로 높은 화단이 하나 있었다. 걸음을 옮겨 화단에 올라앉자 임석영이 천천히 걸어와 내 앞에 선다.

임석영은 서고, 나는 화단에 앉으니 눈높이가 얼추 비슷해졌다. 두 다리를 허공에서 물장구를 치듯 교차하며 흔들었다.

"야, 아직도 갈비 냄새 나는 거 같아."

팔에 코를 묻고 킁킁거리자 임석영이 나를 따라 하듯 제 팔에 코를 묻었다.

"안 나는데."

"안 나? 너 코 막힌 거 아니야? 풀풀 나는데."

앞에 선 임석영의 옷을 끌어다가 코를 대고 킁킁거렸다.

안 나기는…….

"나잖아."

빤히 나를 내려다보던 임석영이 씩 웃는다. 입술을 꾹 붙인 채 늘이자 한쪽 볼에 보조개가 점처럼 파였다. 임석영은 웃을 때 한쪽 볼에만 보조개가 파였는데 그게 사람 눈을 묘하게 끌어당겼다.

물장구치듯 움직이는 내 발을 내려다보던 임석영이 내 뺨에 붙은 머리칼을 귀 뒤로 넘겨주며 말했다.

"나 너한테 줄 거 있는데."

멀뚱히 임석영의 행동을 봤다. 가방 속으로 임석영의 손이 깊게 들어갔다. 들어갈 땐 임석영 손뿐이었는데 나올 때는 흰색 운동화와 함께였다.

"뭔데 이게?"

"복학 선물."

"이거 아니야?"

손을 올려 머리에 꽂혀 있는 머리핀을 가리키자 임석영이 그것도 맞고, 하며 무릎을 쪼그려 앉았다.

"임석영 완전 이벤트 장인이었네……."

혼잣말처럼 뱉은 말에 임석영이 어이없다는 듯 웃는다.

"주고 싶어서 주는 거야, 그냥."

다가오는 임석영의 손에 훅 뒤로 발을 뺐다. 그러자 임석영이 고개를 올려다 나를 본다.

"왜?"

"시, 신발을, 벗기게?"

"신어봐야지."

임석영이 신발을 두 손으로 잡아 벗겼다. 발목을 감아오는 손길에 순간 몸이 흠칫 떨렸다.

두 손으로 화단의 테두리를 짚은 채 내 아래 쪼그리고 앉아 있는 임석영의 모습을 보았다. 숱이 많은 머리칼이 임석영의 머리를 가지런히 덮고 있다.

임석영이 내 발목을 잡은 채 운동화 뒤축이 꺾이지 않게 뒤꿈치를 밀어 넣었다. 조심스러운 손길에 발목이 간질거렸다.

"신발 선물하면 그거 신고 도망간다고 하잖아."

끈을 매듭지어 묶은 임석영이 고개를 든다.

"그래서 또 도망이라도 가게? 이런 거 선물 안 해도 잘만 가던데, 도망."

"야, 그건……."

"닭 날개 먹으면 바람피운다고 하는데, 김누리 못 먹게 해야겠다."

"헐? 닭이 무슨 죄가 있어?"

"이 신발은 무슨 죄가 있어, 그럼."

누가 죄가 있다고 했나. 그냥 그런 말이 있다, 그거지.

"진짜 또 말없이 사라지면 나 운다."

임석영이 운동화 앞코를 툭툭 두드리며 말했다.

"잘 맞네."

임석영의 무릎을 가볍게 툭 쳤다.

"고마워. 잘 신을게."

히죽 웃은 임석영이 시선을 내렸다. 임석영의 손이 종아리에 닿았다. 엄지손가락이 부드럽게 종아리를 쓸었다. 집요하게 한 곳만 쓸어내리는 손길에 몸이 굳었다.

"여긴 왜 이래?"

손이 닿아 있는 곳을 보았다. 오토바이를 타고 배달을 하다가 배기통에 덴 자국이었다. 배기통 더럽게 뜨겁네! 하고 말았는데, 화상을 입은 것처럼 진물이 차오르더니 검게 자국이 남았다.

"아…… 별거 아니야. 오토바이에 데었어."

허리를 숙이고 쓱쓱, 종아리를 쓸어내리며 임석영의 손을 떨어트리려는데 내 손 위로 임석영이 손을 올려 겹쳐 잡았다.

"많이도 데었다."

임석영의 눈이 내 종아리를 훑는 게 보였다. 어둡게 남은 자국이 괜히 민망해 다리를 겹쳤다. 그런다고 해서 감춰지지 않는 다는 걸 알았다. 숨기려고 해도 숨겨지지 않는 것들이 있었다.

중학교 때 같은 반 친구 중에 유독 나프탈렌 냄새가 심하게 나는 애가 있었다. 아이들은 걔와 짝이 되는 걸 싫어했고, 그 아이는 그걸 애써 모른 척했다.

말로 하지 않아도 알게 되는 것들이 있다. 우리는 그것을 숨길 수 없고, 그저 각자의 방식으로 받아들인다.

종아리의 상처도 내가 지나온 시간에 대한 흔적이자 설명이었다. 퍽 마음에 드는 흔적은 아니라서, 임석영에게 들키고 싶지 않았을 뿐인데.

"그만 봐."

발을 화단 벽에 툭툭 부딪쳤다. 잠깐 떨어졌던 임석영의 손이 종아리에 따뜻하게 닿았다. 그러다 불쑥 얼굴이 가까워졌다. 눈을 휘둥그레 뜨는 순간 임석영의 입술이 어둡게 상처가 아문 곳에 지그시 닿았다.

"어, 어, 야."

임석영의 어깨를 잡아 밀어냈다. 한 손으로 내 종아리를 그러잡은 임석영이 무표정한 얼굴로 눈을 맞췄다. 허리를 숙인 탓에 마주 본 거리가 가까웠다. 시선이 맞물린다.

"……뭐야, 왜 그렇게 보는데."

툴툴거리듯 말을 뱉고 허리를 폈다.

"보면 안 돼?"

임석영이 그렇게 말하며 일어난다. 머리를 쓰다듬더니 느지막이 입을 연다.

"있잖아, 나는 네가 보는 풍경들이 항상 궁금했어. 그 속에서 내가 어떤 모습일지도. 내가 바라본 풍경 속에는 항상 네가 있었거든."

"……."

"그게 너무 이상했어. 내가 바라본 곳에 늘 네가 있다는 게. 그러다가 나중에는 생각했어. 네가 바라본 곳에도 늘 내가 있었으면 좋겠다고."

임석영이 덤덤하게 말을 이었다.

"네가 나를 상상했으면 좋겠다고, 그렇게 생각했어. 나는 매일 너를 상상했거든."

마주 보고 선 임석영이 내 이마 위에 손을 가볍게 얹었다. 앞머리를 만지작거리다가 부드럽게 쓸어 넘긴다.

임석영의 뒤로 꽃망울이 없는 나뭇가지가 밤을 가로질렀다. 며칠 뒤면 저 마른 가지에 분홍색 꽃망울이 생겨나고, 하나둘 꽃이 피어나다가, 만개할 것이다. 불어오는 바람에 꽃잎이 날리는 모습을 상상했다.

이 길을 걸었던 우리를 떠올렸다. 그날, 눈을 돌릴 때마다 맞물리던 임석영의 시선이, 그 무심한 낯이, 그러나 이따금씩 흔들리던 눈빛이 생각났다.

아마도, 어쩌면, 우리는 그날부터 서로에게 마음을 쏟았는지도 모르겠다.

"석영아."

"응?"

"여기 벚꽃 피면 또 오자, 우리."

물끄러미 나를 보던 임석영이 입술을 늘이며 기분 좋게 웃었다. 한쪽 뺨에 보조개가 깊게 파인다.

상체를 기울인 임석영이 내 이마에 지그시 입을 맞췄다. 눈꺼풀을 내리자 보이던 풍경이 잘려 나가며 검은 고요가 밀려들었다.

이마에서 떨어진 입술이 미끄러지듯 옆으로 내려와 귓가에 닿았다. 순간 온몸의 털이 쭈뼛 서는 듯해 흠칫 몸을 떨었다.

"누리야, 늘 내 곁에서 오늘을 살아줘."

임석영의 목소리가 바람처럼 곳곳에 스몄다. 가슴이 두근거리고, 안에서부터 무언가 뜨거워졌다. 코끝이 찡해지는데, 입술은 호선을 그리며 올라갔다.

참으로 알 수 없는 감정이었다. 이 밤이 끝나가는 것 같아 슬프고, 깊어가는 것 같아 좋았다.

꾹 감고 있던 눈꺼풀을 천천히 올렸다. 귓바퀴로 임석영의 입술이 가볍게 스치고, 속삭이는 듯한 목소리가 귀에 감겼다.

"그게 내 소망이야."

시야로 임석영이 들어왔다. 정확하게 시선이 맞물렸다. 가까이 마주 본 눈동자에 내 얼굴이 비쳤다. 가장 진실 되고 투명한 문처럼, 내 마음이 비쳤다.

씩, 입술을 늘여 웃자 임석영도 입술을 늘여 웃었다. 임석영의 한쪽 뺨에 보조개가 파였다.

chapter 10. 뜨거운 날에 홍차 한 스푼

네 안에 내가 머무는 집이 있다면, 그건 보조개가 파이는 너의 뺨이면 좋겠다. 늘 네 웃음 속에 내가 있었으면 좋겠다. 그런 생각을 하며 호선을 그린 입술에 입을 맞췄다.

입을 맞춘 채 숨을 들이켜자 비누 향이, 임석영에게 붙어 설 때마다 맡아지던 그 냄새가 은근하게 숨에 섞여 들었다. 석영이가 내 아랫입술을 포개어 물었다. 맞물린 입술 사이로 뜨거운 숨이 닿는다.

너와 있을 때, 나는 늘 뜨거워지는 것 같다.

입술을 떼면 임석영에게 말해 줘야겠다고 생각했다. 아무래도 내가 너를 많이 좋아하는 것 같다고.

서늘한 바람이 머리칼을 스쳤다. 봄 냄새가 우리 주변을 맴도는 것처럼 느껴졌다. 꽃망울을 준비하는 나뭇가지들이 우리를 내려다보고, 그 사이에서 우리는 서로의 숨을 나눈다.

살랑, 불어오는 바람에 임석영의 향이 내게로 쏟아진다. 마주 보는 마음과 함께.

- fin.

side story 1
그 이후

[내 친구 누리에게.

누리야, 안녕. 잘 지내니? 나는 죽지 못해 살고 있어.

나는 네 안부가 궁금해서 이렇게 편지를 쓰는데, 요즘 너 통 답장이 없다?

네가 지역번호 보고 내 전화를 피한다는 소문이 있어. 아닐 거라고 믿는다. 아니지? 우리 우정이 그렇게 가벼울 리가 없잖아. 난 널 믿어.

혹시 나 몰래 이사 간 거니? 주소 바뀐 거면 알려줬겠지?

네가 궁금할까 내 근황을 적어.

나 수연이랑 헤어졌어……. 기다리기 힘들다고 내게 이별을 고했다. 찬영이는 고무신 거꾸로 신는 것보다 낫지 않냐고 하는데, 뭐 좋게 생각하기로 했어.

너는 어떻게 임석영 그 새끼를 기다렸니……? 불멸의 사랑이야 뭐야? 부러워서 이러는 거 아니다.

아무튼 헤어진 날 조금 울었다고 모두에게 관심병사 취급을 받고 있어. 다들 잘 챙겨줘. 그래서 요즘 계속 슬픈 얼굴을 하고 있어. 수연이 때문은 아니야. 나쁜 수연이.

나 곧 휴가 나가는데 애들이랑 같이 보자. 엽떡 너무 먹고 싶어. 제발 같이 먹어주라.

왠지 네가 여기까지 읽지도 않을 것 같아서 할 말은 많지만 이만 줄일게.

누리야, 답장…… 꼭 해. 안녕.

아! 그리고 너 술 좀 작작 마시고 다녀라. 소문이 파다하다. 술 취해서 길 곳곳에서 발견된다고.

진짜 안녕.

너의 편지를 애타게 기다리는 윤수가.]

"너 윤수한테 나 술 많이 마신다고 한탄이라도 했냐?"

편지를 접으며 묻자 앞에서 빨대를 입에 물고 딸기 스무디를 쪽쪽 들이켜던 석영이가 눈을 올린다.

"윤수가 그래? 줘봐."

석영이가 편지를 가져가려고 해 홱 손을 뒤로 거뒀다.

"야, 내가 술을 마시면 얼마나 마신다고."

그 말에 석영이의 입이 작게 벌어진다.

"얼마나? 500cc 잔에 소맥 말아서 마시는 게 얼마나야?"

"아, 그건 선배가……."

"그러니까. 술 강요한다는 그 망할 선배. 그 선배가 있는 술자리에 왜 자꾸 끼냐고."

며칠 전에 애써 잘 마무리한 주제가 남윤수 때문에 다시 튀어나온다.

선배 이름은 김광수. 학교의 온갖 행사에 빠지지 않고 참석하며 후배들을 술의 구렁텅이에서 놓아주지 않았다.

술을 건네는 방법은 다양했다. 처음엔 인사로 한 잔, 그러다 기분이 좋으니까 한 잔, 술잔을 기울이는 게 뜸해질 즈음엔 게임으로, 벌칙으로 몇 잔, 나중에는 주도를 안 지켰다며 교육이라는 명목으로 몇 잔.

군대에 있을 때 석영이의 가장 큰 스트레스는 내가 술병으로 골골 앓는 거였다.

처음에는 선배의 술 강요가 힘들어서 하소연을 하다가 나중에는 것도 내 무덤을 파는 것 같아서 술에 관한 이야기를 일절 함구했다.

하지만 석영이가 군을 제대한 후에도 김광수는 과에 남아 있었고, 새파랗게 어린 학번에 속하는 나는 과 단합, 동기 사랑 등의 여러 명목으로 발을 붙잡혔다.

석영이가 보기에 김광수는 눈깔부터가 음흉한 새끼였다. 그래서 김광수가 있는 술자리는 무조건 가지 않기를 원했다.

요리조리 잘 피해 다녔고, 꽤나 성공적이었다고 생각했다. 전공 필수 강의에서 재수강으로 들어온 김광수를 만나기 전까지는.

조별 과제가 생겨났고, 김광수와 조가 되었다. 그게 사건의 발단이었다.

몇 주 전.

"얘들아, 고생 많았다."

교수님이 나간 강의실에서 김광수가 민수의 어깨에 팔을 두르며 말했다.

민수는 유난히 선배들을 어려워해서 김광수에게 자료 내놔라, 오늘까지는 진짜 내놔야 한다, 그런 말을 못 했다. 결국 민수는 저 홀로 김광수의 몫까지 자료를 준비해야 했다. 민수의 강의 노트에 '김광수 시발 새끼'라고 적혀 있던 낙서를 봤지만 못 본 척해줬다.

"발표도 끝났는데, 치맥이나 먹자."

"저 오늘 지갑 안 가져왔어요."

어떻게든 자리를 무산시키고자 뱉은 말에 김광수가 국민은행 봉투를 꺼내 든다.

"우리 지각비 걷은 걸로 먹어야지."

조별 모임에 안 나온 사람은 사정 봐주지 않고 지각비를 냈는데, 김광수 돈이나 다름없었다. 봉투 안에 든 돈의 9할이 김광수의 것이었다.

"누리, 너 안 갈 거야?"

고민했다. 김광수가 있는 자리는 싫은데, 김광수 지각비를 쓰는 곳에 빠지면 배가 아플 것 같다. 저 새끼 때문에 내가 얼마나 고생을 했는데.

"아니요? 가요, 가."

다음 모임 자리를 만들 수 없도록 저 봉투를 거덜 낼 목표를 가지고 함께 이동했다.

어중간하게 술이 오르는 걸 싫어하는 김광수는 소주병을 들고 모두의 잔을 가정 방문 하듯 들렀다.

"선배……."

민수가 맥주에서 소맥이 된 자신의 술잔을 보고 아연실색했다.

"야야, 이거 딱 한 잔만 마시고 가자. 응?"

"한 잔이 치사량인데요?"

내 말에 김광수가 막 웃는다. 눈치도 없다. 지금 네가 분위기를 망치고 있다, 그 이야기를 하는 건데, 뭐가 좋다고 웃어…….

"너무 쓰면 안 마셔도 돼. 그런데 이렇게 마셔야 맛있거든. 그리고 어중간하게 마시면 애매해."

너만 애매하겠지, 새끼야, 생각하며 답답한 속을 술로 달랬다.

닭다리나 빨리 뜯고 자리를 뜰 생각이었다. 그런데 과제 한다고 전날 밤을 새워서 그런지 술이 잘 안 받는 느낌이 들었다.

"민수야, 나 화장실 갔다 올게."

"응. 어디인 줄 알지?"

고개를 끄덕이고 자리에서 일어났다. 의자를 뒤로 빼고 일어나려는데 바닥이 끈적거려 그런지 의자가 뒤로 안 밀렸다. 삐걱대다 멈춰버린 의자에 몸만 뒤로 기울었다.

헛, 씨, 하며 팔을 휘두르다가 아무거나 붙잡았다. 바닥으로 넘어갈 뻔했던 몸이 다행히도 중심을 잡았다.

side story 1. 그 이후

"어어, 후배님, 왜 그래? 취했어?"

휘두르며 붙잡은 게 김광수의 팔이었다. 다행인지 불행인지 김광수가 내 어깨를 잡아 중심을 잡을 수 있었다. 모양새가 조금 이상하긴 했다.

"누리 언니, 괜찮아요?"

"어어, 괜찮아."

걱정하는 동기들에게 웃어 보이며 몸을 일으키는데, 입구 앞에 서서 나를 보는 석영이를 발견했다.

머리가 단계를 넘어가듯 상황을 인식했다. 석영이다. 석영이가 나를 보고 있다. 김광수가 나를 부축한다. 나는 술을 한 잔만 마셔도 얼굴이 붉어진다. 얼굴이 붉으면 취한 것처럼 보이고, 석영이는 김광수를 싫어한다.

"야, 석영아, 안 들어오고 뭐 해?"

주변으로 석영의 과 친구들이 보였다. 그러니까, 석영이 너도 치킨 먹으러 왔구나······.

정말 운이 지지리 없게도 석영이가 치킨 집에 과 친구들과 입장했다.

"누리야."

조원들의 시선이 동시에 위로 향한다. 거기에 석영이가 굳은 얼굴을 하고 서 있었다.

"잠깐 나 좀 봐."

그렇게 말하고는 혼자 나가버렸다. 누가 봐도 찬 기운이 풀풀 날렸다.

"누구야?"

"누리 남친이요."

"아아, 졸라 잘생겼네."

속닥이는 조원들을 뒤로하고 가게 밖으로 나갔다. 가게 옆 길목에 서 있는 석영이가 보였다. 다가가자 이 상황이 매우 못마땅한 얼굴로 나를 본다.

"술 많이 마셨어?"

"아니. 나 생맥 한 잔도 다 안 마셨어."

"그런데 몸도 못 가눠?"

"그런 거 아니야. 일어나려는데 의자가 안 움직여서 그랬어. 취해서 그런 거 아니야."

등받이도 없는 의자가 삐걱대서 몸이 반동했을 뿐인데, 석영이 눈에는 내가 만취한 걸로 보였단다.

"저 새끼 술 들어가면 이상해진다며. 내가 저 사람 되도록 피하라고 했잖아. 특히 술자리는……."

"조별 과제 뒤풀이라니까. 나만 빠질 수도 없잖아."

"과제가 뭐 별거라고 뒤풀이까지 해?"

이 말은 조금 상처가 됐다. 과제 별거 아닐 수 있지. 그런데 이것도 나름 내 생활의 일부인데 싸잡아 무시당하는 기분이 들었다.

"아니, 그런데 내가 무슨 큰 잘못이라도 했어? 나는 과제 뒤풀이도 하면 안 돼? 너도 축구 하고 뒤풀이하잖아."

"네가 자꾸 취하니까 그렇지."

"야, 술 좀 취하면 안 되냐? 내가 뭐 길바닥에서 잠들기를 했어 어쨌어?"

조금 감정이 격해졌다. 쓸데없는 감정 과잉이라 생각되었지만, 물러설 생각은 없었다. 취하진 않았지만, 어느 정도 몸으로 흡수된 알코올 때문인 것 같았다.

"저번에 길바닥에 누워 있었잖아."

잊고 있던 기억이 떠올랐다. 방금 말은 하지 말걸, 하고 후회가 밀려든다. 할 말이 없는데, 섭섭하긴 하고, 괜히 씨근덕거리며 석영이를 노려봤다.

"가방 챙겨서 나와. 데려다줄게."

"싫어."

감정이 과잉된 결과가 이거다. 석영이가 무슨 말을 하든 그 반대로 작용하는 것. 이러면 안 된다는 걸 알면서도, 걷잡을 수 없이 삐뚤어졌다.

"이것도 나름의 내 약속이고 관계야. 무시당한 것 같아서 솔직히 기분이 그래."

둘 다 잠시 침묵했다. 석영이가 한숨을 뱉으며 침묵을 깬다.

"알았어."

그렇게 그냥 갈라졌다. 석영이도 나를 따라 가게로 들어와 제 친구들에게로 갔을 줄 알았는데, 자리에 앉고 보니 없었다. 그냥 그대로 가버린 건가. 아니, 화를 낼 사람은 난데 왜 지가 그래? 마음 한구석이 불편했지만 연락하지 않았다.

자리를 정리하고 일어났다. 저쪽에 앉아 있는 석영이의 친구들이 과 사람들과 나가는 나를 봤다. 그중 한 명과는 안면이 있는지라 눈인사를 했다.

핸드폰에 아무런 연락이 안 들어왔다.

"해보자 이거지."

술도 마셨겠다, 심술만 올랐다.

하루 내내 석영이는 연락이 없었고 물론 나도 안 했다. 연락은 안 했으나 애먼 핸드폰만 붙잡고 대화창을 열었다가 닫기를 반복했다.

어이가 없네, 하는 말을 한 100번 정도 되뇌고는 잠이 들었다.

강의실에 들어오는 내 얼굴이 어딘가 불퉁했는지, 먼저 와 있던 연주가 눈을 동그랗게 뜨고 묻는다.

"언니? 무슨 일 있어요?"

"아니, 왜?"

"그냥, 무슨 일 있는 것 같아서요."

"아무 일도 없는데?"

하하, 하고 웃으며 핸드폰을 확인했다. 액정을 깨우자 시간만 뜬다.

임석영……. 오늘도 연락을 안 한다 이거냐.

콧바람을 뿜으며 핸드폰을 넣었다. 강의가 귀에 하나도 안 들어왔다. 신경이 오로지 연락 없는 석영이에게만 쏠렸다. 앞자리에 앉은 연주의 등 뒤에 핸드폰을 숨기고 석영이와 나눈 메시지를 훑었다. 엄지가 키패드 위에 올라갔다가 물러나기를 반복했다.

[석영아 어제는 내가]

아, 아니야.

다다닥, 입력한 메시지를 지웠다.

[야 너 왜 연락을 안 하냐]

고민하다가 이것도 지웠다.

[화났어?]

이게 가장 적절한 내용 같았으나, 보내지 않고 그대로 메시지 창을 내렸다. 사소한 문제였는데, 이게 뭐라고 우리가 하루 동안 연락을 안 하게 된 건지. 한숨을 내뱉으며 이마를 짚었다. 강의고 뭐고 집에 가고 싶다.

"언니, 공강이죠? 카페 갈까요?"

연주가 팔짱을 끼며 묻는다.

"그래. 단거 먹어야지. 오늘은 휘핑을 두 배로 올려달라고 해야겠어."

"네네! 케이크도 먹어요!"

피식 웃으며 강의실을 나서는데 복도 한쪽에 서 있는 석영이가 보였다. 나를 발견하더니 이쪽을 향해 온다.

"어? 석영 오빠?"

"안녕, 연주야."

"언니 만나러 왔어요? 언니 기분 안 좋아 보여서 휘핑 잔뜩 올라간 커피 마시러 가는 길인데! 같이 가요."

멋쩍게 웃는 석영이의 손에 테이크아웃 해 온 일회용 컵이 한 개 있다.

"아······."

연주가 작게 탄식하고.

"미안. 누리 것만 사 왔네."

"아니에요."

눈치를 살피던 연주가 언니, 아무래도 카페는 다음에 가야겠네요, 하며 팔짱을 풀었다.

"저 그럼 먼저 가볼게요."

연주가 인사를 하고 멀어졌다. 하이 톤의 연주가 사라지고 나니 어쩐지 어색한 공기가 맴돈다.

"네가 좋아하는 코코아야."

"코코아는 네가 좋아하는 거잖아."

툴툴거리듯 말을 뱉자 석영이가 아니야, 하며 내 손에 컵을 쥐여준다. 꽤 오래 기다렸는지 손에 쥔 컵이 조금 식었다.

코코아를 홀짝거리며 캠퍼스를 걸었다. 목적지 없이 그냥 걷는 걸음이었다. 나를 찾아온 석영이는 할 말이 많은 얼굴이었으나 걷는 내내 침묵했다. 코코아를 다 마셔갈 즈음 석영이가 먼저 입을 열었다.

"미안해."

침묵이 깨져서인지 자연스레 걸음이 멈췄다. 몸을 돌려 마주보자, 석영이의 시선이 내게 닿는다.

"네가 가는 자리를 무시하려던 건 아니었어."

"……."

"강수인지 광수인지, 그 변태 새끼가 너를 그렇게 잡고 있어서 순간 말이 헛나왔어. 그건 내가 잘못했어."

석영이를 보다가, 시선을 내려 손에 들고 있는 컵 안을 들여다봤다. 밑바닥에 남은 코코아가 새카맣게 보였다.

"화 많이 났어?"

고개를 숙인 채, 눈만 흘긋 올렸다. 스스로도 새침한 표정을 하고 있다고 느꼈지만, 얼마 못 가 웃고 말았다.

"코코아 마시고 다 풀렸어."

석영이가 내 손을 잡는다.

"네 일에 내가 이래라저래라 하는 것 같아서 그렇긴 한데, 나는 진짜 네가 그 사람 있는 술자리는 안 갔으면 좋겠어. 이건 좀 들어주면 안 돼? 불안해서 그래."

"뭐, 알았어."

"우리 강수인지 광수인지 망할 놈 때문에 싸우지 말자."

"응."

그렇게 하루 걸려 화해한 거였는데. 남윤수 이 새끼 때문에 좋았던 분위기가 다시 흔들리고 있다.

"아, 그 이야기는 그만하자."

내 말에 석영이가 불만스러운 얼굴로 다시 빨대를 입에 문다. 징, 핸드폰이 진동했다. 꺼내 보자 동기 연주의 메시지다.

[언니 어디십니까! 저희는 지금 빵빵주막 가고 있습니다!]

빵빵주막. 학교 후문에 있는 막걸리 집으로, 빈대떡이 예술이었다.

오늘 동기 지은이의 생일이라 빈대떡에 막걸리를 마시며 생크림 케이크를 먹기로 했다. 참 어울리지 않는 조합이다 싶었지만 애들의 초대를 거절하기도 뭣해서 며칠 전에 가겠다고 응한 약속이었다.

막걸리도 술인데. 이 상황에 또 술 마시러 간다고 하면 왠지 며칠 전에 애써 묻은 감정들이 다시 튀어 올라 다투게 될 것 같았다.

"오늘 뭐 해?"

"어?"

석영이가 빨대로 스무디를 휘휘 저으며 눈을 맞춘다.

"학교 끝나고 약속 있어?"

"오늘 지은이 생일이라 같이 밥 먹기로 했어."

"과 애들이랑?"

"응."

빨대로 남은 음료를 푹푹 찌르며 석영이가 고개를 끄덕인다.

"몇 시에 가야 되는데?"

"어, 지금?"

"빨리도 가네."

아쉬운 듯 입술을 삐죽인 석영이가 테이블 위에 올려둔 내 손 위에 자신의 손을 겹친다.

"김누리. 나 너랑 싸우기 싫어."

side story 1. 그 이후

빤히 보다가 손바닥을 뒤집어 녀석의 손을 잡았다.

"난 뭐 너랑 싸우고 싶냐."

"그 생일 파티에 망할 선배도 오는 거 아니지?"

"동기들끼리만 보는 거야. 것도 몇 명 안 돼. 한, 일곱 명?"

"기다릴까?"

석영이가 상체를 살짝 앞으로 당기며 묻는다.

"됐어. 어차피 우리 내일 오전 수업 있잖아. 괜히 피곤하다고 지각하지 말고 가."

석영이의 입에서 바람 빠지는 소리가 샌다. 서운한 기색이 역력한 게 이럴 때 보면 영락없이 애다.

잡고 있는 손을 놓고 석영이의 손목에 있는 고무줄을 잡아당겨 그의 손에서 빼냈다. 카페에 들어와서 꼼지락거리며 장난치다가 내 손목에서 빼 간 고무줄이었다.

손가락 사이에 고무줄을 끼우고 머리를 올렸다. 손가락으로 빗질을 하며 흘러내린 머리카락을 주워 올리는 나를 석영이가 바라본다.

"왜?"

고무줄로 머리를 묶으며 물었다.

"예뻐서."

뜬금없는 말에 픽 웃음이 터졌다.

"그런데 앞머리 안 자르네. 기르려고?"

"응. 자꾸 자르는 것도 귀찮아서."

석영이가 고개를 작게 끄덕인다. 머리를 다 묶고 손을 내리자 석영이의 손이 얼굴 쪽으로 다가온다. 가까워진 손가락이 이마를 가르고 내려온 앞머리를 집어 옆으로 넘겨준다.

"집에 갈 때 연락해."

"응. 알았어."

물끄러미 나를 보던 석영이가 미소를 지으며 테이블을 정리했다.

△ ○ ☆

"어! 누리 언니 왔다!"

연주가 입구에 들어선 나를 가리키며 손뼉을 딱 쳤다. 오긴 왔는데, 그대로 굳었다. 분명 동기들 몇 명만 온다고 했는데. 테이블 다섯 개가 기차처럼 붙어 있었다.

어리둥절한 얼굴로 서 있자 뒤에서 누군가 어깨를 툭 치며 정신을 깨웠다. 뒤돌아보자 선배가 담배 냄새를 풍기며 들어온다.

"안 들어가고 뭐 하냐."

"아? 아······."

뭐야. 어쩌다가 우리 과 사람들의 잔치로 바뀌었어.

연주의 옆으로 가 앉았다.

"뭐야? 왜 이렇게 사람이 많아?"

귀에 대고 속삭이자 연주가 똑같이 내 귀에 대고 속삭인다.

"아니, 우리 오고 몇 분 뒤에 선배들이 와가지고, 합석하게

side story 1. 그 이후

됐어요. 지은이가 현우 오빠 좋아하잖아요."

아, 망할. 괜히 왔다, 생각이 드는 찰나 내 앞으로 술잔이 둔탁한 소리를 내며 놓인다. 고개를 들자 술잔을 놓은 사람과 눈이 마주친다.

"후배님, 늦었다?"

김광수. 아, 미친, 개 망할.

차마 오자마자 간다고 할 수는 없어서 한 시간만 있다가 가려고 했다. 지은이의 생일은 정말 너무 축하하고 싶지만, 김광수가 있으면 석영이와 싸울 확률이 커진다.

[누리야 뭐 먹어?]

석영이의 메시지에 빈대떡, 하고 쓰다가 누가 봐도 술안주라서 내용을 지우고 닭발이라고 입력해 전송했다. 빈대떡도 시켰고 닭발도 시켰으니까. 거짓말은 아니다.

[닭발? 생일 파티 메뉴치고 과격하네]

석영이는 닭발을 못 먹었다. 과격하다는 표현이 웃겨서 픽 웃자 앞에서 김광수가 내 술잔을 툭툭 두드린다.

"매너 없게 핸드폰만 보네?"

술자리에서 제일 매너 없는 사람이 매너를 찾고 있으니 웃기는 노릇이다. 핸드폰을 뒤집어 내려놓고 술잔을 들었다. 김광수가 넘칠 듯 막걸리를 따른다.

개새끼야…….

입술을 꾹 문 채 어색하게 웃었다.

"아! 맞다. 지은이 생일 케이크 안 잘랐다!"

이제 생각난 듯 연주가 손뼉을 쳤다. 그러곤 빈 테이블 위에 올려두었던 케이크 상자를 가져와 부랴부랴 초를 꽂았다. 기다란 초 두 개와 작은 초 한 개가 생크림 케이크에 푹 꽂혔다.

"어? 이거 쓰라고 챙겨 온 거 같은데?"

마침 지은의 옆자리에 앉아 있던 현우 선배가 테이블 위에 있는 고깔모자를 건넨다.

"으아…… 이거 써야 돼요?"

지은이 낯간지럽다는 듯 모자를 건네받지 않자 현우 선배가 직접 지은의 머리 위에 모자를 씌워준다. 그 모습을 보며 연주가 헙, 소리를 내며 입을 막고 내 몸을 쿡쿡 찌른다.

"언니, 곧 사귀겠는데요."

그러곤 그렇게 속삭인다. 피식 웃으며 고개를 끄덕였다. 그런 것 같다, 하면서.

박수를 짝짝 치면서 생일 축하 노래까지 부르자 지은이 발그레한 얼굴을 하고 기분 좋게 웃었다. 초에 붙은 불을 끄고, 케이크를 커팅하고, 그렇게 생일 파티의 가장 중요한 대목을 끝낸 것 같아 슬슬 일어날 타이밍을 살피는데 갑자기 김광수가 생일주를 말기 시작했다.

염병, 지금 뭐 하는 짓?

"이거 안 마시면 우리가 불러준 노래 다시 토해내야 돼."

무슨 되도 않는 말을 하면서 막걸리 잔에 소맥을 말고, 케이크를 넣고, 빈대떡을 넣었다. 그걸 보는 지은의 얼굴이 사색이 되었다.

몇몇 아이들은 더 하라며 동조했고, 배를 잡고 웃었고, 몇몇 아이들은 얼굴을 찌푸리며 그만하라고 했다.

"선배, 지은이 술 약해요······."

연주가 의기소침하게 말하며 끼어들자 김광수가 눈을 동그 랗게 뜨며 그래? 했다.

"네."

지은이 고개를 끄덕였다. 네가 그것을 아무리 말아도 지은이는 마시지 못할 것이다. 그러니 그만하는 것이 아니고 아예 마시게 하지 말아야 한다, 그런 뜻이었다.

우리 모두 그 말을 알아먹었는데, 김광수 이 미친 새끼만 못 알아먹은 모양이었다.

"그럼 지은이 대신 다른 사람이 마셔주면 되겠네."

김광수가 콧노래까지 흥얼거리며 생일주를 완성했다. 네가 마시면 되겠네. 그 말이 턱 끝까지 차올랐다.

엉망진창이 된 막걸리 잔이 지은의 앞에 놓였다. 지은이가 곧 울 것 같은 얼굴을 하고 생크림으로 범벅이 된 생일주를 바라봤다.

"광수 형, 이걸 어떻게 마셔요."

현우 선배가 웃는 얼굴로 말하자 김광수가 야, 나 신입생 때는 이런 거 매일 마셨어, 하며 거들먹거린다.

새끼야, 우리가 너냐고.

눈치 없는 애들이 마셔라, 안 마시면 어깨가 빠진다, 어쩌고 저쩌고 하며 노래를 불러재꼈다.

"지은아, 선배들 목쉬겠다. 언제 마셔? 내일 마실 거야?"

눈을 가늘게 뜨고 앞에 앉은 김광수를 노려봤다. 머리에 뭐가 들었는지. 에휴, 하는 한숨이 샌다.

"선배님, 이 자리 선배님이 쏘시는 건가 보네요? 생일주도 말아주시고."

내 말에 김광수의 안색이 어둡게 변한다.

"뭐?"

"자기 돈 내는 자리에서 이런 강요 받으면 억울하잖아요. 안 그러냐, 연주야?"

옆에 있는 연주를 돌아보자 잔뜩 언 연주가 눈치를 살피며 고개를 끄덕인다.

"그, 그렇, 그렇죠. 요즘 시대가……."

김광수와 눈이 마주쳤는지 점점 작아지던 연주의 목소리가 뒷말을 삼킨다.

분위기가 묘해졌다. 이럴 때마다 나는 애매한 기분이 되고는 했다. 말도 안 되는 행동을 일삼는 김광수에게 엿을 날려주고 싶다가도 분위기가 엉망이 되는 것 같아서 눈치를 보게 됐다.

어디서 남의 생일에 초를 치는 거냐, 맛도 없이 괴상하게 섞어놓은 이 술은 너나 마셔라, 태어나지 말았어야 할 새끼 김광수야, 별의별 욕이 턱 끝까지 차오르는데 결국 한 마디도 뱉지 못했다.

"지은아, 내가 대신 마셔줄게."

테이블 위로 손을 내민 것은, 아마도, 반은 충동적이었다.

side story 1. 그 이후

"……언니."

지은이 울먹이며 나를 본다.

"오? 흑기사 하는 거야?"

"네. 제가 합니다. 대신 지은이가 제 소원 하나 들어주면 되는 거잖아요."

"오, 그렇지. 그렇지."

김광수가 재빠르게 지은의 앞으로 내밀었던 생일주를 내 앞으로 옮겨 온다.

아, 보기만 해도 토할 것 같은 비주얼의 생일주다. 생일주도 꼭 지처럼 말아놨네.

한 손으로 코를 막고 잔을 들었다. 막걸리 잔에 입술을 대는 순간 절로 눈이 질끈 감겼다. 입술에 닿는 생크림의 촉감이 영 별로였다.

"오오오!"

"누리 누나! 대박!"

다 마신 잔을 테이블에 내려놨다. 잔이 부서지진 않았고 쨍, 하는 소리가 울렸다. 연주가 잽싸게 티슈를 뽑아 건네준다. 생크림이 묻은 입술을 문질러 닦고 얼굴을 찌푸렸다.

맛 더럽게 없네.

"자, 저 마셨으니까 지은이한테 소원 빌게요."

"뭐든지!"

지가 들어줄 것도 아니면서 김광수가 큰소리를 친다. 의자에 걸어둔 가방을 챙겨 들고 자리에서 일어났다.

"지은아, 생일 축하해. 나는 이만 갈게. 이게 내 소원."

"어엉?"

김광수가 김빠진다는 얼굴로 나를 봤지만, 소원 무르는 거 없습니다! 하며 후다닥 막걸리 집을 빠져나왔다.

미닫이문을 닫고 몸을 돌렸다.

"이런, 씨……."

너무 역겨웠던 탓일까. 속이 울렁거렸다. 입을 막고 얼굴을 찌푸린 채 몸을 돌렸다. 걸음을 떼려는데 '빵빵주막'이라고 써진 입간판 앞에서 누군가 담배를 입에 문 채 이쪽을 돌아봤다.

"지금 가?"

입간판 앞에 서 있는 김찬영과 방금 내가 문을 닫고 온 가게의 문을 번갈아 봤다. 그러다 가게를 손가락질했다.

"너 여기 있었어?"

김찬영이 담배 불씨를 털어내며 고개를 끄덕인다. 아, 이러면 안 되는데.

순간 난감해졌다. 김찬영도 이 술집에 있었다면, 내가 누구와 함께 술을 마셨는지 봤을 것이다. 만약 이걸 비밀로 해달라고 말하지 않으면 석영이 귀에도 흘러들어 가게 될 텐데. 그건 아마 싸움의 불씨가 되겠지.

"언제 왔어? 난 너 못 봤는데."

"아, 나 안쪽 자리에 있었어. 난 너 들어오는 거 봤는데."

나보다 먼저 와 있었구나. 망했다.

김찬영이 입간판 옆에 있는 쓰레기통에 담배꽁초를 버렸다.

side story 1. 그 이후

뭔가 다시 안으로 들어갈 것 같은 분위기에 그의 옆에 붙어 섰다.

"야, 이거 석영이한테 비밀이야."

"응?"

비밀을 만드는 게 마음이 불편하긴 하지만, 괜한 일로 싸우는 것보다는 나았다.

"나 여기서, 그…… 과 사람들이랑 술 마시고 있던 거."

외투도 없이 밖으로 나온 김찬영이 어깨를 움츠리며 나를 본다.

"왜?"

"어?"

"왜 비밀인데. 여기 온다고 말 안 하고 왔어?"

"아니, 말했는데. 내가 말한 거랑 상황이 좀 달라져서. 석영이가 싫어하는 사람이 저기 있거든……. 같이 술 마신 거 알면 안 돼."

작게 입을 벌린 김찬영이 다시 입을 다문다. 작게 벌어졌다 닫힌 입에서 하얀 입김이 흩어졌다. 뭔가를 고민하던 김찬영이 느지막이 입을 연다.

"상황이 달라졌다고 말하면 되지 않아?"

"아, 그런데 모르는 게 더 나으니까……."

김찬영이 고개를 끄덕인다.

"그건 그렇지. 그런데 여기 지금 눈이 몇 개야. 너 혼자 알고 있는 게 아니면 완벽한 비밀도 아니지 않아? 나중에 알게 되면 더 기분 나쁠걸."

여기 석영이를 아는 사람이라곤 너랑 나밖에 없는데. 너랑 나만 입을 다물면 되지 않을까, 생각하다가 저 안에 김찬영이 있다는 것조차 모르고 있던 사실을 상기했다.

맞는 말이네.

"그래도 네가 비밀로 해달라면 그렇게 할게."

김찬영이 작게 몸을 떨며 나를 본다. 이 추위에 애를 계속 붙잡고 있었네.

"아니야. 네 말이 맞는 거 같아."

"잘 생각했어."

김찬영이 고개를 끄덕이는 찰나 가게 문이 열렸다. 열린 문틈으로 웬 여자아이가 빼꼼 고개를 내민다. 그러더니 나와 김찬영을 번갈아 본다.

"오빠, 안 들어와요?"

"들어갈게."

"네……. 빨리 와요."

단발머리의 여자애가 나를 힐끔 보고는 들어간다.

뭐야, 이 분위기?

눈을 동그랗게 뜨고 김찬영을 봤다. 김찬영이 무심한 낯으로 나를 보다가 눈가를 찌푸린다.

"그런 거 아니거든."

"누가 뭐래?"

픽 웃고는 가방을 고쳐 멨다.

side story 1. 그 이후

"들어가. 나 갈게."

"응."

혹시라도 가게 문을 열고 김광수가 튀어나올까 봐 후다닥 길을 벗어났다.

[석영아 나 집 도착]

학교 근처에서 자취를 하는 탓에 집에 오는 데까지는 그렇게 오랜 시간이 걸리지 않았다. 석영이에게 메시지를 보내놓고 훌러덩 옷을 벗어 던지고 화장실로 들어갔다.

내 보금자리에 들어왔다 이건가. 삽시간에 취기가 올라왔다. 몸이 자꾸 휘청거려 세면대를 붙잡고 양치를 했다.

"와 씨, 힘드네……."

대충 샤워를 마치고 화장실에서 나왔다. 아침에 침대에 벗어둔 티셔츠를 꿰어 입고 침대에 벌러덩 누웠다. 핸드폰을 확인할 생각도 못 하고 연거푸 거친 숨만 내뱉다가, 눈이 무거워지는 것을 느꼈다.

△ O ☆

연달아 울리는 진동에 눈을 비볐다.

"으음……."

이불 위를 더듬어 핸드폰을 찾았다. 진동하는 핸드폰이 손에 잡히고 그대로 통화를 연결했다.

"여보세요······."

― 김누리.

"응."

― 너 진짜 이럴래?

뜬금없이 뾰족하게 날아오는 목소리에 감고 있던 눈을 떴다.

"응?"

― 너 내가 전화를 몇 통이나 한 줄 알아?

눈을 끔벅이다가 핸드폰을 귀에서 떼고 시간을 확인했다. 눈이 동그랗게 커졌다. 벌떡 상체를 세워 침대에서 일어났다.

미친! 오전 11시! 오전 수업 날려먹었다.

"아, 나 알람 못 들었나 봐."

― 나 지금 너희 집 가고 있어. 가서 이야기해.

뚝, 전화가 끊겼다.

망연히 통화가 종료된 핸드폰을 보다가 부재중으로 들어온 통화와 메시지를 확인했다.

[ㅇㅅㅇ♡ (17) 수요일

ㅇㅅㅇ♡ (1) 화요일]

어젯밤에 온 부재중 전화가 1통, 오늘 온 부재중 전화가 17통이었다.

[전화 안 받네? 씻고 있어?]

[설마 자?]

[기절 수준이네 어떻게 톡 보내고 바로 자냐······.]

[잘 자♡]

side story 1. 그 이후

[일어났어?]

[누리야 왜 전화 안 받아]

[나 버스 탔어]

[김누리]

[준비하고 있어?]

[일어나면 연락 줘]

[왜 확인도 안 해 너 무슨 일 있어?]

아아, 일 났다. 힘없이 핸드폰을 떨어트렸다.

얼마 안 있어 도어록 비밀번호 누르는 소리가 났다. 입술을 말아 물고 현관문을 봤다. 띠리릭, 소리와 함께 문이 열리고 석영이가 들어온다.

나를 보지도 않은 채 신발을 벗고 들어오더니 가방을 내팽개치듯 바닥에 놓고 침대에 걸터앉는다.

탁, 그의 손이 내 이마 위로 올라온다.

"열은 안 나네."

얼굴에서 손을 거둔 석영이가 무표정한 얼굴로 나를 본다.

"어디 아파?"

고개를 저었다.

"교수님이 쉬는 시간만 줬으면 도중에 오려고 했어. 너 집에 있는지 확인하러."

"······."

"너 오전 수업 있는 날에는 1분 간격으로 알람 열 개 설정해 두는 거 내가 다 아는데. 그걸 못 들었다고?"

"응, 그게……."

"네가 알람 못 듣는 날은 술 마신 다음 날뿐이잖아."

귀신같은 놈. 꿀 먹은 벙어리처럼 쳐다만 보자 석영이가 고개를 돌려 방바닥에 너부러져 있는 옷가지를 본다.

"어제, 마셨어. 술."

방바닥으로 향해 있던 석영이의 눈이 내게로 온다.

"말하려고 했는데, 씻고 나와서 바로 잠들었나 봐."

"닭발 먹는다고 할 때 술도 마신다고 말 좀 해주지."

"……미안."

고개를 푹 숙인 석영이가 한숨을 뱉더니 머리를 쓸어 넘기며 나를 본다.

"너 혼자 사니까, 연락 안 되면 걱정된단 말이야."

"알아…… 미안……."

"아는 애가."

석영이가 뒷말을 삼킨다. 엄한 얼굴에 입술을 휘어 내리며 그의 손가락 하나를 슬그머니 잡았다.

"미안해. 내가 완전 잘못했어."

"진짜. 혼나야 돼."

석영이가 내 손을 잡아 올려 깨문다.

"아!"

눈을 동그랗게 뜨고 손을 잡아 빼자 녀석이 침대 한쪽에 있는 인형을 들고 내 얼굴에 그대로 들이민다. 몸이 그대로 뒤로 기울었다. 퍽, 침대로 쓰러져 얼굴을 누르고 있는 인형을 잡아

side story 1. 그 이후

던졌다. 인형이 허공을 가르고 날아가 바닥으로 떨어진다.

"어? 내 선물 막 던진다?"

인형, 그러니까 저 인형은 군 휴가를 나왔던 석영이와 술을 진창 마시고 거리를 배회하다 업어 온 것이었다.

1년 전, 겨울.

"아, 그만 좀 우세요. 좀."

둘이서 감자탕에 소주 세 병을 마시고 남은 국물에 밥까지 볶아 먹은 뒤 만족하며 나온 길이었다. 석영이가 이제 그만 가자, 하는 말에 마음이 낮게 가라앉더니 결국 눈물이 터졌다. 내일 석영이가 다시 군으로 돌아간다는 사실이 못내 섭섭하고, 또 아쉬웠다.

"밤 다 갔다……."

어깨를 떨며 훌쩍이자 석영이가 어휴, 하고 한숨을 내쉬며 제 옷소매로 눈물을 훔쳐 닦아준다.

"왜 매번 만날 때마다 울어. 또 나올 건데. 네가 이러면 나 꼭 평생 군대에 박혀 있는 놈 같잖아."

"슬픈 걸 어떡하라고……."

두 손바닥에 얼굴을 묻자 석영이가 내 손목을 잡아 내린다. 울상이 되어 눈썹을 찌푸리고 고개를 들자 상체를 숙여 눈높이를 맞춘 석영이가 보인다.

"진짜, 우는 것도 귀여워."

"장난하냐……."

운다고 놀리는 것 같아 앞에 선 석영이의 배를 툭 쳤다. 가볍게 웃은 석영이가 제 외투 안에 나를 집어넣었다. 그러곤 꼭 끌어안았다. 따뜻한 온기가 몸을 덮었다.

"울지 마, 누리야. 그렇게 내가 보고 싶으면 너도 군대 오는 건 어때."

흐어엉, 하는 소리를 내며 흐느끼자 석영이가 작게 소리 내며 웃는다.

휘적휘적 밤공기를 가르며 걸어가는 길, 구석에 불을 밝히고 있는 뽑기 기계를 발견했다.

"어! 이 토끼 완전 귀여워!"

눈을 동그랗게 뜨고 있는 토끼 인형을 가리켰다. 석영이가 기계 안을 들여다보더니 이거? 하고 묻는다.

"내가 뽑아줄게."

그렇게 말한 석영이가 제 주머니를 털었다. 천 원 한 장을 넣고 스틱을 움직였는데 인형을 잡는 데 실패했다.

"어어, 이러면 안 되지."

석영이의 주머니에서 오천 원이 나온다. 그 손을 덥석 잡았다.

"오천 원이나 넣게?"

"응."

"야, 무슨 여기에 오천 원씩이나 넣어. 돈 아깝게. 안 뽑아도 돼."

지폐를 꼭 쥐고 있는 손을 다시 주머니에 집어넣으려고 하자 석영이가 힘을 주며 버틴다. 그러더니 내 머리를 꼭 붙잡고 이마에 쪽쪽 입을 맞춘다.

"기다려. 내가 저거 꼭 너 줄 거야."

오천 원이 그대로 기계로 들어갔다. 스틱 하나를 붙잡고 방향을 조준하는 석영이의 옆에 딱 붙어 서서 자꾸만 인형을 놓치는 광경을 구경했다.

"오른쪽. 어어, 거기서 조금 더 위로."

내가 지시하고, 석영이가 집게를 옮겼다. 집게가 내려가고, 인형의 머리를 잡았다가 놓치면 아아! 하고 동시에 탄식했다.

뽑기 기계는 석영이가 만 이천 원을 수납했을 때 인형을 우리에게 내어줬다.

"내가 너 준다고 했지?"

석영이가 내 품에 인형을 밀어 넣으며 입술에 쪽, 하고 입을 맞춘다. 찬 공기에 술 냄새가 섞였다.

"그런데, 인형은 앞으로 돈 주고 그냥 사자."

왠지 모를 씁쓸한 표정을 석영이 짓고 있다. 내가 그러니까 그만하랄 때 그만했으면 이런 일이 없지. 인형을 품에 꼭 안고 걷는 나를 보며 석영이가 웃었다.

"좋아?"

"응. 좋아."

"이러면 손 추워."

내가 들고 있는 인형을 뺏더니 제 옆구리에 끼운다. 그러곤 비어 있는 내 손을 잡아 자신의 외투 주머니에 넣었다. 주머니

안에서 깍지를 껴더니 손가락을 만지작거린다.

"손 내놓고 다니지 마."

고개를 끄덕이며 석영이의 손을 꼭 잡았다. 체온이 맞붙은 손가락 사이에서 올라가는 듯했다.

불을 끄고 침대 위에 인형과 함께 누웠다. 인형을 가운데에 놓은 채 석영이가 내 품에 얼굴을 묻고 잠들었다.

유달리 짧은 밤이 아쉬워 술 냄새를 풍기며 자는 석영이의 밤톨 같은 머리를 계속 만지작거렸다. 전에는 손가락에 감기는 머리카락을 부드럽게 쓰다듬었는데, 느낌이 많이 달랐다.

"으음……."

몸을 뒤척이는 석영이가 내 몸을 끌어당긴다. 석영이의 머리를 매만지다가 그대로 안았다. 새근새근 내뱉는 숨이 따뜻하게 가슴께로 닿았다.

"석영아, 내일이 안 왔으면 좋겠다."

꼭 붙은 몸이 따뜻했다. 바깥에서 맞았던 바람과 상반된 온도에 기분이 이상하다. 술에 취해 자다 깨기를 반복했고, 깰 때마다 밤톨 머리를 쓰다듬었다.

뺨을 매만지는 손길에 눈을 떴다. 낮은 곳에서부터 해가 떠오르고 있는지 어슴푸레 새어든 빛이 공간을 밝혔다. 끔벅끔벅 느리게 움직이는 눈에 석영이의 얼굴이 담겼다. 언제 깼는지 나를 보고 있었다.

"깼어?"

"응. 누가 하도 머리통을 만져대서."

side story 1. 그 이후

깊이 잠들어 있는 줄 알았는데, 아니었나. 픽, 웃음을 터트리자 석영이도 따라 웃는다.

웃음이 서서히 사그라지고, 물끄러미 서로를 마주 보았다. 아무 말 없이 뺨을 매만지는 손길이 부드럽다. 동그란 엄지가 광대 부근을 문지르며 내려가더니 목덜미에 닿는다.

석영이의 얼굴이 천천히 다가온다. 가까워지는 거리에 자연스레 눈을 감았다. 다물고 있던 입술 위로 석영이의 입술이 가만히 내려앉는다.

숨과 함께 혀가 얽히고, 석영이의 팔 대신 손에 잡히는 인형을 꼭 쥐었다.

그렇게 쥐었던 인형이 지금 바닥에 눈을 동그랗게 뜨고 누워 있는 거다.

"네가 얼굴에 들이밀었잖아. 숨 막혀서 나도 모르게 그런 거야."

허? 하고 웃은 석영이 침대에 드러누운 나를 내려다본다.

"밥은 먹었어?"

도리도리 고개를 저었다.

"너 다음 수업 오후 3시던가?"

"응. 교양인데. 지은이한테 대출 부탁하고 너랑 놀까?"

"아니."

석영이가 단호하게 거절한다.

"씻어. 밥 먹으러 가자."

핸드폰을 들어 시간을 확인했다. 오전 11시 20분.

"10분만 있다가 씻을게."

"어어? 그냥 바로 씻지?"

"아아, 10분만."

석영이가 무표정한 얼굴로 내 팔을 잡아 올린다. 낚싯대에 딸려 올라오는 물고기처럼 상체가 들렸다. 허엉, 하고 우는 소리를 내다가 두 팔로 석영이의 목을 감아 그대로 침대로 고꾸라졌다. 이번엔 석영이가 내 두 팔에 딸려 내려온다.

"조금만 있다가."

석영이의 허리를 껴안고 품으로 파고들자 바람 빠지듯 웃는 소리가 들린다.

"진짜, 너 왜 이렇게 게을러졌어."

이불 안으로 석영이가 들어왔다. 석영이의 손이 허리에 닿는다. 그대로 티셔츠 안으로 밀고 들어와 등을 매만진다.

"그런데 어제 술 많이 마셨어? 걔들 술 별로 못 마신다며. 또 너 혼자 부어라 마셔라 했냐."

"어? 아, 그게 있잖아."

김찬영과 어제 나누었던 대화를 복기했다.

"갔는데 과 사람들 있었어. 우연히 거기에서 만났대."

척추를 따라 부드럽게 올라오던 손이 멈칫한다.

"그 자리에 김광수도 있어서 바로 나오려고 했는데, 지은이 생일이라 또 그럴 수가 없어서······."

"그래서, 취했어?"

side story 1. 그 이후

"아니이!"

석영이가 상체를 뒤로 물리고 나를 본다.

"한 시간만 있다가 나왔어. 진짜."

"잘했어."

팔을 당겨 석영이의 품에 다시 얼굴을 묻었다. 그의 손이 뒤통수를 부드럽게 쓸고 내려간다.

"네가 술 마시고 노는 게 싫은 게 아니라, 그런 새끼들이 너한테 술 마시라고 따라주는 게 싫은 거야. 이거 구속 아니다?"

전에 다투면서 나 좀 그만 구속해라! 하고 소리쳤던 게 어지간히 신경 쓰였던 모양이다. 이 와중에 구속이라는 단어를 선택한 걸 보면.

"응. 구속 아니야."

석영이의 품에서 기분 좋은 향이 난다.

△ ○ ☆

과제 폭탄을 맞은 나는 수업이 끝나자마자 도서관에 자리를 잡았다. 샌드위치로 간단하게 저녁을 해결하고 무조건 다 끝내고 가리라, 의지를 다졌다.

해가 넘어가던 하늘이 완전히 어두워지자 사람들이 하나둘 자리를 정리하고 퇴실했다. 도서관 안이 조금 휑해졌다.

노트북을 옆으로 밀어두고 책을 꺼냈다. 붙임으로 들어갈 예시문을 뽑아야 했다. 각을 잡고 앉아 책을 읽고 있을 무렵 석영이에게 메시지가 들어왔다.

[자기야]

순간 손에 쥐고 있던 펜을 떨어트렸다.

자, 자기……?

메시지 내용을 조용히 읽다가 헙, 하고 입을 막았다.

석영이와 만난 지도 4년이 넘었지만, 애칭이라고는 여전히 콩알뿐이었고 나는 가끔 석영이를 영아, 하고 불렀다. 자기, 그런 말을 서로 뱉어본 적도 없을뿐더러 원한 적도 없었는데.

눈을 의심하며 메시지를 다시 훑었다. 그러자 새로운 메시지가 떠오른다.

[자기야?]

얘, 미쳤나 봐. 순간 석영이가 아닐 수도 있다는 생각이 들었다.

[너 누구냐]

그렇게 적어 보낸 답장을 석영이가 바로 확인했다. 말풍선 하나가 쏙 올라온다.

[자기야 나잖아]

아무리 봐도 석영이 말투가 아닌데. 확인이 필요하다. 이건 핸드폰을 잃어버렸거나, 누군가에게 뺏겼을 가능성이 크다.

[네가 임석영이라는 증거를 대라]

석영이가 아닐 거라는 확신이 들었다. 아무리 생각해도 석영이가 메시지로 자기를 찾을 일이 없기 때문이다. 답장이 들어왔다.

side story 1. 그 이후

[너 날개뼈 있는 쪽에 초코 칩 같은 점 있어]

[내가 그거 먹어 보겠다고 설치다가 너한테 맞았잖아]

세상에……. 진짜 석영이네.

나는 내 등에 그런 모양의 점이 있는 줄 몰랐는데, 어느 날 석영이가 알려줬다. 아무리 고개를 돌려도 잘 안 보이는 위치라 석영이가 찍은 사진으로 확인할 수 있었다. 어깻죽지에 있는 조금 흐릿한 점이었다. 다른 점에 비해 크기가 조금 컸다.

석영이는 그 점을 보며 야, 너 초코 칩 묻었다, 하며 내 살에 입술을 박았다. 이를 박는 통에 죽는다! 하며 발을 날렸었는데…….

[왜 갑자기 안 하던 짓을 하고 그래 무서워]

내 말에 석영이가 'ㅋ'을 20개 이상 적어 보냈다. 이게 웃긴가.

[사실 민석이랑 내기했어]

[여친한테 동시에 자기야 보내서 응 왜 하고 답장 오는 사람이 이기는 걸로]

별 내기를 다 하네. 내기에서 이기면 뭐가 좋으냐고 물었더니 진 사람이 삼겹살을 사기로 했단다. 내가 보낸 메시지를 훑어 올라가보니 아무래도 석영이가 진 듯했다.

[그럼 진 거야? 네가 삼겹살 사?]

그렇게 보낸 메시지에 각자 사 먹기로 했다는 답장이 왔다. 민석이는 애인에게 술 마셨냐? 하는 답장이 들어왔다는 것이다.

집중이 흐트러진 김에 잠시 밖으로 나왔다. 1층으로 내려가 자판기에서 캔 커피 하나를 뽑아 마셨다. 이 밤에 민소매에 반바지를 입고 대운동장을 돌고 있는 사람이 보였다. 뜬금없이 시선을 뺏겨 멍하니 바라보다가, 커피를 다 마셔 올라왔다.

[아직도 중도야? 집에 언제 가려고?]

자리에 앉자마자 석영이에게 메시지가 왔다.

[과제 다 하고…….]

핸드폰을 집어넣은 뒤 노트북을 다시 열었다. 커피를 두 캔이나 마셨는데도 카페인이 영 힘을 발휘하지 못했다. 눈이 점점 무거워졌다. 나도 모르게 꾸벅 졸다가 정신을 차리고 보면 워드에 자음과 모음이 완전히 분리된 채 도배되어 있었다.

"아, 안 되겠다."

노트북을 닫고 그 위에 엎드려 누웠다. 5분만, 아니 10분만 자야지. 그렇게 생각하며 눈을 감았다. 그 뒤로는 시간이 어떻게 흘렀는지 모르겠다.

간지러운 느낌에 눈썹을 꿈틀거리다가 잠이 깼다. 느리게 눈이 뜨였다.

"……."

뭐지. 잠이 덜 깼나. 눈을 끔벅였다. 바로 앞에 길게 뻗은 팔을 베개 삼아 누워 있는 석영이가 보였다. 주황색 티셔츠가 오늘 입고 온 그의 옷이 맞았다.

현실과 꿈의 경계를 구분하느라 느리게 눈을 끔벅이고 있을 때, 가만히 나를 바라보던 석영이가 미소 지으며 내 이마를 찌

side story 1. 그 이후

른다.

"과제 다 하고 집에 간다더니. 집에 갈 생각이 없구만?"

석영이가 작은 목소리로 속삭였다.

"자리 어떻게 찾았어?"

"너 매번 이 열람실 쓰잖아."

가만 보면 나에 대해서 모르는 게 없다. 이런 사소한 것까지 기억해주는 점이 좋았다. 그런 면에서 석영이는 참 좋은 남자친구라는 생각이 잠에서 깬 이 순간 뜬금없이 들었다.

"언제부터 보고 있었냐. 좀 깨우지."

노트북에 눌어붙은 뺨을 떼며 상체를 세웠다. 대답 대신 핸드폰이 넘어왔다. 석영이가 보여준 것은 사진이었다. 흘러내린 머리카락을 입술 사이에 물고, 야무지게 잠든 내 얼굴.

"솔직히 무서워. 너 이렇게 눈 뜨고 잘 때면."

문제는 흰자위가 살짝 보인다는 점. 조용히 사진을 삭제하고 핸드폰을 넘겨줬다. 그러곤 상체를 기울여 석영이의 귀에 대고 속삭였다.

"한 번만 더 몰래 찍으면 죽는다."

"……네."

다시 과제를 해볼 생각으로 노트북을 열었다. 핸드폰을 돌려받은 석영이가 무언가를 툭툭 누르며 내게 속삭인다.

"누리야, 그런데 너 그거 알아?"

"뭐?"

"삭제한 사진 복구할 수 있는 거?"

다시 내 앞으로 핸드폰이 오고, 거기에 방금 삭제했던 사진이 있다. 너 이 새끼, 진짜……. 노려보자 시선을 피하며 핸드폰을 집어넣는다.

석영이가 계속 자리를 지켰다. 할 일이 없다더니, 가만히 있기 심심한지 내 가방에 있는 시집 한 권을 꺼내 읽는다.

문서를 저장하는 단축키를 틈틈이 누르며 리포트를 작성했다. 엔터를 누르고 눈가를 긁적이다가 석영이를 보았다. 턱을 괴고 눈을 내리깐 모습이 꽤나 관능적으로 보였다.

석영이는 손이 조금 큰 편이었는데 두툼하지는 않았다. 손가락이 가느다랗고 곧았다. 그래서 가끔 손으로 입을 가리거나 목덜미를 잡고 있을 때 가슴이 철렁이고는 했다. 뭔가 저렇게 나른한 얼굴을 하고서, 큰 손으로 턱을 받치고 있는 모습을 보자면, 솔직히 떨렸다.

석영이의 눈동자가 움직인다. 눈이 마주치자 왜? 하고 입을 벙긋거린다.

"오늘 우리 집에서 자고 갈래?"

작게 속삭였으나, 의미 전달은 확실히 됐는지 녀석의 눈이 조금 동그래진다.

"뭐지, 이 전투적인 자세는?"

"……싫으면 말고."

홱 고개를 돌리자 석영이가 읽고 있던 시집을 뒤집어 내려놓으며 어깨를 붙여 온다. 그러곤 귀에 대고 속삭였다.

"나 너랑 같이 가려고 기다리고 있는 거였는데 몰랐어?"

side story 1. 그 이후

속닥이는 그 소리에 귀가 간지러워 어깨를 움츠리자 더 장난스럽게 머리를 들이밀며 작게 말했다.

"누리야아, 잠만 잘 거야? 응?"

결국 과제는 내일 다 끝내기로 나 스스로와 타협한 후 도서관을 나섰다.

노트북이 든 내 가방을 어깨에 걸친 석영이가 김누리, 빨리 가자! 하며 걸음을 재촉했다. 그 모습이 왜 그렇게 다급해 보이는지, 웃음을 참기가 힘들었다.

자취방으로 가는 길이 한적했다. 석영이와 맞잡은 손을 앞뒤로 크게 흔들며 길을 걸었다.

"야아, 하늘에 별 많다."

고개를 젖혀 하늘을 보는데 까만 밤하늘에 듬성듬성 박힌 별이 선명했다. 뭔가 낭만적으로 느껴지는 분위기에 기분이 좋았다. 그 분위기가 깨진 건 석영이가 엇, 하며 말을 이었을 때였다.

"바퀴벌레다."

석영이가 가리킨 위치가 어디인 줄도 모르고 아악! 소리를 지르며 발을 동동 굴렸다. 마치 바닥이 뜨거워서 발을 못 딛는 모양새로 폴짝폴짝 뛰었다.

"뭐야! 어디에!"

석영이의 두 팔을 붙잡고 매달리자 석영이가 저기, 저기, 하며 바닥 어딘가를 가리킨다.

"어어, 누리야, 네 다리에."

"아아악! 죽어, 진짜아!"

누구보고 죽으라고 하는 줄도 모르고 그냥 뱉는 말이었다. 석영이의 목에 두 팔을 감고 발을 들었다. 나무에 매달리는 매미처럼, 석영이의 몸에 매달려 바닥을 두리번거렸다.

"어디 있어, 설마 내가 밟았어?"

바닥을 기어 다니는 것이 없어 묻자 석영이가 픕, 하고 웃는다. 왜 웃어, 왜. 석영이가 웃는 낯으로 나를 봤다.

"아니, 왜 까마귀 소리를 내고 그래?"

눈이 장난스럽게 휜다. 그제야 알았다. 이게 석영이의 장난이라는 것을.

"야, 진짜 장난치지 마."

다리를 풀고 내려오려는데, 석영이가 내 몸을 받치며 제 등에 업는다.

"내가 오늘 제대로 네 셔틀 한다. 그치?"

"누가 업어달래? 내려줘."

"싫어. 이러고 갈 거야."

등에 업혀 가는 게 조금 낯부끄럽긴 했지만, 길에 아무도 없으니 아무렴 어떤가 싶었다. 시야가 높아지자 기분이 조금 이상했다. 스쳐 가는 나무를 보다가, 석영이의 머리에 턱을 댔다.

"누리야."

"응?"

"오늘 네가 나한테 임석영이라는 증거 대라고 했었잖아."

side story 1. 그 이후

"어. 네가 안 하던 말 해서."

"너는 네가 김누리라는 증거 어떻게 댈 거야?"

"나는 너한테 '자기야'라고 안 할 건데?"

"아아, 그 말이 아니라. 너는 내가 너를 너라고 확신하지 못할 때, 어떻게 증명할 거냐고."

으음, 하고 목을 울리며 고민했다. 그사이 횡단보도 앞에 멈춰 섰다. 차가 한 대도 지나가지 않는 도로 앞에서 머리를 굴리다가, 어렴풋하게 떠오르는 것을 입에 담았다.

"고등학교 때 내가 너 그려준 그림 있잖아."

"응."

"너 그거 액자에 넣어서 네 책상 왼쪽에 놔뒀어."

"김누리 맞군."

머리에 턱을 대고 있다가, 미끄러지듯 내려가 석영이의 왼쪽 귀를 물었다.

"그리고 너는 귀가 성감대야."

속삭이듯 말을 뱉자 신호가 바뀌었다.

"야, 너 진짜……."

뒷말을 자른 석영이가 갑자기 달리기 시작했다.

"내가 너희 집까지 1분 만에 간다."

횡단보도에서 자취방까지는 도보로 7분이 걸리는 거리였다.

"아, 미친놈아! 내려줘!"

"못 내려와, 너는."

선선한 밤공기를 돌파하며 나아가는 기분이 들었다. 이 상황이 너무 황당해서 웃음을 참기가 힘들었다. 석영이의 어깨에 얼굴을 파묻고 소리 내 웃었다.

△○☆

 휴가를 나온 남윤수의 소원대로 떡볶이 집에서 넷이 만났다.
 남윤수가 단무지를 씹으며 군대 이야기만 해댔다. 떡볶이가 나오지도 않았는데 집에 가고 싶기는 처음이었다. 듣다 못한 김찬영이 그의 입을 막았다.
 "야, 너 복학해서 이러면 진짜 주변에 예비역 말고는 아무도 없을걸."
 "헐? 그거 너무한데?"
 "그러니까, 그만 말해."
 남윤수가 입술을 휘어 내리며 고개를 끄덕인다.
 떡볶이가 나오자 남윤수가 제일 먼저 젓가락을 들었고 김찬영이 위생장갑을 끼고 주먹밥을 만들었다. 시시콜콜한 근황 토크를 이어간다 싶었는데, 뜬금없이 남윤수가 아, 맵다, 매워, 하며 손부채질을 하더니 울기 시작했다.
 "……."
 매운 거 싫다며 계란찜만 먹던 석영이와 쿨피스를 들이켜던 김찬영과 주먹밥에 떡볶이 양념을 묻혀 먹던 내가 눈빛을 주고받았다.
 뭐야, 이 뜬금없는 대성통곡은?

side story 1. 그 이후

눈치를 살피던 김찬영이 티슈를 뽑아 남윤수에게 건넸다.

"아, 고맙다. 너무 맵다."

맵다면서 티슈로 입술이 아닌 눈을 꾹꾹 눌러 닦는다. 그러더니 아예 티슈를 눈에 올린 채 고개를 젖혀버린다. 콧구멍이 벌름거리는 게, 얘 진짜 많이 슬픈가 보다. 조용히 눈빛만 주고받았다.

"왜, 수연이 때문에 그래?"

석영의 물음에 남윤수가 고개를 주억거린다.

"미안. 나와서까지 울 생각은 없었는데."

어깨를 축 늘어트린 남윤수가 눈에 붙은 휴지를 떼어내며 얼굴을 문질러 닦는다.

내게 보낸 편지에는 하도 덤덤하게 서술해놔서 이별도 그냥 씹어 먹는 놈인가 보다, 하고 넘겼는데. 이렇게 슬픔이 큰 줄 알았으면 뭐라도 사서 보내줄 걸 그랬다.

'이별을 받아들이는 방법', 뭐 그런 제목을 가진 책 같은 거.

"수연이…… 남친 생겼더라고."

작게 입이 벌어진다. 아, 하는 탄식이 나올 뻔해서 급하게 다물었다.

"인스타에는 티를 하나도 안 내서 몰랐는데, 카톡 프로필 사진이 바뀌었더라."

"그건 또 언제 봤대?"

"아까 찬영이 핸드폰으로 몰래 봤어……."

젖은 휴지를 구기며 말하는 남윤수를 김찬영이 조용히 흘겨

봤다.

"야, 괜찮아. 다 사귀었다가 헤어지고 하는 거지."

석영의 말에 휴지를 만지작거리던 남윤수가 눈시울을 붉힌 채 고개를 든다.

"그러는 새끼가, 누리랑 헤어질 뻔했을 때 나 붙잡고 그렇게 울었냐……."

응? 그건 대체 무슨 이야기지.

모르는 이야기에 눈을 돌리자 석영이가 눈을 부릅뜨며 남윤수의 발을 툭 친다. 얼마나 과격했는지, 테이블이 흔들릴 정도였다.

"언제?"

내가 묻자 석영이가 아! 지금 그게 중요한 게 아니잖아, 하며 남윤수의 대답을 가로채 간다. 턱을 괴고 구경만 하던 김찬영과 눈이 마주쳤다.

"석영이 옷 입고 있는 여자애 때문에 너희 둘 대판 싸웠을 때."

무심하게 흘러나온 김찬영의 말에 석영이가 얼굴을 굳힌다.

"아, 진짜……."

아아, 그때라면. 작게 고개를 끄덕였다. 헤어지자는 말만 안 나왔지, 조금만 더 갔으면 헤어졌을지도 모를 사건이었다.

바야흐로 임석영이 대학에 입학하고 망나니처럼 술을 마시고 다니던 새내기 시절.

석영이는 학과에서 인기가 많다 못해 사회과학대학에서도

side story 1. 그 이후

잘생긴 애 들어왔더라, 하는 소문을 몰고 다녔다. 그만큼 화제의 중심에 선 새내기였으니 여기저기 술자리에 불려 다녔고 각 행사에 끌려 다녔다.

2년 전, 봄.
"오늘 야자 빼먹는 놈들 죽을 줄 알아라."
담임이 칠판에 큼지막하게 경고성 문구까지 작성해놓고 교실을 나갔다.
"아……."
오늘 석영이 만나기로 했는데. 도망갈까, 생각을 하던 중 나갔던 담임이 돌아왔다.
"김누리!"
"예?"
머리를 굴리다가 퍼뜩 고개를 들고 보자 담임이 나를 콕 찍어 가리켰다.
"도망갈 생각 하지 마라."
야자 빼먹고 도망간 전적이 많았다. 오늘 야자 감독은 담임과 친분이 있는 5반 담임이었다. 아무래도 안 되겠지.
[석영아 오늘 못 나갈 거 같아 ㅠㅠ]
석영이를 못 본 지도 일주일이 지났다. 나는 아침부터 밤까지 학교에 갇혀 있었고, 야간자율학습을 하는 탓에 밤이 되면 녹초가 되어 집에 가자마자 뻗어 자는 일상이 반복됐다. 석영이도 이것저것 잡다한 학교 행사로 바빠 보였다.

그래도 주말에는 시간을 내서 얼굴을 봤는데, 저번 주말에 석영이가 학과 야유회를 가는 바람에 못 만났다.

야, 원래 이렇게 대학생은 바쁜 것이냐.

언젠가 남윤수에게 그렇게 물었더니, 석영이 그 새끼가 유독 잘 불려 다니더라, 하는 답이 돌아왔다. 불려 다니는 이유가 잘생겨서라는 걸 알게 된 이후로는, 왠지 모르게 심술이 나고는 했다.

핸드폰이 징 울며 메시지가 들어왔다.

[그럼 너 야자 끝날 시간에 내가 갈게]

울상을 하고 있던 얼굴에 픽 웃음이 났다.

마지막 야간자율학습의 끝을 알리는 종이 울리자마자 가방을 챙겨 들고 교실을 튀어나갔다. 후다닥 달려 교문으로 가자 건너편에 서 있는 석영이가 보였다.

"임쏙용!"

팔을 벌리고 다가가자 석영이가 웃으며 나를 안는다.

"야, 종 친 지 몇 분 안 된 것 같은데. 어떻게 일등으로 나오냐."

"이런 거라도 일등 해야지."

석영이와 함께 정류장을 향해 걸었다.

"아, 맞다. 할머니가 곧 감자 수확한다고, 한 박스 너희 집으로 보낸다는데. 그래도 돼?"

"한 박스나?"

"응. 전에 네가 감자전 해먹은 거랑 감자튀김 해먹은 거 사진 찍어서 할머니한테 보냈잖아. 그거 때문에 그런 거 같아…….
네가 감자 귀신인 줄 알고…….”

석영이가 소리 내 웃는다.

"아니, 그런데 할머니 감자 진짜 맛있어. 그냥 받기 죄송하니까, 이번에도 가서 도와드릴까?”

작년 여름, 석영이와 함께 할머니 집에 갔다. 나름 우리끼리는 몰래 온 손님이라고 연락도 없이 방문한 거였는데, 눈물을 흘릴 줄 알았던 할머니는 빗자루를 들었다. 할머니가 보기에 나는 수험생을 데리고 섬에 들어온 배려심 없는 애였던 것이다.

그 일 때문인지는 몰라도 나는 할머니 집 출입금지를 당했다.

"아니. 할머니가 수능 보기 전에는 섬 근처에도 오지 말래.”
"단호하시군.”

석영이의 팔이 내 어깨로 올라온다.

"너 수능 보는 날 할머니랑 학교 대문에 엿 붙여놓고 기도하고 있을게. 그날까지 파이팅.”

석영이가 나를 보며 주먹을 쥔다. 힘내라, 하는 의미겠지만 이상하게 그 주먹을 보고 있자니 수능 박살이 떠올랐다. 석영이는 나와 캠퍼스 커플을 꿈꿨다. 교양 강의를 같이 듣고 나와 학식을 먹는, 뭐 그런 걸 꿈꾸는 듯 보였는데, 내 성적이…….

힘없이 고개를 돌렸다.

"열심히 해볼게…….”

목소리가 어쩐지 작게 흘러나갔다.

며칠 뒤 남윤수에게 연락이 왔다.

― 누리야, 너 오늘 야자 빠질 수 있어?

"왜?"

― 오늘 석영이네 학교 축제래. 같이 놀러 가자.

가방을 품에 안고 학교를 몰래 벗어났다. 버스를 타고 석영이가 다니는 학교 앞에서 내렸는데, 나도 모르게 조금 위축됐다. 축제라더니, 인파가 어마어마했다.

아, 조금 그런가.

교복을 입고 있는 게 마음에 걸려 횡단보도 앞에 가만히 서 있는데, 언제 나타났는지 남윤수가 어깨를 툭 치며 달려! 하고 소리쳤다. 깜빡이는 신호등에 부리나케 발을 굴려 횡단보도를 건넜다.

"야, 나 교복인데. 이러고 가도 돼?"

남윤수가 나를 훑어 내리더니 그게 왜, 하며 걸음을 옮긴다.

"너 민증 깔 수 있잖아! 뭐가 문제야!"

사복을 입은 사람들 틈을 남윤수와 함께 파고들었다. 석영이한테 연락을 하고 오려고 했는데 남윤수가 말렸다. 몰래 온 손님으로 깜짝 방문을 해야 한다나.

"임석영 서빙은 죽어도 싫다고 바락바락 우겨서 결국 전 부친대. 생각만 해도 웃겨."

대체 그게 뭐가 웃긴지, 남윤수가 혼자 낄낄거리며 석영이네 과 부스를 찾아 나섰다.

side story 1. 그 이후

주위를 구경하며 남윤수를 따라갔다. 과 티셔츠를 맞춰 입은 사람들이 부스 홍보에 열을 올리고 있었다. 그들에게서 느껴지는 열기에 기분이 이상했다. 내가 학교를 그만두지 않았더라면, 나도 저런 열기에 휩싸여 있었을까, 그런 생각이 든 탓이다.

"어! 저기다!"

저쪽을 손가락질하는 남윤수를 따라 시선을 돌렸다.

"저 새끼 전 부친다더니 놀고 있잖아. 시시하게."

손님을 맞이하려고 만들어놓은 듯한 테이블에 둘러앉아 있는 사람들이 보였다. 그중 석영이가 있었다.

왼쪽엔 남자가, 오른쪽엔 여자가 앉아 있었는데, 여자애가 입고 있는 옷이 좀 익숙했다. 작년 생일날, 석영이가 좋아하는 스포츠 브랜드의 후드 집업 재킷을 선물했는데, 그게 저거잖아.

석영이가 티셔츠만 입은 채 팔짱을 끼고 있었다. 추위를 잘 타서 늘 외투를 들고 다니는 놈이 저렇게 입고 왔을 리가 없다. 순간 허, 하고 헛숨이 샜다.

지금 내가 선물한 옷을 벗어준 거야?

급속도로 짜증이 밀려왔다. 이건 마치 저 먼바다에서 해변을 향해 거대한 파도가 밀려오는 기분이었다. 지퍼를 끝까지 올려 채운 모양새가, 누가 봐도 잠깐 걸친 게 아니고 챙겨 입은 거였다.

"석영아, 이거 진짜 네가 부쳤어?"

"응."

"대박. 너 전 집 해도 되겠다. 명절날 우리 집 와서 전 부쳐라."

 여자애가 한껏 올라간 목소리로 웃으며 석영이의 등을 파닥파닥 때렸다.

 "싫은데?"

 그렇게 말하며 석영이가 웃는다. 술 마시면 뺨이 붉어지는 걸 알고 있으면서도, 얼굴에 띤 홍조를 보자 심기가 완전히 뒤틀렸다.

 "야아, 누리야, 아프다."

 남윤수가 내 팔을 툭툭 때렸다. 나도 모르게 남윤수의 팔을 꽉 잡고 있었다. 뭐라도 부러트리고 싶었던 건가.

 "쟤 그냥 석영이네 과 친구야. 오해 안 해도 돼."

 "야, 그냥 과 친구가 입고 있는 옷, 저거 내가 전국을 뒤져서 구매한 거야."

 남윤수가 내 눈치를 봤다. 눈치가 없는 남윤수가 내 분노를 감지했을 정도면, 이건 싸움 각이 서는 일인 것이다.

 석영이가 문득 이쪽을 돌아봤고, 눈이 마주쳤다. 남윤수가 손으로 목 부근을 긋는 게 보였다. 너는 뒈졌음, 이라고 한 것 같다.

 눈을 동그랗게 뜨더니 일어나는 게 보였다. 그러더니 이쪽을 향해 온다. 마음 같아서는 따져 묻고 싶었으나, 다가오는 모습조차 꼴 보기가 싫어 걸음을 돌렸다.

 "아, 잠깐만, 누리야."

 인사도 없이 돌아서 가버리는 나를 석영이가 쫓아와 붙잡았

side story 1. 그 이후

다. 앞을 가로막고 서는 바람에 움직이지 못하고 멈춰 섰다.

"뭐."

"너 뭔가 오해하는 거 같아."

말없이 노려보자 석영이가 말을 덧붙인다.

"그냥 친구야. 블라우스에 술을 쏟았고, 냄새 때문에 입고 있기가 힘들다고 해서. 마침 내가 외투를 벗어뒀는데 안 입고 있을 거면 빌려달라고 하길래 잠깐 빌려준 거야."

술을 얼마나 마셨는지, 말할 때마다 풍기는 술 냄새가 짜증 났다. 그러니까, 지금 이 순간의 모든 것이 다 싫었다. 시끄러운 소음도, 즐거워 보이는 다른 사람들의 얼굴도, 축제 분위기도, 앞에 있는 석영이도.

"진짜 그게 다야. 벗어둔 옷인데 안 빌려주겠다고 하는 것도 좀 그래서. 어쩔 수가 없었어."

"저기에 옷 빌려줄 사람이 너밖에 없어?"

"아니, 내 말은······."

석영이의 입에서 한숨이 샌다. 잠시 말을 고르는 듯 눈썹 끝을 매만지는 게 보였다. 저런 표정을 짓는 석영이를 안다. 이 상황이 숨 막히게 답답하다는 표정.

"여자 친구가 사준 거라서 안 된다고 하면 되잖아!"

"나한테 바로 물어보는데, 다른 사람한테 빌려보라고 하기가 좀 그렇잖아."

"너 쟤 좋아하냐? 여친이 사준 옷이라 안 된다는데 그게 뭐가 이상해?"

"아니, 상황이 그랬다고 하잖아. 말을 꼭 그렇게 해야 돼?"

대화고 뭐고, 화가 나서 도저히 같이 있을 수가 없었다. 뒤돌아 걷자 아, 누리야, 하며 석영이가 따라와 잡는다. 낮게 꺼진 그 목소리조차 서운하기 그지없다.

"너 만약 내가 여기 오는 거 알았어도 그 옷 빌려줬을 거야? 너 내가 오는 거 알았으면 절대 안 빌려줬을걸."

"……."

"그게 짜증 나. 내가 없는 곳에서 네가 그러는 게."

"그냥 옷이야……."

순간이었다. 미간을 살짝 좁힌 채 그 말을 뱉는 석영이를 보는데, 밀려오던 파도를 뒤집어쓴 것 같은 기분이 된 건.

단순히 짜증이 나고 화가 나는 거라고 생각했는데, 감정이 분명해졌다. 이건 실망이다.

"너는 나한테 그냥 옷을 받았다고 생각했어?"

"누리야……."

"품절돼서 네가 못 샀던 거라 생일 선물로 꼭 주고 싶던 거였어. 네가 좋아하는 색상은 재고가 없어서 대구에 있는 매장에까지 전화해서 받은 건데."

"……."

걸음을 돌리자마자 팔이 붙잡혔다.

"이대로 가면 어떡해."

"그럼 뭐, 여기서 소리라도 지르면서 싸울까?"

"아니, 나는 우리가 왜 이런 일로 싸워야 하는지 모르겠어서 그래."

"왜 너만 몰라, 왜? 사소한 이게, 나한테는 너무 중요해!"

석영이가 말없이 나를 본다. 이 모든 게 피곤한 것처럼 느껴지는 표정이 너무 싫다.

"연락하지 마."

말없이 손을 떨쳐내고 갔다. 가는 나를, 석영이가 더 이상 붙잡지는 않았다.

일주일간 서로 연락을 안 했다. 싸울 때는 눈물 한 방울 안 났는데, 학교에선 틈만 나면 눈물이 났다. 친구들은 다 내가 헤어진 줄 알았다.

"누나, 그만 좀 울어."

서우영이 휴지를 뽑아 준다. 눈물 젖은 휴지를 놓고 서우영이 건넨 휴지에 얼굴을 묻었다.

"야, 내가, 어? 흐으윽, 그 옷을 어떻게 구했는데, 그게 그냥 옷이야?"

휴지로 두 눈을 꾹 누르며 덮자 서우영이 아 좀, 하며 나를 다그친다.

뭐, 어쩌라고. 서러운 걸 어쩌라고!

서우영은 누나 마음 다 알겠어, 제발 그만 울자, 하며 나를 달래 주면서도, 이따금씩 석영이 편을 들었다. 그냥 옷이라고 한 건 그런 뜻이 아니라, 그 여자애에게 별 마음이 없다는 그런 뜻이었을 거라나 뭐라나.

아니, 마음이 없어야 하는 건 당연한 거 아니냐고. 내가 그딴

말로 위안을 얻어야 한다는 사실에 서러움이 더 깊어만 갔다.

 핸드폰에 석영이의 이름이 뜬 건 우리가 연락을 하지 않은 지 정확히 일주일 뒤였다.
 [누리야 전화 좀 받아]
 무슨 오기였는지, 답장도 하지 않았고 전화도 받지 않았다.
 그리고 바로 다음 날 석영이가 학교로 찾아왔다. 운동장을 가로지르고 있는데 서우영에게 메시지가 왔다.
 [교문 앞에 누나 남친 있다 거울 확인 요망]
 덕분에 대충 올려 묶은 머리를 풀고 상태를 확인한 뒤 석영이를 마주할 수 있었다.
 "누리야."
 "……."
 "내가 잘못했어."
 무시하고 지나가는 나를 붙잡으며 석영이가 말했다. 두 손을 교복 주머니에 넣고 시선을 다른 곳에 두었다. 석영이의 오른쪽 팔을 불퉁한 얼굴로 보고 있자, 녀석이 조심스레 내 팔을 잡는다.
 "내가 실수했어. 그런 뜻이 아니었는데 말이 그렇게 나갔어. 그냥 웃이라고 한 거 미안해……."
 "……."
 "말을 어떻게 해야 좋을지 모르겠는데…… 내 행동에 아무런 의미가 없다는 말을 하고 싶던 거였어. 의미가 없었대도 내가 그렇게 행동한 건 정말 잘못됐어."

치켜뜬 눈으로 보자, 석영이가 입술을 말아 물며 눈을 깜박인다.

"용서해줘……."

"네가 준 우산, 비 오면 나도 우영이 빌려줄 거야."

조금 처연한 얼굴로 나를 보던 석영이가 의아한 눈빛을 보낸다.

"네가 보내준 기프티콘도 우영이 줘야겠다. 요 며칠 내 기분 별로라고 위로 많이 해줬는데."

"……어?"

"왜. 너도 네 친구한테 내가 준 선물 아무렇지 않게 주는데, 나도 그럴 수 있잖아."

석영이의 눈빛에 묘한 당혹감이 서렸다.

"우영이랑 둘이 영화도 보러 가야지."

"내가 걔랑 둘이 영화 봤어?"

"뭐가. 그냥 옷이고 그냥 영화인데."

잡은 팔을 놓지 않더니, 제 쪽으로 당기며 두 손으로 내 팔을 잡는다.

"그건 바람이지."

어쭈. 한껏 힘없는 얼굴로 서 있더니 그건 또 용납이 안 되는지 표정이 싹 변한다.

"……."

"……."

말없이 서로의 얼굴을 응시했다. 노려보는 것 같기도 하고, 상대의 생각을 읽으려고 하는 것 같기도 한 눈빛이었다. 뚫어져라 석영이의 얼굴을 보다가 내가 먼저 입을 열었다.

"그날 내가 그런 기분이었어. 네가 나를 두고 다른 여자를 만나는 기분이었다고."

"……누리야."

입을 다문 채 한숨을 내쉰 석영이가 머리를 숙여 콩, 하고 내 머리를 한 대 박는다.

"내가 그간 너한테 못 해준 게 많은가 보다. 이 지구상에 사랑한다는 말을 할 사람이 너밖에 없는데 어떻게 그런 생각을 하지?"

뻔뻔하게, 뚫린 입이라고 낯간지러운 말은 잘도 뱉는다. 괜히 입꼬리가 씰룩 올라가는 것 같아 표정을 갈무리하며 새초롬하게 눈을 떴다.

"내가 어떻게 알아. 나 없는 곳에서 다른 사람한테도 그런 소리를 할지."

흥, 하는 소리를 내며 고개를 돌렸다.

"어어, 김누리."

그러자 석영이가 어린아이를 혼내듯 내 입술을 잡는다. 단번에 입술이 다물렸다.

"이렇게 예쁜 입술을 가지고 왜 자꾸 못난 말을 해."

"으, 느, 스그흐르그."

야, 너 사과하러 온 거 아니냐. 그런 말을 하려는데 석영이가 입술을 꽉 잡은 통에 발음이 샜다. 미간을 찌푸리자 그 얼굴이 웃긴지 녀석이 피식 웃는다. 기분 나쁘게…….

 석영이가 허리를 숙여 쪽 입을 맞췄다. 그러곤 그대로 나와 눈을 마주했다. 가까운 거리에서 새까만 눈동자가 맑게 보인다.

"사과하러 온 주제에 큰소리친다고 뭐라 하려고 했지?"

 귀신이다.

"그러지 마."

"뭐. 뭘 그러지 마."

 말로는 석영이를 이겨본 적이 한 번도 없는 것 같아 괜히 심통이 나 톡톡거렸다.

"내가 너에게 준 거 다른 사람 주지 마."

 시선을 떨어트리고 내 손을 만지작거리던 석영이가 한 걸음 다가와 내 어깨에 이마를 묻는다.

"그런 게 아니었어. 내가 미처 몰랐어. 네가 나에게 주는 것들이 어떤 의미인지 몰랐던 건 아닌데."

"아는 놈이……."

 구시렁거리자 진지하게 말을 뱉던 석영이가 작게 웃는다.

"다른 사람한테 절대 안 줄게. 다신 안 그럴게. 잘못했어……. 용서해주라……."

 덩치 큰 녀석이 허리를 숙이고 얼굴을 파묻는 모습이 영 어울리지 않았다.

"정말 미안해."

 이렇게 빨리 마음을 풀 생각은 없었는데, 손으로 느껴지는 뜨거운 온기 때문인지, 앓는 소리처럼 미안하다는 말을 연거푸 뱉는 음성 때문인지 석영이가 밉지 않았다.

사실 석영이가 교문 앞에 찾아온 순간부터 마음이 조금 풀렸던 것 같다. 석영이도 그걸 알았겠지. 내 표정을 귀신같이 파악하는 놈이니.

"앞으로 잘해라."

그 말에 석영이가 어깨에 이마를 묻은 채 고개를 크게 끄덕였다.

"나한테는 너밖에 없어, 누리야."

그렇게 다시 만나 화해를 한 날에도 석영이는 눈물 한 방울 안 흘렸는데. 남윤수를 붙잡고 울었다니.

"그때 울었어?"

내가 묻자 석영이가 아니? 하며 고개를 젓는다. 그 말에 남윤수와 김찬영이 동시에 웃음을 터트린다.

"술 먹고 울고불고, 그런 진상도 없었는데."

김찬영이 작게 목소리를 흘리며 고개를 젓는다.

"떡볶이나 먹어."

석영이가 이를 꾹 악문 채 뱉은 말에 애들이 어이없다는 듯 시선을 돌린다. 실소를 짓던 남윤수가 이내 화제를 돌렸다.

"나 오늘 왠지 새벽 2시 구남친 될 것 같은 느낌이 들어."

"헐, 설마…… 자니?"

남윤수가 고개를 끄덕인다.

side story 1. 그 이후

"그래서 말인데, 오늘 나랑 새벽까지……."
"나 내일 1교시야."
남윤수가 말을 끝맺기도 전에 김찬영이 답한다.
"1교시? 그게 중요해? 어?"
"중요하지."
"나보다 더?"
"……."
분명 김찬영의 답은 그렇지, 일 텐데. 남윤수가 젖은 눈망울을 하고 눈을 깜박이자 입을 다문다.

△○☆

철썩철썩.
파도치는 소리가 들린다. 남윤수의 말을 끝까지 듣지 않고 그래, 우리가 함께 있어줄게, 하고 답한 게 화근이었다. 새벽까지 술이나 마셔주라, 놀아주라, 그런 말인 줄 알았는데. 밤바다를 보자는 말이었을 줄이야.
해변 데크에 나란히 앉아 바다를 바라봤다. 동해안의 맑고 푸른 바다가 넓게 펼쳐졌다. 바다를 보고 있자니 기분이 이상했다. 해가 저물어가는 하늘이 스멀스멀 분홍빛으로 물들고 있었다.
"바다 보고 있으니까 우리 수학여행 갔던 거 생각난다."
김찬영의 말에 소소한 웃음이 터졌다.

"맞아. 그때 재밌었는데."

"찬영이 이 새끼, 그때 모래성 깃발 뺏기 졌는데 아이스크림 안 샀어."

몇 년 전 이야기를 지금에 와서 하는지, 나와 석영이가 야유를 보내며 남윤수를 봤다.

"오늘 살게."

조용히 웃던 김찬영이 말했다. 순순히 사겠다는 답에 남윤수가 오예, 하며 주먹을 흔든다.

"가자."

해변 데크에서 일어난 남윤수가 김찬영의 어깨를 툭 친다.

"어디를?"

"아이스크림 사러."

"지금?"

"말 나온 김에 가야지! 얼른!"

남윤수의 성화에 못 이긴 김찬영이 느릿하게 걸음을 옮겼다. 두 발을 교차하며 흔들고 있는데 석영이가 일어났다.

"좀 걸을까?"

데크에 앉은 채 나를 향해 뻗은 석영이의 손을 보았다. 히죽 웃으며 그 손을 잡았다.

모래알이 운동화 안으로 다 들어와 결국 신발을 벗고 걸었다. 한 손에 운동화를 들고, 다른 손으로 석영이의 손을 잡았다. 모래알이 발가락 사이를 파고들었다. 푹푹 빠지는 발 모양을 따라 발자국이 남는다.

side story 1. 그 이후

파도가 쓸려 올라왔다가 내려간 곳에 손가락으로 석영이의 이름을 적었다. 쪼그려 앉아 이름 뒤에 하트를 그려 넣는데 파도가 밀려왔다.

"어어!"

부리나케 무릎을 펴고 일어나 뒤로 물러나자 파도가 석영이의 이름을 훔쳐 달아난다.

"지워졌어."

흔적 없이 사라진 이름에 울상을 하자 석영이가 웃었다.

파도가 닿지 않는 곳에 석영이와 나란히 앉아 바다를 바라봤다. 말없이 파도 소리를 듣는데, 기분이 꽤 좋았다.

"너 근데 진짜 울었어?"

조개 하나를 주워 모래를 파내던 석영이가 고개를 돌려 나를 본다.

"언제?"

"그때, 우리 싸워서 연락 안 했을 때."

부스스, 조개에 올라가 있던 모래가 바람에 날아간다. 조개를 바닥에 놓은 석영이가 그 위에 모래를 덮으며 고개를 주억거렸다.

"아, 뭔가 상상이 안 가네. 어떻게 울었을지. 입에 주먹 물었어?"

"장난하냐."

석영이가 얼굴을 굳히며 내 발등 위에 모래를 올린다.

"주먹은 안 물었는데, 술만 마시면 울었어. 너무 사소한 일로 우리가 그렇게 틀어진다는 게, 헤어질 수도 있다는 게 너무 황당하고 안 믿겨서."

"안 사소했어."

"알아. 나중에 반대로 생각해 보니까 이해됐어. 전혀 안 사소해. 나였으면 눈 뒤집혀서 당장 벗으라고 깽판 쳤을 거야."

석영이가 자꾸 발등 위로 모래를 올려 무덤처럼 모래가 쌓였다.

"그때, 그런 생각이 들었어. 아무리 네가 나를 전부라고 말해 줘도, 나는 네 전부가 될 수 없다는."

모래 위에 손을 얹은 석영이가 나를 본다. 햇빛이 그의 머리에 걸렸다.

"무슨 말이야?"

"그러니까, 마음이라는 게 퍼즐 같은 것이지 않을까, 생각했어. 한 조각이 있어서 그게 전부인 줄 알았는데, 결코 그게 전부가 아닌 거지."

"음……."

대체 뭔 소리인지.

이해가 쉽게 안 돼 미간을 좁히자 석영이가 아까 조개를 묻었던 모래를 손바닥으로 쓸어낸다. 그러자 모래알 사이로 조개 껍데기가 드러난다.

"이렇게 숨어 있는 마음을 계속 발견하는 과정 같다는 말이야."

곧은 손가락이 모래알이 붙은 조개껍데기를 쥐어 손바닥 위에 올린다.

"어려워……."

작게 내뱉은 말에 녀석이 웃는다.

"그래서, 그때 울면서 뭘 발견했다는 거야?"

"응."

"그게 뭐였는데?"

"그때 나는……."

석영이가 잠시 침묵한다. 그 틈을 비집고 파도 소리가 밀려든다. 물끄러미 나를 보는 석영이의 시선도 그렇게 밀려드는 것 같았다.

"내가 너를 얼마나 사랑하는지 깨달았어."

"……."

"그리고 언제든 네가 나를 떠날 수 있다는 것도."

뚫어져라 석영이의 얼굴을 응시하다가 시선을 돌렸다.

"되게 당연한 걸 깨달았네?"

빈정대듯 뱉은 말에 석영이가 그러게, 하며 순순히 인정한다.

마음이 어쩌고, 조개가 어쩌고 하는 건 이해하지 못했지만 석영이의 뒷말만은 알아들었다. 아마, 더 큰 감정을 깨달았다는 뜻이지 않을까, 하고 짐작했다.

바다가 우리를 마주 보고 섰다. 이쪽을 향해 파도가 밀려들다가 물러난다.

"사탕 먹을래?"

무릎을 모으고 앉아 수평선을 보다가 석영이에게 물었다. 아까 휴게소에서 입이 심심해 산 사탕이었다. 주머니에서 네모난 통을 꺼냈다. 뚜껑을 열고 석영이의 손바닥 위에 사탕 한 알을 툭 털어냈다.

석영이가 어? 하며 손바닥을 내 앞으로 내민다.

"사탕이 하트야."

통에서 튀어나온 사탕이 하트 모양이었다. 어, 하트구나, 하며 시선을 돌리는데 석영이가 말한다.

"네 마음이야? 나한테 주는 거야?"

내 손바닥 위에 사탕을 털어내다가 고개를 돌렸다. 나를 보는 석영이와 눈이 마주쳤다. 언젠가 이런 장면을 본 적이 있었던 것 같은데.

기억을 더듬으며 눈을 깜박이는데, 석영이가 제 입 안으로 사탕을 넣는다. 그러더니 두 손으로 내 뺨을 잡고 입을 맞췄다. 혀가 얽히는가 싶더니, 내 입 안으로 사탕 한 알이 넘어온다.

얼굴을 붙든 채 석영이가 입술을 뗀다.

"내 모든 마음은 네 거야. 다 너 가져."

사탕을 입에 물고 빤히 바라보자 석영이가 웃는다.

"석영아."

"응?"

상체를 당겨 석영이의 입술에 가볍게 입을 맞췄다. 저만치에서 남윤수가 야아! 내가 분위기 깽판 치러 간다아! 하며 소리치는 게 들렸다. 돌아보자 김찬영이 달려가려는 남윤수의 뒷덜미를 잡고 있었다.

"야아아! 염장은 사절이다아아!"

그 우렁찬 목소리에 픽 웃음이 터졌다.

석영이가 따라 웃는다. 말갛게 웃는 얼굴을 바라보다가 작게 속삭였다.

"내 마음도 네 거야."

파도가 밀려오는 바다, 그 위로 광활한 하늘이 노을에 물들어가며 점점 짙어져갔다.

"모든 날이 그럴 거야."

어느 순간부터, 저녁때의 햇빛을 볼 때마다 석영이를 생각하게 됐다. 석양, 이라는 글자에 자꾸만 석영이가 담겨서.

석영이의 손바닥 위에 있는 조개를 훔쳐 가듯 내 손안에 숨겼다.

네 덕에, 내가 너를 얼마나 사랑하는지 깨닫게 된다.

내 모든 날의, 석영.

side story 2
임석영 (2)

 책상에 앉아 숙어를 달달 외우는데 눈꺼풀의 움직임이 심상치 않았다. 느리고 더뎠다. 하품을 늘어지게 하다가 도저히 안 되겠어서 연필을 놓고 그대로 엎드렸다. 그렇게 잠들었다가 눈을 뜨자 목이 고장이 난 것처럼 뻐근했다.

 시간을 확인하기 위해 구석에 놓은 탁상시계에 시선을 돌렸다. 새벽 1시. 피곤해서 잠깐 눈만 붙인다는 게 이렇게나 오래 퍼질러 잘 줄은 몰랐다.

 "아, 그냥 때려치우고 침대에 누워 잘걸."

 앞머리를 쓸어 넘기며 의자를 뒤로 밀고 일어났다. 더럽게 피곤해도 안 씻고 잘 수는 없는 노릇이었다. 잠에 취해 곧 쓰러질 사람처럼 욕실로 들어갔는데, 샤워를 하고 나오니 죽어도 안 물러날 것 같던 잠이 깼는지 정신이 맑기까지 했다.

 대충 로션을 바르고 책상 위에 두었던 핸드폰을 챙겨 침대에 누웠다. 스탠드 조명이 은은하게 방을 밝혔다.

 한쪽 얼굴을 베개에 묻고 습관적으로 핸드폰 화면을 열었다. 몇 시간 사이에 미처 확인하지 못한 메시지가 수두룩하게 쌓였다. 평소보다 많은 개수에 무슨 이슈가 있나 했는데, 남윤수의 헛소리뿐이었다.

"아니, 이럴 거면 그냥 찬영이랑 갠톡 하면 안 돼?"

처음에는 무슨 대화를 나누었는지 읽어보다가 나중에는 엄지를 쑥쑥 움직여 대화창을 흘려 넘겼다.

게임 이야기가 반이었고 중간중간 남윤수의 야식 메뉴 고르기, 사고 싶은 옷의 색상 정하기, 보이스 피싱을 당할 뻔한 이야기 등이 있었다.

전혀 궁금하지도, 알고 싶지도 않은 내용들. 김찬영은 진짜 재미있어서 들어주는 건가. 대답은 또 꼬박꼬박 잘 해준다. 영혼이 없어 보이긴 했지만.

들어온 메시지를 모두 읽음 처리 하고 인스타그램을 열었다. 남윤수가 '나 너희랑 찍은 사진 인스타에 올렸는데 봤음?' 하고 보낸 카톡이 생각나서였다.

들어가자 앱 하단부에 있는 하트에 두 자리 이상의 숫자가 떴다. 새로 올린 게시물이 없는데 이상한 일이다.

"뭐지?"

손가락을 움직여 활동 탭으로 들어갔다.

[rlasnfl1004 님이 회원님의 사진을 좋아합니다. 3시간]

[rlasnfl1004 님이 회원님의 사진을 좋아합니다. 3시간]

[rlasnfl1004 님이 회원님의 사진을 좋아합니다. 3시간]

누구인지는 몰라도 'rlasnfl1004'가 찍은 하트만 열일곱 개였다. 인스타에 업로드 한 게시물이 열일곱 개이니 모든 사진에

'좋아요'를 누른 거였다.

"뭐야, 이 프사도 없는 놈은."

종종 외국인이 나이스 하다거나 큐트 보이 같은 댓글을 이모티콘과 함께 남기고는 했다. 이런 계정주는 대부분 팔로잉만 200명이 넘고 팔로워와 게시물이 하나도 없었다.

툭, 화면을 두드려 계정을 이동하니 역시나 예상 그대로였다.

게시물 0, 팔로워 0, 팔로잉 0.

"아무것도 없네."

금세 싱거운 마음이 들어 계정을 나왔다. 피드를 훑으며 남윤수가 올린 사진을 찾는데 활동 탭에 하트가 하나 떴다. 눈동자가 자연스레 하트에 박혔다.

이 시간에 누가?

활동 탭에 들어가자 얼굴이 조금 찌푸려진다.

[rlasnfl1004 님이 회원님의 사진을 좋아합니다. 1분]

"……뭐 하는 새끼야, 대체?"

세 시간 전에 '좋아요'를 누른 사진에 또 '좋아요'를 눌렀다. 대체 그 사진이 뭔가 하고 확인해봤다.

며칠 전에 건물을 나오다가 올려다본 하늘이 비현실적으로 청명했다. 쨍하게 파란 하늘에 흰 구름이 뭉게뭉게 피어 있었다. 기분이 좋아지는 파랑에 바로 누리가 생각났다.

좋은 것을 인식하는 감정이 요즘 계속 누리에 의해 움직였기 때문일까. 콩알 같은 김누리가 구름 위에서 낚싯대를 들고 앉아

side story 2. 임석영 (2)

두둥실 흘러가고 있을 것만 같았다.

김누리가 나를 낚았으면. 누리가 구름 위에서 내린 미끼를 입을 벌려 물고 싶은 마음이었다.

그렇게 낚싯대에 이끌려 따라가고, 어? 뭔가 걸렸다! 하며 김누리가 줄을 감아올리면 기다렸다는 듯 다가가는 거다. 안녕, 누리야. 네가 나를 잡았어.

아, 진짜 미쳤냐고. 그렇게 툴툴대면서도 기분이 왠지 모르게 들떠 누리처럼 맑은 하늘을 사진 찍었다. 그리고 인스타에 올렸다.

[무심코 올려다본 하늘에 네 생각이 났어]

느끼하고 오글거리는 감이 없지 않아 있었지만, 그냥 이런 데서라도 티를 내고 싶었다. 어차피 김누리는 이런 거 하지도 않으니.

그런데 뭔가 이상했다. 곧바로 메모장을 열고 영문을 한글로 입력해봤다. r, l, a, s, n, f, l. 입력한 영문은 이것이었고, 그 결과 만들어진 한글은.

"……김누리?"

두 눈이 동그래졌다. 뭔가 잘못 입력했나 싶어 몇 번을 더 확인하고 다시 입력해봤다. 누리, 김누리다. 김누리 천사.

"하……."

한숨 같은 웃음이 샜다. 한 손으로 입을 가리고 아무것도 없는 누리의 계정을 보다가 내 계정의 활동 탭으로 넘어왔다.

[김누리 님이 회원님을 좋아합니다.]

모르겠다. 누리가 사진에 하트를 때려 박으며 뜬 알림이 그렇게 보였다. 참는데도 피식피식 자꾸만 웃음이 터졌다. 하, 하고 웃다가 괜히 표정을 갈무리하고 알림을 뚫어져라 봤다.

뭐야? 그러니까 김누리가 내 인스타 계정을 검색해서 온 거야? 심지어 열일곱 개 게시물을 전부 확인했다는 증거가 확연하고.

내가 아는 김누리라면 분명 이 하트가 뭘 의미하는지도 모른다. 가장 기분이 좋은 건, 김누리가 하트를 박은 게시물에 다시 하트를 박았다는 거였다. 이 시간에 잠도 안 자고 또 들어온 거 봐.

"미치겠네."

머리를 쓸어 올렸다가 뺨을 감쌌다. 얼굴이 뭔가 후끈한 것 같기도 하고.

혹시나 나중에 남윤수의 댓글 테러로 김누리의 아이디가 저 멀리 사라져 버릴까 싶어 해당 화면을 캡처했다. 화면 가득 누리의 흔적이 남았다.

"김누리 뭐냐고."

툭, 다시 웃음이 터졌다.

"내 아이디 찾아서 들어온 거 보라고."

핸드폰을 한 손에 꼭 쥔 채 얼굴을 돌려 베개에 파묻었다. 나도 모르게 두 발로 물장구를 치듯 매트리스를 팡팡 쳤다.

"존나 귀여워."

베개에 얼굴을 묻은 탓에 목소리가 뭉개졌다. 조금 숨이 차는 느낌에 고개를 돌려 한쪽 얼굴을 드러냈다. 스탠드 조명에 물든 벽이 은은한 빛으로 눈에 담겼다.

"씨……."

그러나 얼마 못 참고 다시 얼굴을 파묻었다. 두 손으로 베개를 터트릴 듯 꽉 쥐었다. 자꾸만 몸이 꼬이고 소리를 지르고 싶은 기분이 됐다.

"진짜 존나 말도 못 하게 귀엽다고……."

듣는 사람도 없는데.

"김누리……."

자꾸만 나는 혼잣말을 하게 되고.

"얘는 왜 이렇게 사람을 미치게 만들어."

그렇게 속절없이 밤이 깊어갔다.

다음 날, 학교에서 누리를 보자마자 웃음이 났다. 기분이 이렇게 좋아도 되나 싶을 정도였다. 노골적으로 쳐다보자 그 시선이 못마땅한지 누리가 눈을 가늘게 뜨고 내 얼굴을 흘겼다.

나를 째려보는 저 얼굴마저 귀여워서 깨물어 먹고 싶다는 생각이 드는 걸 보니, 이것도 병이다 싶다.

"야, 너 뭔데 자꾸 나 보면서 실실 쪼개냐?"

김누리가 불퉁하게 입을 열었다.

"응?"

"아니, 왜 자꾸 웃냐고."

내가 너무 웃었나. 입가를 매만지며 턱을 괬다. 학교에 와서 김누리를 보기 전만 해도 내가 네 아이디를 알았다는 것을 모른 척해주려고 했다.

염탐하다 걸리는 건 진짜 수치스러운 일 중 하나라는 걸 알았다. 또 모른 척 사진을 몇 장 더 올려 김누리의 하트를 받아볼까 싶은 마음도 있었다. 그런데 찌푸린 얼굴을 보고 있자니 놀려주고 싶은 마음에 힘이 더 실렸다.

"콩알아."

"왜."

"어제 새벽에 잠도 안 자고 뭐 했어?"

김누리가 눈을 꾹꾹 누르며 피곤한 얼굴을 했다.

"나, 나 어제, 일찍 잤는데?"

픽, 웃음이 났다. 말꼬리를 늘리며 어제 뭐 했는지, 몇 시에 잤는지 묻다가 어제 있었던 일을 툭 던졌다. 그러자 김누리의 두 눈이 동그랗게 커진다. 저 스스로는 나름 표정을 숨긴다고 노력하는 것 같았는데 데굴데굴 굴러가는 눈동자가 김누리의 당황을 그대로 내비쳤다.

"친구 추가 하려다가 괜히 네 아이디 애들한테 뜰까 봐 안 했어."

김누리의 얼굴이 점점 벌겋게 달아올랐다. 어지간히 창피한 모양이다. 입술을 꾹 물고 얼굴을 찌푸리더니 이내 책상에 퍽 소리를 내며 엎드려 얼굴을 숨겼다. 둥그렇게 말아버린 팔에 가려 안 보였지만, 분명 울상을 짓고 있을 게 뻔했다.

책상 아래에서 김누리가 두 발을 가만히 두지 못하고 쿵쿵

바닥을 내리찍었다. 어젯밤 비밀스럽게 내 사진 염탐에 성공한 줄 알았으나, 그게 아니었다는 걸 깨달은 김누리의 모습이 생각보다 더 귀여웠다. 참기 힘들어 소리 내어 웃었다.

▲ ○ ☆

과외 선생님, 그러니까 찬영이 누나에게 좋아하는 사람이 있는 것을 들켰다.

수업 진도 나가다가 잠깐 쉴 때였다. 김누리가 계정을 삭제한 사실을 알게 됐다.

"아, 뭐야."

아쉬운 얼굴로 핸드폰을 보는데 누나가 탕수육을 먹자고 했다. 누나는 냉장고에 붙어 있는 쿠폰을 확인하고 있었다.

저번에 저 중국집에 주문을 했더니 김누리가 철가방을 들고 왔다.

"안 먹어."

내 말에 누나가 홱 고개를 돌리고 미간을 찌푸렸다.

"군만두 좋다며."

"안 좋아. 안 먹어."

"그럼 너 혼자 먹지 말든가."

"쌤! 먹으러 왔어요? 나 공부하러 왔거든요? 과외 끊는다?"

되지도 않는 협박에 누나의 얼굴이 확 굳었다. 막 화장실에서 나온 김찬영이 무표정한 얼굴로 나와 누나를 번갈아 봤다.

누나의 얼굴이 험악하게 일그러지기 시작했고, 상황을 파악한 김찬영은 편의점에 다녀온다며 나가버렸다. 황당한 얼굴로 열렸다가 닫히는 현관문을 보고 있는데 누나가 성큼성큼 다가왔다.

 멱살이 잡히고, 별 욕을 다 들었다. 몰랐는데 누나는 며칠 전에 옆 동네 중학생 과외 하나를 잘린 상태였다. 예민한 부분을 건든 것이다.

 "아니, 누나, 그게……."

 다른 뜻은 없고 정말 탕수육이 먹고 싶지 않았다고. 사실, 그 중국집에서 배달이 오는 게 싫었다고. 아니, 그러니까, 그게, 사실 좋아하는 애가 거기서 알바를 한다고. 오토바이 위험하지 않냐고. 멱살을 쥐고 눈을 부라리는 누나 때문에 결국 이야기가 그렇게 흘러갔다.

 "찬영이한테 말하면 진짜 과외 관둔다."

 그 말을 했다가 머리를 한 대 얻어맞았다. 아무튼 그 이후로 누나는 남녀 연애가 시험에 나오는 것도 아닌데 성심성의껏 가르쳐 주겠다며 자꾸 메시지를 보내왔다.

 오늘은 신체검사가 있는 날이었다. 김누리의 키가 김윤환과 엇비슷해서 170cm는 안 되겠구나 생각한 적이 있었다. 오늘 정확한 키를 알게 되는 것이다.

 "넌 나한테 궁금한 거 없냐."

 내 물음에 김누리가 뚱한 얼굴로 눈만 끔벅였다. 진짜 아무것도 없다는 표정이었다.

side story 2. 임석영 (2)

"섭섭해지려고 그러네. 아니, 왜 궁금한 게 없어? 왜?"

"좋아하잖아? 그럼 그 사람이 엄청 궁금하다고. 막 알고 싶고."

누나는 그렇게 말했는데. 순 틀려먹은 거 아니야? 생각하는데 핸드폰이 진동한다. 양반은 못 되는 사람이다.

[찬영이한테 말하고 싶어 죽겠네 진짜]

입이 근질근질하다는 메시지였다. 과외 그만둬도 되나요? 하고 메시지를 입력하는데 말풍선이 하나 더 올라왔다.

[사귀게 되면 꼭 알려줘 소문내게]

순간 덜컥, 가슴이 떨렸다. 사귀게 되면, 그 문장을 보는데 하지도 않은 고백을 한 것만 같고, 별안간 누리를 꼭 껴안고 다닐 미래의 일이 줄줄이 머리를 관통했다. 나도 모르게 웃음이 번졌다.

[아 미친]

[상상했잖아]

그렇게 답장을 보내자 키읔이 무더기로 쏟아졌다. 누나가 연달아 말풍선을 올리며 웃었다. 이런 내가 웃긴 모양이었다. 그렇게 메시지를 주고받다가 강당으로 이동하라는 담임의 말에 자리에서 일어났다.

"홍차."

누리의 어깨에 손을 얹었다. 불퉁한 얼굴로 나를 올려 보던

니 어깨를 휙 틀어 내 손을 떨어트리고는 혼자서 성큼성큼 교실을 나가버렸다.

뭐지. 왜 또 화가 난 얼굴이지. 방금까지 했던 상상이 저 멀리 도망가 버리는 순간이다. 쉬운 게 하나도 없다.

△ ○ ☆

[나 오늘 빨리 일어나서 먼저 학교 간다]

씻고 방에 들어왔을 때 누리에게 메시지가 왔다. 엇, 미친. 손에 들고 있던 수건을 내팽개치고 분주하게 움직였다. 머리를 말릴 새도 없이 교복을 입고 가방을 챙겨 든 뒤 후다닥 집을 뛰쳐나갔다.

구겨 신은 운동화를 엘리베이터에서 정리한 뒤 정류장을 향해 달렸다. 다행히 아직 버스에 오르지 않은 김누리가 서 있었다.

"오? 너 왜 이렇게 빨리 나왔어?"

몇 분 더 빨리 나왔을 뿐인데 새벽 공기가 찼다. 조금 벅찬 호흡을 꾹꾹 누르며 엷게 웃었다.

"준비 다 했으니까 나오지."

아아, 하며 김누리가 고개를 주억거렸다.

빨리 나온 시간이 무색하게도 버스가 늦게 왔다. 버스에서 내리고 보니 원래 가던 시간과 얼추 비슷했다.

휘적휘적 팔을 흔들며 교문을 지나가는데 학주에게 붙잡혔다. 정신없이 나오는 바람에 타이를 놓고 나왔다.

가만 서서 나를 보던 김누리는 기다려줄 생각이 없는 듯 인사도 없이 돌아섰다. 진짜, 완전 매정해. 귀가 잡혀 올라가는데도 두 눈은 김누리의 뒷모습을 좇았다.

"아! 선생님! 아픕니다!"

엄살을 피우며 용서를 구하는데 김누리가 걸어가던 풍경에 김찬영이 등장했다. 아, 젠장?

거리가 가까워지더니, 둘이 마주 보고, 인사? 갑자기 마음이 급해졌다. 빨리 저 둘 사이로 달려가야 한다.

"선생님, 제가 진짜 입이 두 개라도 할 말이 없습니다. 타이를 오다가 흘린 거 같은데, 진짜, 저의 부주의함을 용서해 주십시오."

학주를 보던 눈이 힐끔 뒤로 넘어갔다. 김찬영이 무릎을 굽히고 앉아 김누리의 신발 끈을 묶어주고 있었다. 아, 저건 도저히.

"내일 세 배로 맞을게요. 네 배로 때리셔도 됩니다. 선생님, 진짜 죄송해요!"

몸을 뒤로 틀어 학주의 손에서 벗어나 달렸다. 하마터면 학주 앞에서 욕을 할 뻔했다. 뒤에서 학주가 내일 다섯 배로 갚아준다고 소리를 질렀다. 상관없다. 지금 중요한 건, 김찬영이 김누리의 신발 끈을 묶어주고 있다는 거니까.

"김찬영, 옐로카드 한 장."

둘 사이에 끼어들어 말했다. 그러자 김찬영이 웃는다. 어쭈?

나 지금 완전 진심인데?

"야, 웃지 마. 한 경기에서 옐로카드 두 장이면 퇴장이거든?"

"아, 그래?"

"응. 그래."

둘 사이에 딱 끼어서 계단을 올랐다. 왼쪽에 김찬영을, 오른쪽에 김누리를 두고. 마음 같아서는 한 팔을 김누리의 어깨 위에 올려 꽉 감싸 안고 가고 싶었지만, 김누리가 얼마나 오만상을 쓰고 죽일 듯이 노려볼지 알기에 참았다.

진짜, 이 수많은 남자들 사이에서 독보적으로 귀여운 너를 지켜만 봐야 하는 내 마음을 네가 아느냐고…….

그래서 결국, 참지 못하고 말해버렸다.

"나 너한테 화단 같은, 그런 거 되고 싶어."

네가 내 안에 뿌리내리고 그게 잡초처럼 질긴 생명력을 가지고 있어서 영영 떠나지 않으면 좋겠다.

귀가 터지는 줄 알았다. 얼굴이 뜨거워졌다. 나름 진지하게 뱉은 고백이었는데, 김누리 입에서는 장난하지 말라는 소리가 나왔다. 그러더니 갑자기 이야기가 오희진으로 샌다.

"오희진?"

"아, 그래. 너 걔랑 뭐 있는 거 아니었어?"

김누리가 오희진을 어떻게 알지? 그런 생각을 하는데 도르륵 굴러가는 김누리의 눈동자가 보였다. 그 얼굴을 보는데 묘한 웃음이 걸렸다.

"……뭐, 왜."

side story 2. 임석영 (2)

"나 오희진 안 좋아하는데."
누나가 했던 말이 떠오른다.

"좋아하잖아? 그럼 그 사람이 엄청 궁금하다고. 막 알고 싶고."

과외 하며 배운 것 중 가장 좋은 배움이라는 것을 지금 이 순간 깨닫는다.
"나 너 좋아해."
바람이 살랑 불어왔다. 나는 이제 정말이지, 너에 대한 마음을 조금도 숨길 수가 없다.

그리고 역시나 그 마음이 숨겨지지 않았나 보다.
"네가 차연이 좋아하는 것 같다고 윤수가 그러더라."
운동장을 가로지르며 김찬영이 말했다. 흘긋, 뒤를 돌아보자 김누리에게 뭐라고 속닥거리고 있는 남윤수가 보였다. 김누리의 얼굴이 영 별로인 게, 헛소리를 듣고 있는 모양이었다. 고개를 돌려 김찬영을 봤다.
"그래서 너는 뭐라고 했는데?"
"아무 말 안 했어. 눈치 없는 남윤수가 저럴 정도인데 너도 좀 정도껏 티 내."
걱정하는 투였으나 전적이 있는지라 그 말이 곱게 안 들렸다. 대답 없이 보고만 있자 김찬영이 눈을 맞추다가 찌푸렸다.

"아, 왜 그렇게 봐? 그런 거 아니거든?"

"아니기는. 상황이 이런데, 너 같으면 티를 안 내게 생겼냐. 내가 진짜 말은 안 해도 마음이 존나 조급하다고."

"얼굴에 다 써져 있어. 조급하다고."

"진짜?"

김찬영이 고개를 끄덕였다. 그렇게 김누리 좋아하는 게 티가 나. 괜히 손을 올려 뺨을 쓸었다.

△ ○ ☆

두 팔을 벌린 나를 보고 김누리가 했던 말이 떠올라서 숙제를 뒤로한 채 노트북을 들고 침대에 앉았다. 인터넷을 열고 영화 이름을 검색했다. 타이타닉.

핸드폰으로 영화를 결제하고 베개 하나를 등 뒤에 놨다. 자세를 잡고 영화를 보기 시작했다. 처음엔 그냥 다리 위에 노트북을 올리고 앉아서 보다가, 마지막에 가서는 노트북을 침대 위에 올려두고 누워서 봤다. 조금 슬프긴 했으나 눈물이 나지는 않았다.

"김누리는 대체 이렇게 오래전에 나온 영화를 어떻게 알고 본 거야."

영상을 끄고 관람객 평점을 건성으로 내리읽었다. 별 다섯 개의 평점이 줄줄 이어지는 가운데, 손가락이 마우스 패드 위에서 멈칫했다. 눈이 조금 동그래졌다.

side story 2. 임석영 (2)

[★★★★★ 10 얼마나 울었는지 몰라요 ㅠㅠ 인생 영화 디카프리오 존잘 rlas****]

뒷부분이 가려지긴 했으나 '김ㄴ'으로 끝난 아이디가 아무리 봐도 김누리 같았다. 벌게진 눈을 하고서 돌돌 만 휴지를 손에 쥐고 코를 풀며 영화를 보는 김누리를 상상했다.

"우는 거 보고 싶다."

뜬금없이 그런 생각이 들었다. 김누리가 슬픈 건 싫은데, 울 때 찡그리는 미간이 귀여워서.

인생 영화라니 한 번 더 봐볼까. 손가락을 까닥였다.

영화가 다시 처음부터 시작했다. 그러나 5분도 지나지 않아 영상을 끄고 구글에 들어가 디카프리오를 검색했다. 이미지 카테고리로 넘어갔다.

주르륵, 스크롤을 내리며 김누리가 존잘이라던 디카프리오의 사진을 봤다. 과거와 현재를 오가는 그가 뒤죽박죽 이미지 창을 채웠다.

그러다 로미오 역할의 디카프리오 사진을 보게 됐다. 순간 얼굴이 굳고, 묘한 감정이 일어났다.

"짜증 나게 잘생겼네……."

왠지 모르게 심기가 뒤틀려 인터넷 창을 모조리 닫고 노트북을 껐다. 디카프리오 존잘, 하는 김누리의 음성이 귓가를 맴도는 것만 같았다.

죽기 전까지 실제로 만나보지도 못할 사람을 질투하게 될 줄이야. 어이가 없어 이불을 머리끝까지 뒤집어썼다.

며칠 뒤, 나름 평온하게 흘러가던 일상에 균열이 생겼다. 누군가 김누리를 찾아왔다.

"저 사람 꼴을 봐. 누가 봐도 수상하잖아. 내가 너를 그냥 보내줄 것 같냐."

"홍차연 집에 가는 거야. 걱정 안 해도 돼."

"홍차연?"

홍차연, 홍차연, 이름만 들었는데 막상 그 집에서 보낸 차와 기사를 보자니 속이 조금 뒤집혔다.

"같이 갈까?"

"미쳤냐."

마음 같아서는 얼마나 나약한 새끼가 이런 식으로 학업을 유지하는지 그 면상을 뚫어져라 보고 싶었는데, 그게 또 김누리에게는 상처가 되지 않을까 싶어 관뒀다. 뭐, 관두지 않았다고 해도 어려움이 있었겠지만.

그렇게 누리를 보내고 집으로 혼자 돌아오는데 마음이 심란했다. 걸음이 김누리가 사는 아파트 동으로 향했다. 앞을 서성이다가 캐노피 아래의 계단에 앉아 누리를 기다렸다.

해가 넘어가는데도 돌아올 생각을 안 했다. 핸드폰을 꺼내 메시지 창만 열었다가 닫고, 통화 목록을 열었다가 닫았다. 왠지 모르게 마음이 초조했다.

어둠이 내리며 불안이 극도로 커질 때였다. 저 멀리서 김누리가 돌멩이 하나를 툭툭 발로 굴리며 걸어오는 게 보였다. 안

도감이 밀려드는 동시에 작게 불만스러운 마음이 생겼다. 전화한다더니.

콩알 같은 머리가 길을 걷는 내내 바닥을 바라봤다. 돌멩이를 따라 움직이는 걸음이 좌로 우로 방향을 여러 번 틀어가며 직진하는 일을 계속했다.

속에서는 알 수 없는 열이 오르는데, 김누리가 내가 있는 쪽을 향해 걸어오는 모습을 바라보고 있자니 다행이다 싶기도 하고.

△ ○ ☆

"친구끼리 뭐 어때. 먹다 뭐 묻으면 닦아줄 수도 있지. 그게 이상해?"

"그게, 나는 좀 불편해. 그러니까 하지 말라면 좀…… 하지 마."

김누리의 입에 묻은 햄버거 소스를 닦아주다가 분위기가 예상치 못한 곳으로 튀었다.

누리가 발을 굴려 의자의 거리를 벌려 제자리로 가버렸다. 떨어진 분단의 간격만큼 김누리와 거리가 멀어졌다.

이상하게 표정 관리가 안 됐다. 누리의 상황을 모르는 건 아닌데, 이렇게 선 긋기를 당할 때면 묘하게 기분이 상했다.

"네가 불편하다고 하니까 안 하겠는데."

어깨동무를 하거나 눈을 마주 보는 일, 함께 있는 것에 아무런 거리낌 없이 굴 때가 있는가 하면, 지금처럼 작은 행동 하나에 질색하며 예민하게 굴 때가 있었다. 그런 김누리의 표정을 마주하게 될 때면, 그게 거짓일지라도 상처가 되곤 했다.

"애매한 거 알지? 네가 말한 거."

선이 없었으면 좋겠는 나와, 선이 필요한 김누리. 대체 우리의 적정선은 어디일까.

쉬는 시간, 김누리가 이어폰을 손가락에 돌돌 말고 손을 따려고 하고 있었다.

"너 뭐 해?"

"아, 체증이 있어서."

"그럼 보건실을 가야지, 왜 그러고 있어?"

얼굴이 창백하진 않은데, 아까 먹은 햄버거가 얹힌 모양이다.

"보건실 갔다 와."

꾸물꾸물 이어폰과 함께 책상 아래로 떨어지는 김누리의 손을 보고 있자니 마음이 불편했다. 생각해보면 무슨 일이든 혼자 끙끙 앓으며 돌파구를 찾는 게 김누리다. 돌파구를 찾거나 숨거나, 혼자 삭히거나.

"너 얼굴 안 좋아. 선생님한테는 내가 말할게."

의자 아래에서 덜렁거리는 이어폰을 보고 있자니 내가 누리에게 너무 욕심을 냈나 하는 생각이 들었다. 아까 그 말은 하지 않았으면 더 좋았을걸. 뒤늦은 후회를 했다.

side story 2. 임석영 (2)

수업 시간에도 비어 있는 옆자리를 멍하니 봤다. 깔끔하게 정돈되어 있는 책상에 김누리의 흔적이 여기저기 묻었다. 항상 옆에서 상모를 돌리며 자던 녀석이 없자 마음이 허했다.

　손을 뻗어 책상 위에 있는 교과서를 가져왔다. 교과서 겉면에 누리의 이름이 아닌 홍차연의 이름이 써져 있었다. 그 이름을 보는데 긴 한숨이 샜다.

　한 손으로 이마를 짚고 매만졌다. 누리가 누리로 살 수 없음에 겪게 되는 일들을 차마 상상할 수 없어서, 보건실에 혼자 있을 누리가 미친 듯이 보고 싶어서, 번쩍 손을 들었다.

　"선생님, 저 배가 너무 아픈데 화장실 좀 다녀오겠습니다."

　교실을 나서자마자 보건실을 향해 빠르게 달렸다. 열심히 움직이던 다리가 보건실 앞에서 멈춰 섰다. 숨을 고르고, 문을 열었다. 커피를 내리고 있는 보건 선생이 나를 돌아봤다.

　"어? 무슨 일이니?"

　"아, 선생님, 저 머리가 좀 아파서요."

　보건 선생이 다가와 체온을 재고 고개를 갸웃하며 "열은 없는데……." 한다. 눈을 가늘게 뜨고 보는 통에 시름시름 앓는 척을 했다.

　"조금만 누워 있다가 갈게요……. 선생님한테 허락도 맡고 나왔어요……."

　피식 웃어버린 선생이 종 치면 가라는 말을 남기고 보건실을 나갔다. 닫힌 문을 확인하고 걸음을 뗐다. 몇 발자국 만에 김누리가 누워 있는 침대에 다다랐다.

커튼을 걷어내자 누워 있는 김누리가 보였다. 잠든 듯 보였는데, 미간에 살짝 주름이 졌다. 찡그린 얼굴이 평온하지 않음을 나타내는 것 같아 걱정이 됐다.

의자를 하나 끌어와 앉았다. 매트리스 위에 팔 하나를 올리고 턱을 괸 채 김누리의 얼굴을 들여다봤다. 이마에 손을 올려 열감이 있는지 확인했으나, 딱히 체온이 높은 것 같지는 않았다.

"많이 아픈가."

조용히 목소리를 냈다. 말소리를 듣기라도 했는지 정자세로 누워 있던 김누리의 머리가 비스듬히 옆으로 기울었다. 그리고 그 순간, 눈꼬리에서 눈물이 흘러내렸다.

"어……."

당황했다. 턱을 받치고 있던 손을 내려 귓바퀴까지 흘러간 눈물을 닦아주었다. 안 좋은 꿈이라도 꾸고 있는 건가. 엄지로 누리의 눈꼬리를 쓱 문질렀다. 손가락에 뜨거운 눈물이 묻었다.

"누리야."

손길을 느꼈는지 내내 감겨 있던 눈꺼풀이 천천히 움직였다. 이내 감춰져 있던 눈동자가 드러나고, 누리의 시선이 내 두 눈에 담겼다.

"꿈꿨어?"

눈가를 매만진 김누리가 주위를 둘러봤다. 다른 사람이 있는 건 아닌지 확인하는 것 같았다.

"선생님 안 계셔. 아무도 없는데. 이것도 불편해?"

side story 2. 임석영 (2)

도르륵, 보건실 내부를 훑으며 굴러다니던 눈동자가 나를 향했다.

가만 눈을 마주 보던 누리가 고개를 저었다. 손을 올려 누리의 앞머리를 쓸어 넘겼다. 가려져 있던 이마가 드러나며 둥글둥글하고 귀여운 이목구비가 선명하게 드러났다.

"울어서 놀랐어. 나쁜 꿈이라도 꿨어?"

어딘지 모르게 김누리의 분위기가 조금 음울했다. 반응이 반박자씩 느리게 왔고, 말을 잃은 사람처럼 입을 꽉 다물고만 있었다. 그 우울한 눈빛에 왠지 모르게 속이 긁히는 것만 같았다.

"아니, 나쁘기보다는…… 무서운 꿈이었어."

앞머리를 계속 쓸어올리던 손이 멈칫했다. 손가락 사이에 물려 있던 머리카락이 힘없이 가닥가닥 김누리의 이마를 향해 내려갔다.

누리가 누리로 살 수 없음에 공포를 견디고 있음을 깨닫게 된다.

"석영아, 아까 교실에서…… 미안해. 나도 모르게 신경이 곤두서서 그랬나 봐."

하얗고 말간 얼굴을 내려다보고 있자니 마음이 걷잡을 수 없이 어딘가를 향해 뛰어갔다.

"석영아, 나를 좋아해주는 건 고마운데……."

김누리가 잠시 침묵했다. 적당한 말을 고르고 있는 것처럼 보였다. 내 마음을 거절하기 위해서, 최대한 상처 주지 않기 위해서 고민하는 얼굴이었다.

"지금의 나는 네 마음을 받아줄 수도, 네게 마음을 줄 수도 없어."

물끄러미 김누리의 얼굴을 내려다봤다. 이마 위에 올리고 있던 손을 거두고 시선을 돌렸다. 표정 관리가 되지 않는 것 같아 얼굴을 마주 볼 수가 없었다.

고개를 숙이고 눈가를 매만지며 다시 생각했다. 우리의 적정선은 어디인가.

김누리의 상황을 이해하지 못하는 건 아닌데, 누리와 나 사이에 그 어떤 선도 없었으면 좋겠다고 생각했다.

김누리가 누구의 눈치도 보지 않고 나를 좋아해주면 좋겠다. 사람들 앞에서 김누리의 손을 잡고, 몸을 꼭 껴안고, 반듯하고 예쁜 이마에 입 맞추고 싶다.

"네 마음을 달라는 거 아니야. 그냥 내 감정을 따라간 거지."

그렇게 말하는데, 이상하게 우울한 마음이 됐다. 기분이 낮게 꺼지고 파도쳤다. 슬픔이 일렁이며 몸 여기저기 철썩철썩 소리를 내며 부딪치고 부서지는 것 같았다.

"내가 너를 좋아하는 거, 그것마저 불편한 거야?"

팔 하나를 매트리스 위에 올려 턱을 괬다. 상체를 낮게 숙이자 마주 보는 얼굴의 간격이 전보다 좁아졌다.

다른 한 손으로 김누리의 머리카락을 매만졌다. 머리카락이 따뜻한 온기를 품고 있는 것처럼, 손가락을 간질였다.

"지금이 아니면 뭐가 좀 달라져?"

"어?"

"지금의 너는 내 마음을 못 받아준다며. 지금이 아닌 다른 날에는 뭐가 조금 달라지냐고."

김누리의 입술이 조금 열렸다가, 다물어진다. 몇 번 더 달싹이며 말을 머금는 게 보였는데 끝내 뱉지 않았다.

"대답 안 하네."

괜한 심술에 김누리의 머리를 헝클어트렸다. 그러다 미끄러지듯 손을 내려 김누리의 눈을 덮었다. 얼굴이 얼마나 작은지, 손바닥 안에 얼굴의 반이 가려졌다.

"네가 뭘 두려워하는 줄 알아. 어렵겠지만, 네 선 안으로 넘어가지 않도록 내가 노력할게. 네가 꿈에서라도 안 울었으면 좋겠어."

김누리의 맑은 두 눈동자를 가린 내 손등을 봤다.

"너 울리는 새끼는 내가 가만 안 둘 거야. 만약 그게 나면, 네가 나 가만두지 마."

시선이 손등에서, 더 아래로 내려갔다.

"물론 그럴 일은 없을 거야. 내가 잘할 거니까."

맞물려 있는 김누리의 입술이 보였다.

"이제 이 손 좀 치우지."

그 입술이 퉁명스러운 말을 뱉고는, 다시 다물어졌다.

김누리를 생각하면 매번 마음이 조급해졌다. 기다려 달라고 하지 않으면 말도 없이 가버릴 것 같아서, 옆에 있는데도 자꾸 불안했다.

홍차연의 탈을 쓰고 굴러온 김누리에게는, 이해하고 싶지만 내가 경험하지 못해 이해할 수 없는 선들이 존재했다. 그 선을 함부로 넘어서고 싶지만 그랬다가는 나를 영영 봐주지 않을 것만 같아 벌써 슬픈 마음이 되어버리곤 했다.

고개를 낮게 숙였다. 그러곤 김누리의 눈을 가린 내 손등 위에 지그시 입술을 댔다. 내게 늘 퉁명스러우면서도 다정한 김누리를 생각하며, 내내 눈길이 가던 김누리의 입술을 떠올리며, 언젠가 누리가 누리로 살아갈 때 맞닿을 수 있는 우리를 상상하며.

내가 아직은 넘을 수 없는 선 위에, 입을 맞추었다.

△ ○ ☆

선이 완전히 무너졌다. 김누리를 뒤에서 안고 개소리를 지껄이는 강은호 때문에 눈이 뒤집힌 게 화근이었다.

학교에 홍차연과 나에 대한 소문이 퍼졌고, 제가 대신하고 있는 아이의 안 좋은 소문 때문인지 김누리는 잔뜩 기가 죽은 모습으로 나를 멀리했다.

화가 나는데, 정확한 대상을 짚어내지 못하는 화였다. 계속 안에서 뭔가 끓었다.

학교가 끝나고 강은호를 기다렸다. 마침 교문을 나서는 녀석이 보여 다가갔다.

요즘 강은호는 붙어 다니던 몇몇 친구들마저 잃은 상태였다. 최근 들어 뭐에 돌아버린 사람처럼 여기저기 시비를 걸고 다닌

side story 2. 임석영 (2)

덕에 선생 눈 밖에 났고, 주먹질을 잘못한 바람에 강제 전학을 당할지도 모르는 상황이었다.

"시발, 설마 때리려고 기다렸냐?"

강은호가 나를 보자마자 눈썹을 삐뚜름하게 올리며 말했다.

"내가 너냐?"

강은호를 데리고 학교 옆에 있는 골목으로 갔다. 아무래도 남 신경 더럽게 쓰는 강은호 성격에 애들이 지나다니는 앞에서는 대화가 제대로 안 이루어질 것 같아 그랬다.

모나게 눈을 뜨는 강은호를 보며 입을 열었다.

"야, 은호야. 네가 우리 반 전학생을 괴롭혔잖아."

"아, 씹······. 또 홍차연 그 새끼 이야기네."

"그래, 씹. 그 이야기니까 귀 열고 제대로 들어. 괴롭힘당하고도 아무 말 못 하는 게 좀 짠해서 도와주다 보니까 눈길이 자연스레 갔고, 그러다 보니까 내가 좋아하게 됐어. 그건 네 말이 맞아. 내가 좋아해. 그게 네 말처럼 게이라면 뭐 그런 거고, 뭐라고 생각하든 솔직히 상관없어. 네가 내 인생에 중요한 영향을 끼치는 것도 아니고."

"갑자기 고해성사하냐?"

"자, 그리고 이제 네 이야기를 해보자. 우리 반 전학생 가방 신발 뺏었고, 억지로 입에 담배 물렸잖아. 저번에 김윤환 것도 뭐 훔쳤다던데. 그리고 작년에 수련회에서 김찬영한테 담배 심부름 시켰고, 그거 선생한테 걸렸다고 뒈지게 팼지? 그 일로 윤수가 너 박살 냈다가 교내 봉사만 두 달 했어."

"아, 뭐 어쩌라고, 진짜!"

"찬영이는 우리한테 피해 주고 싶지 않아서 아무 말도 안 하는데, 나는 분명 네가 요즘에도 찬영이한테 좆같이 굴었을 것 같아."

"아는 것만 말한다며. 봤냐? 네가 봤어?"

"아니. 못 봤지. 네가 구석진 곳에서만 그 지랄을 하는데. 그래서 학교에서 내리는 처벌이 존나 마음에 안 들어. 눈에 보이는 게 다잖아. 증거 없으면 꽝이고."

나도 모르게 표정이 굳었다.

"지금 까놓은 것만 봐도 잘못은 네가 한 것 같은데. 왜 전학생이 죄를 지은 사람처럼 다녀야 돼? 네가 진짜 일말의 양심이라도 있는 새끼라면 지금 그렇게 두 눈 빳빳하게 뜨고 나를 보면 안 되지."

"미친. 네 애인이 시키든? 가서 나 좀 뒈지게 까고 오라고? 그래서 이러냐?"

헛숨이 터졌다. 앞머리를 쓸어 넘겨 흐트러트리다가 강은호의 멱살을 쥐고 벽에 몸을 밀어붙였다. 등을 부닥친 강은호가 악! 소리를 내지르며 얼굴을 찌푸린다.

"시발, 너 때문에 애인도 뭣도 안 되게 생겼거든? 마음 같아서는 진짜 뒈지게 패주고 싶은데 누가 주먹질은 하지 말라고 해서 참는 거니까, 네가 가방이고 신발이고 다 뺏어 간 애한테 미안하다고 고개 숙여 인사나 해."

"컥, 씹, 놔!"

side story 2. 임석영 (2)

멱살을 더 꽉 쥐어 들어 올렸다. 그러자 강은호의 얼굴이 벌겋게 달아오른다.

"너보다 약한 애들 밟고 올라서서 우두머리 될 생각 말고 진정한 친구를 사귀어, 은호야. 네가 형한테 이유 없이 맞을 때, 같이 분노해주고 위로해주는 친구를 사귀라고."

갑자기 강은호의 눈이 날카롭게 빛났다. 들키고 싶지 않은 치부를 드러냄에 변하는 낯빛이 사납다.

강은호에게는 형이 한 명 있는데, 생모가 다르다고 했다. 그 소문이 퍼진 건 중학교 때였다. 같은 학교에 다녔던 형이 강은호를 마주칠 때마다 불러다가 때렸다고 했다. 아마 그때부터였던 것 같다. 강은호가 삐뚤어지기 시작한 것이.

강은호의 눈가가 달아올랐다.

"너도 들키기 싫은 이야기를 누가 이렇게 꺼내니까 기분 좆같지? 왜 하나는 알고 둘은 몰라."

"닥쳐, 새끼야!"

"만약 전학 가게 되면 그 학교에서는 좀 예전의 너처럼 지내라. 일부러 이러지 말고."

쥐고 있던 멱살을 놨다. 막혔던 숨이 트이는지 강은호가 연신 기침을 내뱉었다. 그러다 눈가를 쓱 쓴다. 새끼, 은근 눈물이 많다.

이래저래 수행 평가다 뭐다 신경 쓸 일이 많았고, 김윤환을 비롯한 아이들이 누군가 입에 홍차연 이름만 올렸다 하면 열을 내주는 바람에 학교에 돌던 소문은 점점 사그라졌다. 그럼에도 불구하고 김누리와 나의 사이는 서먹하기만 했다.

"야, 차연이랑 아직도 사이가 그래?"

남윤수의 물음에 "몰라." 하고 퉁명스레 답했다.

"차연이 그렇게 안 봤는데 존나 칼 같네. 네가 자기 좋아하는 게 어지간히 싫은가 보다."

"야, 장난으로라도 그런 말 하지 마."

"네가 차연이 스타일이 아닌가 봐. 어쩌겠냐. 힘내라, 새끼야……."

위로랍시고 남윤수가 내 등을 툭 친다. 그 타격감에 허, 하는 웃음만 터졌다. 내가 김누리 스타일이 아니라고? 허, 허허, 어이없는 웃음만 난다.

학교에 다다랐을 때 교문 앞에 서 있는 김누리를 발견했다. 가슴팍에 포스트잇을 붙이고 있었다. 명찰이 없는 모양이지. 걸음을 멈추고 서자 남윤수가 덩달아 걸음을 멈췄다.

"님을 바라보고 계시는군요……."

내 눈길이 향한 곳을 확인한 남윤수가 눈을 휘어 내리고는 안타깝다는 얼굴로 고개를 절레절레 저었다.

교문에서 학주에게 걸리면 벌점도 벌점인데 교문 앞에다가 세워두고 벌을 받게 했다. 안 그래도 요즘 애들 이목이 쏠려서 힘들어하던 김누리인데, 저기 서 있다가는 땅 밑 깊은 곳으로 꺼져 버릴지도 모른다.

"야, 너 오늘 그거 가지고 왔어?"

side story 2. 임석영 (2)

"뭐?"

"너 개 멋 부린다고 항상 들고 다니는 거 있잖아."

뭐지? 하는 얼굴로 눈을 끔벅이던 남윤수가 아! 하며 손뼉을 짝 쳤다.

"있지!"

그러곤 멋 부리고 올 때마다 외면받던 제 모습을 이제야 누군가 알아봐 준다는 기쁨에 냅다 가방을 열어 헤어 왁스를 꺼냈다.

"줘봐."

멀뚱히 있던 남윤수가 어, 잠깐, 하며 머리를 뒤로 뺐다. 그러나 멀리 가지 못하고 내 손에 머리가 잡혔다.

"야! 뭔데, 잠깐만! 아, 야! 그렇게 떡칠하면 안 된다고!"

남윤수가 고래고래 소리를 질렀다. 지나가는 아이들이 힐끔거리며 갔으나 개의치 않았다.

정성껏 남윤수의 머리를 기름지게 반으로 갈랐다. 학주가 봤을 때 눈이 뒤집힐 정도로.

"야."

남윤수가 눈을 부라리며 나를 봤다.

"봐주라. 명찰 없는 거 같은데 한번 살려주자, 좀."

"네가 살리면 되잖아."

"홍차 쟤가 요즘 나는 거들떠보지도 않는다고. 내가 끼어들면 눈동자 데굴데굴 굴리면서 불편한 티 팍팍 낼걸. 점수 까이게 그런 짓을 왜 해? 오죽하면 너한테 이러겠냐."

"나 진짜 어이가 없네······."

남윤수가 고개를 뒤로 젖히더니 크게 한숨을 내뱉었다.

"내 친구 윤수, 진짜 고마워."

"존나 없어······."

마음의 준비를 끝낸 듯 고개를 내린 남윤수가 나를 한번 노려보고는 걸음을 뗐다. 저벅저벅, 교문을 향해 걸어갔다. 그 모습에 픽 웃다가, 금세 웃음을 지웠다. 어쩐지 지금의 이런 상황이 못내 괴롭다.

△ ○ ☆

무너진 선이 복구된 건 수학여행에서였다.

이대로 계속 김누리가 땅을 파고 들어가 동굴 속에 숨어버리면 어쩌나 했는데, 다행히도 마음을 열어줬다. 열린 문을 향해 냅다 달려가 임석영 거, 임석영 자리, 임석영, 하고 김누리 안에 이름을 여기저기 붙였다.

"나도 너를 지키고 싶어서 그랬어. 너만 나 좋아하는 거 아니야."

분명 그렇게 말했다. 나를 좋아하는 누리를, 절대 놓치지 않을 거다.

학교가 끝나고 넷이서 칼국수를 먹으러 갔다. 누리의 숟가락 위에 깍두기를 올려줬다가 남윤수에게 욕을 얻어먹었다. 누리에게 눈 흘김을 받기도 했다. 김찬영만 조용히 칼국수를 먹었다.

칼국수를 먹는 내내 김누리가 흘긋 눈을 올려 김찬영 쪽을 봤다. 뭔데. 뭔데 자꾸 찬영이 보냐고……

칼국수가 입으로 들어가는지 코로 들어가는지도 모르게 신경이 온통 김누리한테 쏠렸다.

계산을 하기 위해 먼저 일어났다. 남윤수가 배를 두드리며 가게를 나갔고, 김찬영이 그 뒤를 따라 나갔다. 영수증을 받고 돌아봤을 때 뭉그적거리며 가방을 챙기는 김누리가 보였다.

"나 화장실 좀 들렀다가 나갈게."

김누리가 가방 지퍼를 연 채 나를 봤다. 행동이 조금 굼떴다. 먼저 나가 있으란 뜻 같아서 고개를 끄덕이고 나갔다.

문밖에 섰다가, 뭔가 이상해서 빼꼼 안을 들여다봤다. 화장실에 갔다 오겠다던 김누리가 가게 벽 앞에 서 있었다. 김찬영이 앉아 있던 쪽의 벽이었다. 벽에 붙어 있는 사진을 뜯어내고 있었다.

"사장님, 정말 감사합니다."

그러곤 꾸벅 고개를 숙여 가게 사장에게 감사 인사까지 했다. 뭔데 저래. 김누리가 조심스레 교과서 사이에 사진을 넣었다. 흔들리는 머리가 기분이 최상임을 보여주고 있었다. 폴짝거리며 김누리가 밖으로 나왔다.

"가자."

남윤수가 말했고,

"야, 잠깐만. 나 뭐 두고 왔다. 가고 있어."

몇 걸음 못 가서 내가 후다닥 가게 안으로 뛰어 들어갔다. 그러곤 바로 사장님을 찾았다.

"사장님, 아까 쟤가 벽에서 뜯어 간 사진 뭐예요?"

"어? 아아, 그거 옛날에 내가 잡지에서 오려놓은 디카프리오 사진."

"……."

"학생도 팬이야? 저쪽 벽에 한 장 더 있는데, 가져가려거든 가져가."

"아니에요. 감사합니다……."

꾸벅, 고개 숙여 인사하고 가게를 나왔다. 천천히 걸어가고 있는 세 사람이 보였다. 제일 뒤에서 느리게 걸음을 옮기던 김누리가 흘긋 뒤를 돌아본다. 눈이 마주치자 손을 파닥거리며 빨리 오라고 손짓했다.

나는 이 지구상에서 김누리가 제일 예쁜데. 김누리는 아니란 말인가.

성큼성큼 걸어가 김누리의 옆에 섰다. 걸음의 보폭을 맞추며 느리게 걸었다. 눈동자를 내려 작게 흔들리는 머리를 봤다. 여전히 콩알 같은 머리를.

"홍만두."

"아, 그렇게 부르지 말라고."

정면을 보던 김누리가 고개를 올려다 나를 봤다.

"나 잘생겼지."

빤히 나를 보던 김누리가 한 박자 늦게 미간을 찌푸렸다. 뜬금없는 소리를 들었다는 표정이었다.

"갑자기?"

"내가 제일 잘생겼지? 어?"

"왜 이래. 칼국수 잘못 먹었냐?"

고개를 돌리는 김누리의 시선을 계속 끌고자 어어! 소리를 내며 어깨를 잡아 돌렸다.

"아니야?"

"뭐가."

"너한테 제일 잘생긴 사람, 나 아니냐고."

김누리가 무표정한 얼굴로 나를 봤다. 큰 눈이 깜박깜박 움직인다. 무슨 생각을 하고 있지, 머리를 굴리는 사이 김누리의 입이 열렸다.

"알면서 왜 물어?"

홱, 몸을 돌린 김누리가 걸음을 빨리했다. 달아나듯 멀어지는 김누리의 뒤를 빠르게 뒤쫓았다. 그러곤 김누리의 귀에 대고 속삭이듯 작게 말했다.

"제대로 못 들었어. 다시 말해주면 안 돼?"

가까이 얼굴을 들이대는 내가 귀찮다는 듯 김누리가 몸을 밀어냈다. 그럴수록 더 가깝게 붙어 몸을 치대며 속닥거렸다.

"좀 말해주라. 어? 네 입으로 제대로 듣고 싶단 말이야."

"아아, 진짜 왜 이래."

김누리가 얼굴을 찌푸리며 두 손으로 내 몸을 막아냈다. 난감한 얼굴을 하고서 앞서가는 남윤수와 김찬영의 뒷모습을 보더니 시선을 돌려 나를 본다.

"진짜 너……."

"그게 그렇게 어려워?"

"아……."

"응?"

입술을 꾹 물고 눈가를 찡그린 김누리가 천천히 입을 열었다.

"네가 잘생긴 건 너무 당연한 거고."

김누리의 목소리가 작게 새어 나왔다. 부끄러운 듯 고개를 푹 숙여 내렸는데, 이미 두 뺨이 붉어진 후였다.

"나한테 있어서 네가 제일 잘생긴 사람이 맞긴 한데……."

김누리가 뒷말을 늘였다. 내가 말해달래서 입을 연 건데, 예상되지 않는 뒷말에 가슴이 조금 뛰었다.

"그것 때문에 너를 좋아하는 건 아니야."

김누리의 고개가 더 낮은 곳으로 내려갔다. 푹 수그린 머리에 정수리만 보였다. 천천히 입가로 웃음이 번졌다. 가슴이 조금 더 크게 뛰었다.

김누리의 머리 위에 손을 얹고 머리칼을 헝클어트렸다. 부스스해지는 머리에 김누리가 고개를 들고 나를 봤다.

하고 싶은 말은 너무 많았는데, 그 말이 너무 커서 차마 뱉지 못했다. 김누리는 너무 귀엽고, 이 세상에서는 귀여운 게 모든 걸 이겨먹는다.

△ ○ ☆

"야, 진짜 말도 없이 가버렸다고? 전학을? 홍차연 이 새끼, 존나 의리 없는데?"

남윤수가 황당하다는 듯 입을 열고는 어묵을 욱여넣었다. 김찬영이 숟가락을 든 채 나를 봤다.

"연락도 안 돼?"

김찬영의 질문에 작게 고개를 끄덕였다.

"안 좋은 일 생긴 건가?"

그 물음에는 딱히 내놓을 답이 없어 대꾸를 하지 않았다. 연락도 안 되는 마당에 그날 대체 김누리에게 무슨 일이 있었던 건지 알 길이 없었다.

남윤수는 자꾸 홍차연을 배신자라고 부르며 식판을 비웠고, 김찬영은 다소 느린 수저질을 했다. 나는 식판 한 칸을 채운 어묵만 뚫어져라 봤다. 김누리가 좋아하는 어묵볶음.

셋이서 먹는 급식이 왜 이렇게 헛헛한 건지. 한 사람의 빈자리가 너무 컸다. 잔뜩 당황한 얼굴로 할머니와 함께 가더니, 그 이후로 증발해버린 것처럼 사라졌다.

그날 교문 앞에서 김누리가 할머니와 그렇게 가버린 뒤, 나는 집으로 돌아와 누리의 연락을 기다렸다. 마음이 초조했다.

[어떻게 됐어?]

[김눌? 많이 혼났어?]

[상황이 심각한가]

[누리야]

[김누리]

지문이 닳는 줄 알았다. 대화창을 계속 열었다 닫는 일을 반복했다. 밤이 될 때까지 메시지 옆에 붙은 1이 안 사라졌다. 핸드폰을 확인할 수 없는 건지, 일부러 내 메시지만 읽지 않는 건지 알 수가 없었다.

그래서 참지 못하고 김누리의 집으로 향했다. 아무리 초인종을 누르고 두드려도 인기척이 없어, 바퀴벌레를 잡았을 때 알게 된 비밀번호를 눌렀다. 설마 했는데 문이 열렸다.

벌컥, 문을 열고 들어간 집이 캄캄했다. 불을 켤 생각도 못 하고 방문을 다 열어봤으나 다녀간 흔적이 없었다. 교복도 없고, 가방도 없었으니까.

아파트 앞에서 김누리를 기다렸다. 핸드폰을 꺼내 전화를 걸 때마다 전원이 꺼져 있다는 음성이 넘어왔다.

아, 설마.

낮에 화장실에서 물에 빠져 급하게 전원을 끈 누리의 핸드폰이 떠올랐다. 설마 고장 난 건가. 갑자기 연락이 닿을 수 없다는 사실에 마음이 복잡해졌다. 초조하게 입술을 씹다가 꺼져 있을 걸 알면서도 계속 전화를 걸었다.

왠지 불안한 마음이 됐다. 저번에도 이렇게 기다리고 있으니 누리가 돌아오지 않았던가. 그런데 지금은 누리가 저 길을 걸어

side story 2. 임석영 (2)

오는 모습을 영영 볼 수 없을지도 모른다는 생각이 들었다.

그 생각이 들자마자 택시를 잡아타고 누리가 일하는 중국집으로 향했다. 문을 닫은 중국집의 유리문에는 '휴가'라는 종이가 붙어 있었다. 갑자기 이 세상에서 내가 알고 있던 존재가 소리 소문 없이 사라져버린 것 같은 아찔한 느낌이 들었다.

옷깃에 스미는 바람은 선선한데, 속은 계속 뜨거웠다. 김누리 왜 안 와. 그런 말을 되뇌다가 새벽 4시가 되어갈 즈음 집으로 갔다.

침대에 벌러덩 누워 천장을 바라봤다. 이 방에 다녀간 누리가 자꾸 생각났다. 문 너머에도 온통 누리에 대한 기억뿐이었다. 부엌 식탁에 앉아 밥을 먹던 김누리, 거실 탁자 위에 엎드려 자던 김누리.

핸드폰을 들어 통화 목록을 열었다. 누리의 이름이 제일 윗부분에 남아 있었다. 손가락을 움직여 다시 통화를 연결했다.

— 전원이 꺼져 있어 음성 사서함으로 넘어가오며 통화료가 부과됩니다.

심장이 제멋대로 뛰었다. 불규칙적으로 진동했다.

내일이면 올까. 어깨를 축 늘어트리고 할머니한테 걸렸다고, 망했다고, 그런 말을 하면서 툴툴거릴까. 아니면 눈물을 글썽이려나. 뭐라도 좋으니 네가 있었으면 좋겠는데.

그러나 김누리는 다음 날에도, 그다음 날에도 모습을 나타내지 않았다.

담임은 홍차연이 전학을 갔다고 했고, 김누리가 머물던 집은 아무도 오가지 않은 듯 모든 물건이 그 자리에 그대로 있었다. 거기에서 사라진 거라고는, 김누리뿐이었다.

처음에는 너무 화가 났다. 무슨 일인지는 몰라도 아무런 언질도 없이 가버린 김누리의 속을 이해할 수가 없어서, 이해하지 않으려고 했다. 왜 매번 나만 너한테 이렇게 마음을 쏟고 전전긍긍해야 하는지 억울한 마음이 들었다.

그러나 지금 김누리가 좋아하는 반찬 하나에 온갖 기억이 줄줄 엮여 나온다.

어묵볶음이 나오는 날이면 콧노래를 흥얼거리던 김누리. 급식실 구석에 박혀서 열심히 밥을 먹던 모습과 내 옆에 앉아 투덜거리며 숟가락 위에 반찬을 올려주던 모습, 입술에 잔뜩 설탕을 묻히고 있던 모습까지.

"전학을 갈 거면 간다고 말이라도 좀 해주지. 진짜 서운하다. 안 그러냐? 그래도 나름 친하게 지냈는데. 나름이 뭐야, 존나 친하게 지냈지."

남윤수가 조잘거렸다.

"며칠 못 봤다고 은근 보고 싶네."

"그만 말해."

눈을 내리깐 채 말하자 목소리가 잘 안 들렸는지 남윤수가 "뭐?" 하고 물었다.

"걔 이야기 그만하라고."

앞에서 남윤수가 김누리에 대한 이야기를 하면 할수록 이상하게 목이 꽉 막혔다. 여러 날의 김누리가 스쳐 지나갔다. 염병

할, 어묵볶음을 보는데 코끝이 찡해지는 건 뭐냐고.

"야, 너 울어?"

남윤수가 놀란 얼굴로 물었다. 김찬영이 말없이 쳐다보는 게 느껴졌다. 차마 얼굴을 들 수 없어 두 손바닥에 얼굴을 묻었다.

"안, 운다고."

말이 토막토막 잘려 나갔다.

"우는데?"

김찬영이 남윤수에게 눈치 챙기라고 작게 내뱉는 말소리가 들렸다. 보진 않았어도 분명 남윤수는 소리를 죽여 헐, 미쳤다, 울어, 하며 나를 놀리고 있겠지. 개새끼……

아, 대체 왜 우냐. 쪽팔리게. 그렇게 생각하며 눈물을 삼키는데도 눈가가 자꾸 화끈하고 코끝이 매웠다. 시발, 그러니까 김누리가 너무 보고 싶은 거다.

그대로 식판을 들고 일어났다. 급식실에서 이러고 있으니 차라리 어디 처박혀서 혼자 대성통곡하는 게 낫다.

"야! 임석영!"

뒤에서 남윤수가 빽 소리를 지르며 나를 불렀다. 코를 찡그리며 급식실을 나섰다. 김누리가 버스에서 왜 그렇게나 코를 먹었는지 이제야 이해가 간다.

△ ○ ☆

김누리가 사라지고, 그러니까 홍차연이 전학을 가고 많은 일이 있었다.

　강은호가 강제 전학을 갔다. 그 과정에서 동급생을 대상으로 진행된 설문조사와 상담이 있었는데 김찬영이 제가 겪은 많은 사건들을 진술했다.

　남윤수는 열을 올리며 강은호를 욕하는 동시에 김찬영에게 그걸 왜 이제 말하느냐고 했지만 김찬영은 말없이 웃기만 했다. 남윤수의 울분에 못 이겨 미안하다고 입을 연 김찬영은 몇 마디를 더 이었다.

　"너희한테 피해 주고 싶지 않아서 그랬어. 나 때문에 생기부 엉망 되면 그 책임 다 어떻게 지라고."

　"미친! 그게 뭐 대수라고. 어이가 없네."

　차마 더 심한 욕은 못 하고 아, 강은호, 죽여 진짜, 하고 이를 가는 남윤수를 보며 김찬영이 말했다.

　"버틸 만했어. 졸업하면 끝이니까 그때까지만 잘 참으면 된다고 생각했거든. 그런데 최근에 알게 됐어. 누군가 오래 숨기고 있던 불행을 뒤늦게 알게 되는 기분이 얼마나 별로인지. 그 시간 내내 목격자였는데도 목격한 모든 부분을 알아채지 못하고 있었다는 걸 깨닫는 게……."

　바닥을 내려다보며 말을 잇던 김찬영이 무표정한 얼굴로 나를 봤다. 그때 마주친 김찬영의 눈빛이 묘했다. 너도 그렇잖아. 그렇게 말하고 있는 것 같았다.

　그날 남윤수를 먼저 보내고 김찬영과 둘이 걸었다. 김찬영은 남윤수가 홍차연의 정체를 알게 되면 배신감에 눈이 뒤집힐 거라고 했다. 그리고 그 비밀을 알고 있었는데도 함구한 우리 둘에게도 마찬가지일 거라고.

그런데 그건 김누리의 비밀이었고, 비밀을 공개할 권한은 오직 김누리에게만 있었다. 김찬영도 나와 같은 생각이었는지 남윤수에게 다른 말을 하지는 않았다.

그리고 이걸 우연이라고 해야 하는지, 인연이라고 해야 하는지. 강은호가 전학을 간 학교에 홍차연이 있었다. 소문에 의하면 시비를 거는 강은호에게 홍차연이 "너 집에 돈 많아?"라고 했단다.

"가진 거 개뿔도 없어 보이는데 주먹 아껴라."
"이 새끼가 돌았나."

그렇게 강은호의 손이 먼저 날아가고, 뺨 한 대를 맞은 홍차연은 입술이 터졌단다. 그 뒷이야기는 아직 소문이 안 돌아서 듣지 못했다.

처절하게도 싸웠다는 두 사람의 이야기를 듣게 된 나와 김찬영은 동시에 사람은 고쳐 쓰는 거 아니라더니, 하며 혀를 찼고, 남윤수는 열을 내며 홍차연의 학교에 찾아가자고 했다.

김찬영과 내가 싫다고 하자 의리 없는 새끼들! 하고 휙 걸음을 돌렸다. 불안한 마음에 며칠간 남윤수가 집에 제대로 들어가는지 감시했으나, 이 새끼가 혼자 몰래 홍차연 학교를 찾아갔다.

그리고 그날 밤, 남윤수가 김찬영과 나에게 번갈아가며 전화를 했다. 욕을 퍼부었다. 홍차연에게 무슨 말을 들었는지는 모르겠으나, 자기가 친하게 지냈던 사람과 동일 인물이 아니라는 걸 알게 된 것은 틀림없었다.

결국 밤 11시, 남윤수의 성화에 못 이겨 편의점으로 나갔다. 문을 열고 들어가자 먼저 온 김찬영이 피곤한 얼굴로 딸기 우유를 쪽 빨아 마시고 있었고, 남윤수는 나를 보자마자 배신자라고 소리를 질렀다.

"그 새끼가 멀대같이 큰 새끼도 찾아온 적 있다던데. 그거 너지?"

남윤수의 말에 시선을 돌렸다.

혹시라도 김누리가 있는 곳을 알까 싶어 찾아간 적이 있었다. 묘하게 닮은 얼굴에 순간 말을 잃었으나, 교문 앞에 세워진 차에 올라타려는 통에 후다닥 달려 녀석을 붙잡았다. 나를 올려다보는 홍차연의 눈은, 뭐랄까. 생기가 없는 것처럼 느껴졌다.

"너 김누리 어디 있는지 알아?"

조금 치켜뜬 눈으로 나를 보던 녀석이 무표정하게 시선을 돌리며 뒷좌석 안으로 가방을 던져 넣었다.

"돈도 안 받고 도망간 애를 내가 어떻게 알아."

그리고 탁, 문이 닫혔다. 뭐라고 더 쓴소리를 뱉고 싶었는데 김누리와 닮은 얼굴에 말이 잘 안 나왔다. 남윤수는 벌레 보듯 자신을 흘겨보고 차를 타고 떠난 홍차연을 황망하게 바라봤다고 했다.

"시발, 그러니까, 너희 둘은 알고 있었다는 거잖아? 와아! 나는 너희한테 뭐야? 어? 걔는 어떻게 나한테만 말을 안 할 수가 있어?"

"누나 미용실에 와서 알게 된 거라니까."

"등에 업었는데 중요한 그게 없어서 알게 된 거라고."

"억울해!"

그날 남윤수에게 초코 우유, 라면, 샌드위치, 삼각 김밥과 각종 과자를 사다 바친 후에야 풀려날 수 있었다. 편의점을 나와 걷는 길, 남윤수가 물었다.

"그래서 걔 진짜 이름은 뭔데?"

남윤수와 나 사이에서 걷고 있던 김찬영이 시선을 올렸다. 두 사람을 쳐다보는데 살랑, 바람이 불어왔다. 약하게 머리칼이 나부끼는데, 기억이 스치는 것처럼 또다시 여러 순간의 김누리가 주르륵 지나갔다.

두꺼운 교복을 껴입고 운동장에서 축구공을 굴리던 김누리. 달릴 때마다 머리카락이 붕 솟았다가 가라앉는 모양새가 이상하게 사람 눈길을 끌었다. 머리도, 얼굴도, 눈도 동그란 게, 동그란 공을 굴리고 있으니 눈이 간 건가.

가끔 그 동그란 눈에서 동글동글한 눈물이 뚝뚝 떨어지던 모습. 내가 싫다는 말을 뱉었던 입술과 또 그 반대로 내가 좋다는 말을 뱉었던 입술. 늘 그 입술에 내 입술을 맞대고 싶었다.

김누리와 남윤수, 김찬영과 함께 포장마차 앞에 서서 어묵을 먹고 떡볶이를 먹었던 날들. 노을이 지는 하늘을 바라보며 버스를 기다리던 시간과 취향을 파악할 수 없는 김누리의 엠피스리 노래 목록.

김누리의 부재를 느끼는 지금, 가장 그리운 건 심장이 곤두박질치는 것처럼 떨렸던 순간이 아니라 그냥 내 시야에 김누리가 들어찼던 평범한 하루다.

체육 대회 날, 개수대에서 등목을 하고 일어났을 때 바로 계단에 앉아 운동장을 바라보고 있는 김누리를 발견했을 때처럼.

"아무도 모르는 거야? 걔 이름?"

남윤수가 말했다.

늦은 시간, 우리 말고는 아무도 없는 길목에 서서 나는 조용히 입을 열었다.

"누리."

그 말소리가 꼭 '우리'처럼 들렸다. 너와 나를 포함하는, 그 모든 말.

△ ○ ☆

"이제 그만 연락하면 안 돼요?"

남자가 난감한 얼굴로 말했다.

side story 2. 임석영 (2)

"누리 어디 있는지 알고 있잖아요. 그날 같이 간 거 다 봤는데."

김누리가 아르바이트를 했던 중국집에 찾아갔다가 연락처 하나를 받았다. 사장님은 누리의 소식에 대해서는 모르고 같이 일하다가 그만둔 사람에게 전해 들은 게 다라고 했다. 그 사람의 연락처였다. 전화를 하니 받았다가 누군지 밝히자 바쁘다며 끊어버렸다.

모르는 사람에게 예의가 아닌 것 같아 며칠을 잘 참았는데, 잠을 못 이루고 컴컴한 천장만 보고 있으면 온갖 생각이 다 들어 버틸 수가 없었다. 그래서 그 늦은 시간에 참지 못하고 메시지를 보냈다.

[부탁이에요 누리 어디 있는지 알려주세요]

끈질긴 구애 끝에 드디어 그 사람이 나를 만나준 거였다. 약속 장소에 나오고 보니 김누리가 친하다고 했던 그 오빠였다. 재민이라는.

"아, 내가 말할 수 있는 부분이 아니라서 그래요."

남자가 눈썹 끝을 매만졌다.

"저 요즘 잠도 잘 못 자요. 걔가 어디 갔는지도 모르고, 잘 지내는지도 모르고. 이게 얼마나 숨 막히는 일인 줄 아세요?"

"아……."

"빨리 알려줘요."

남자가 입꼬리를 길게 당기고 꽉 물더니 하는 수 없다는 듯 입을 열었다. 자기도 주소는 모르고 그날 배를 타고 들어간 섬 이름만 안다고 했다. 그 섬에 김누리가 없을 수도 있는데, 뭔가 한 걸음 더 가까워진 느낌이 들었다.

  곧바로 터미널로 가 고속버스를 탔다. 달리는 소리가 시끄러운 버스 안에서 멍하니 풍경을 봤다. 가슴이 조금 뛰었다.

  고속버스가 정차한 터미널은 작고 허름했다. 자판기 앞에서 기사들이 수다를 떨고 있었다. 돌아보자 터미널 너머로 오래된 간판을 단 가게들이 보였고, 뜨거운 햇볕에 달구어진 아스팔트 도로가 하얗게 반짝였다.

  모자를 고쳐 쓰고 터미널 정문으로 나갔다. 정차된 두 대의 택시 중 앞에 있는 것에 올라탔다.

  "어디 가세요?"

  기사의 물음에 왠지 모르게 긴장이 됐다.

  "선착장이요."

  차가 좁은 길을 나아갔다. 얼마간 달렸을까. 창밖으로 바다가 보였다. 한 손을 가슴 위에 얹었다. 아까부터 계속 가슴이 숨 쉬기 곤란할 정도로 뛰었다.

  호흡을 고르다가 핸드폰을 꺼내 예전에 찍었던 사진을 열었다. 장미 넝쿨 앞에 선 김누리의 사진이다. 보면 괜히 눈물이 나서 일부러 열어보지 않았는데.

  "아, 진짜 없기만 해봐."

  힘없이 머리를 기대며 창밖으로 시선을 던졌다. 배가 들어선 선착장이 점점 가까워지고 있었다.

  배를 타고 바다를 가를 때는 가슴이 조금 더 격하게 뛰었다.

햇볕이 부서져 반짝이는 물결을 보고 있자니 마음이 조금 들뜨는 것 같기도 했다. 알 수 없는 과거에 김누리도 이 배를 탔을까 생각하며 바다를 응시했다.

선착장에 배가 멈췄다. 모자를 고쳐 쓰고 배에서 내렸다. 마음은 조급한데 처음 와본 곳이라 어디로 가야 할지 몰랐다.

우선 사람들이 가는 방향을 따라 걸었다. 바다를 옆에 끼고 섬을 한 바퀴 도는 것보다 마을로 들어가는 게 좋을 것 같아 집 사이사이를 걸었다.

날이 더워서 그런지 밖에 나와 있는 사람들이 많았다. 대부분 나이가 있었다. 또래로 보이는 애라도 있으면 혹시 김누리 아느냐고 묻겠는데, 어째 한 명을 못 만났다.

"아, 더워."

골목을 나오자 슈퍼가 보인다. 들어가 아이스크림을 하나 샀다.

"저, 혹시."

거스름돈을 받으며 입을 떼자 슈퍼 주인이 부채질을 하며 눈을 올렸다.

"제가 누구를 좀 찾고 있는데요. 제 또래 여자애고, 이 섬에 사는데."

팔락팔락, 부채질에 슈퍼 주인이 입고 있는 민소매 원피스가 흔들렸다. 나를 위아래로 훑어보더니 걸음을 돌려 안쪽에 난 방으로 갔다.

"이 섬에 사람이 한둘 사는 것도 아니고. 몰라요."

문턱에 걸터앉은 주인을 보다가 인사를 하고 슈퍼를 나왔다. 이제 막 정오가 지나 그런지 태양 빛이 강렬했다. 더위에 숨이 조금 막힐 정도였다.

"선착장에 가서 물어보든가!"

슈퍼 안에서 쩌렁쩌렁 울리는 소리에 고개를 돌리자 빼꼼 고개를 내민 주인이 부채를 흔들었다.

"선착장으로 가보라고요!"

빽, 소리를 지르는 게 왠지 그곳으로 안 가면 안 될 것 같은 분위기다.

"네. 감사합니다."

꾸벅 고개 숙여 인사하고 걸음을 뗐다. 선착장을 향해 걷는 길 옆으로 바다가 끝없이 이어졌다.

파도치는 바다 위에 내려앉은 햇빛이 눈부시게 반짝였다. 밀려온 파도가 갯바위에서 하얗게 부서지고, 철썩이는 소리에 마음이 조금 설렜다. 누리가 머무는 공간의 일부를 경험하고 있는 것 같아서.

"저, 여기 마을이 큰가요?"

선착장에 서 있는 사람에게 물었다.

"겁나 작지요."

남자가 말뚝에 밧줄을 감으며 말했다.

"아, 사람을 찾으려고 왔는데요. 혹시 도움 받을 수 있는 곳이 있을까요?"

남자가 흘긋 눈을 올려 나를 보더니, 저 앞을 턱짓했다.

side story 2. 임석영 (2)

"저기 저 정자 가보시오. 여기 오래 산 노인들이라 모르는 사람이 없소."

"네. 감사합니다."

꾸벅 고개를 숙여 인사하고 걸음을 돌렸다. 마을 초입에 정자가 보였다. 젊은 사람은 없고 머리가 하얗게 센 노인들이 삼삼오오 모여 앉아 부채질을 하고 있었다.

"안녕하세요. 말씀 좀 여쭙겠습니다."

다가가 말을 걸자 바지를 무릎까지 걷어붙인 노인이 나를 돌아봤다.

"사람을 찾으려고 하는데요."

"사람? 여기 마을이 작아서 내가 다 아는데. 누구 찾어?"

"아……. 김누리라고. 열여덟 살이고요, 할머니랑 둘이 살고 있어요. 혹시 아세요?"

노인이 고개를 돌려 옆에 앉아 있는 다른 노인을 봤다.

"자네 아는가?"

"뭐라고?"

"다시 설명해봐."

노인이 나를 보며 옆 사람을 가리켰다. 다시 말해보라는 뜻이었다.

"할머니랑 둘이 살고 있는 여자애 혹시 아세요? 열여덟 살이고, 이름은 김누리인데요."

"뭐라고? 안 들려!"

노인이 얼굴을 찌푸리며 귀를 내밀었다.

"누리요, 누리. 김누리! 키 요만해 가지고, 어린 여자애요. 몇 가구 없어서 물어보면 바로 알 거라던데?"

"여기 마을에 사는 사람이 몇인데, 내가 다 알아?"

노인이 버럭 화를 냈다. 순탄하게 흘러가나 했더니, 이렇게 또 길이 막히네.

"저쪽에 가서 한번 물어봐."

처음 말을 걸었던 노인이 말했다.

"어디요?"

"저기, 저 선착장 사람들. 배 타고 드나드는 사람들 매일 보니까."

지금 거기서 여기를 안내받고 온 길이라는 걸 아마 노인은 모를 것이다.

"아, 네. 감사합니다."

오늘 안에 김누리를 찾을 수 있을까. 꾸벅, 고개 숙여 인사하고 돌아섰다.

그늘 하나 없이 부서지는 햇살에 바닷바람이 섞여 후덥지근했다. 모자를 벗자 머리칼에 바람이 스미며 조금 시원해진다. 하얀 구름이 듬성듬성 하늘을 채운 풍경을 바라봤다.

바다의 수평선에 둘러싸인 것만 같은 이곳을 구석구석 뒤지고 다닐 생각에 더운 숨이 찼다. 햇빛에 금방 달구어진 머리를 쓸어 넘긴 뒤 모자를 고쳐 썼다.

"아, 졸라 덥네. 진짜."

걸음을 선착장 쪽으로 돌렸다. 방송할 수 있는 곳이 있는지,

side story 2. 임석영 (2)

마을회관의 위치나 그런 것들을 물을 생각이었다. 티셔츠를 잡아 팔랑팔랑 흔들며 걷는데 저쪽에서 시선이 느껴졌다.

고개를 돌리자 이쪽을 보며 서 있던 애가 다급하게 선 캡 챙을 내렸다. 얼마나 세게 챙을 쳤는지 가면을 쓴 것처럼 얼굴로 내려갔다.

"어?"

멈칫, 발이 섰다. 선 캡으로 얼굴을 가린 애가 어색한 발짓으로 몸을 반대쪽으로 돌렸다. 아무것도 안 보이는지 움직임이 조심스러웠다.

짧은 반바지에 흰색 티셔츠를 입고 파 한 단을 안고 있었다. 곧게 뻗은 두 다리가 방향을 찾지 못하고 얼어 있는 게 보였다.

저런 두 발을 본 적이 있다. 길바닥에 아이스크림을 쏟아붓고 서 있던 사람을.

선 캡 뒤로 목덜미를 절반 덮은 머리카락이 둥그스름한 각을 잃고 반듯했다. 선착장으로 향하던 걸음을 돌려 그 애 앞에 섰다. 가슴이 미친 듯이 쿵쾅거린다. 호흡을 크게 하자 폐의 가장 깊숙한 곳까지 숨이 들어차는 느낌이었다. 검은색의 선 캡 챙을 톡톡 두드렸다.

"여보세요."

파 한 단을 안은 두 팔이 더 꽉 조여드는 게 보였다. 그게 꼭 상대의 긴장을 말해주고 있는 것처럼 느껴졌다.

"김누리 씨."

"……."

"연락도 없이 사라지셔서 살아 있나 확인하러 왔는데요."

침묵이 흘렀다. 파도 부서지는 소리가 유난히도 크게 들려오는 것 같았다. 어디선가 매미가 울고, 그 가운데서 나는 내 심장이 뛰는 소리를 들었다.

격하게 뛰는 심장에 손끝이 조금 저렸다. 이가 얼얼하게 흔들리는 느낌이었다. 아무것도 확인한 게 없는데, 왈칵 눈물이 쏟아질 것만 같다.

상대가 말없이 고개를 숙였다. 떨리는 마음으로, 그 애가 쓴 선 캡의 챙을 들어 올렸다. 검게 얼굴을 가리고 있던 챙이 올라가자 등 뒤로 내리쬐는 햇볕이 김누리의 얼굴로 쏟아졌다.

하얗고 말간 얼굴이 바닥을 향해 있었다.

"보고 싶어 죽는 줄 알았어. 얼굴 좀 보여주면 안 될까."

목소리가 조금 떨렸다. 김누리의 동그란 눈동자를 마주치게 되면, 참지 못하고 눈물이 터질 것 같았다.

바닥을 향해 있던 얼굴이 천천히 올라왔다. 고개를 든 김누리가, 나를 봤다. 동그란 두 눈이 별을 박은 것처럼 반짝인다.

순식간에 눈물이 고였다. 김누리가 울상을 하고서 입술을 꾹 물었다.

"네가 드니까 파도 꽃 같다."

내 말에 김누리가 픽, 웃음을 터트리며 눈을 접었다. 고여 있던 눈물이 떨어졌다. 손을 올려 김누리의 눈가에 번진 눈물을 훔쳐 닦았다.

"너는 왜 울어."

김누리가 말했다. 절로 미간이 찌푸려진다. 깊은 곳에서부터 감정이 요동쳤다. 좋은데, 너무 좋은데 왜 눈물이 나는지 모를 일이었다. 이렇게 눈을 마주하는 순간이, 담담하게 대화를 주고받는 순간이 너무 그리웠던 탓이다.

"나보고 버리면 죽여 버린다고 할 때는 언제고, 나를 버려, 왜."

"내가 언제 너를 버렸어……."

"버린 거지."

그 말을 뱉는데 지난 시간이 주마등처럼 스쳐 지나갔다. 이불을 머리끝까지 뒤집어쓰고 우는 날이 많았다.

이 방에 김누리가 다녀간 게 잘못이라고, 침대에 앉아 아령을 들었던 김누리를 탓했다. 망했다고, 내 기억은 다 망했다고 생각하며 울었다. 어디를 가도 김누리의 흔적이 묻어 있어서 잊을 수도 없고, 그렇다고 미워할 수도 없어서 힘든 나날이었다.

"임석영 우네."

"안 울어."

"우는데?"

눈가를 벅벅 문질러 닦던 손을 내려 김누리의 머리에 가볍게 꿀밤을 놨다. 아! 하는 소리가 들리자마자 누리를 끌어안았다. 작고 뜨거운 몸이 내 품에 쏙 들어온다.

"이건 우는 것도 아니야. 너 그렇게 가고 나서는 밤마다 존나 울었어."

"……내가 뭐라고 밤마다 우냐."

김누리가 내 등을 토닥였다. 일정한 박자를 가지고 움직이는 손길에서 안정감이 왔다. 김누리의 어깨에 내 얼굴을 깊게 묻었다.

뜨거운 열기가 느껴졌다. 그게 내리쬐는 햇볕 때문인지, 꼭 붙어 있는 누리의 몸 때문인지 분간이 되지 않았다. 어쩌면 누리로 인해 뜨거워진 나 때문일 수도 있겠다. 분명한 건, 누리를 생각하면 할수록 자꾸 내 마음이 뜨거워진다는 거였다.

바다를 등지고 선 지금, 내 바다는 김누리다. 나는 네 안에서 항해하고, 부서져도 네 안에서 부서질 거야. 이렇게 네 안에 꽉 파묻혀 버리고 싶다.

누리의 어깨를 더 꽉 안으며 눈물이 차오르는 눈을 꾹 눌렀다.

나는 이제 절대로 김누리 너를 잃지 않을 거야.

갯바위에 부서지는 파도 소리가, 시원하게 귓가를 울렸다.

- fin.